二見文庫

特効薬　疑惑の抗癌剤

霧村悠康

目次

特効薬　疑惑の抗癌剤

登場人物紹介

倉石祥子(28)	国立O大学第一内科呼吸器部門医師
佐治川富重(58)	国立O大学第一内科教授
広山敦志(48)	広山会病院院長
山崎俊一(54)	肺癌患者
田山華峰(58)	A大学内科学教授
柳川一夫(39)	天下製薬創薬研究所主任研究員
迫水久一(53)	日本藤武製薬創薬研究所長
村田常夫(52)	日本藤武製薬市場担当部長
橋岡英達(56)	日本藤武製薬専務
川原宏也(49)	日本藤武製薬開発本部長
栗山恵介(49)	薬剤医務管理局情報課長
小林研二(48)	天下製薬創薬研究所長
秋山三郎(51)	天下製薬開発部長
有田幹郎(55)	天下製薬研究開発担当常務
久米裕章(52)	天下製薬営業部長
ルーベック(38)	カストラワールド日本支社長
赤井和義(48)	国立O大学第一内科呼吸器疾患部門准教授
米山　進(45)	国立O大学第一外科呼吸器疾患部門講師
山辺年男(56)	K医科大学教授
竹下忠義(62)	日本藤武製薬社長
石田　徹(48)	天下製薬創薬研究所副所長
服部弥太郎(55)	埼玉署刑事
岩谷乱風(27)	埼玉署刑事
谷口典明(?)	謎の男
緑川康晴(60)	天下製薬社長
田井中　茂(37)	カストラワールド日本支社員
橋本るみ子(29)	天下製薬創薬研究所員
永山栄治(55)	国立O大学研究所長
亀山雅照(50)	伊丹署刑事
関本光一(55)	薬剤医務管理局薬務課長
マックス(42)	カストラワールド社最高経営責任者

01 ある死

一人の患者が死んだ。

その患者は進行した肺癌《はいがん》だった。患者の死は当然のもの、仕方のない死として受け入れられた。

主治医だけが、死因にわずかな疑問を抱いた。普通は何ごともなく時間がすぎていくはずであった。が、ほんの一瞬、主治医の脳細胞には閃《ひらめ》いたものがあった。

患者は肺癌の外科手術を受けたあと、術後の抗癌剤《こうがんざい》による追加治療を受けるため、呼吸器内科病棟に転科してきた。

肺癌の治療薬には従来から頻用《ひんよう》されている抗癌剤がいくつかあり、そのすべてが注射薬であった。それらの抗癌剤を使って、数カ月に渡る治療が行われた。

副作用が患者を悩ませたが、それでも全体としては順調な経過を辿《たど》っていた。

だが体のどこかに潜んでいた病魔は、苦難を強いられた抗癌剤との戦争に勝ったあと、攻撃の手を緩めることなく患者の全身にひろがり、各所で再発病巣を形成した。

その頃、肺癌によく効く抗癌剤が認可された。レスクランという、肺癌の治療薬としては世界初の口から飲める薬剤であった。すでにほとんどの化学療法剤を使いきっていたその患者にも、最後に残された希望の光として、レスクランが投与された。

薬はよく効いた。これまでにないほどの効果を発揮し、再発病巣が見るみるうちに縮小した。完治するまでには至らなかったものの、病勢は小康状態を保ち、患者は普通の生活を送ることができた。

だが、手術をしてから一年が経ったある日、悲劇は突然にやって来た。患者は大量の喀血《かっけつ》により、瞬時にして落命した。

病理解剖がなされた。縮小していた肺癌の再発病変は肺全体に散らばっており、大きな血管に浸潤《しんじゅん》したものが破裂したために、大量の喀血をもたらしたと診断された。

その主たる所見に加えて、微小転移巣にも相当の出血が確認された。主治医は、通常は出血するほどでもない微小転移巣からの出血に、強い違和感を覚えた。

患者の家族は、病気が見つかった時、すでに癌が相当に進行し余命三カ月と主治医から言われていた。それだけに、これまでの治療によって、患者がさして苦しむことなく家族との時間を予想外に長く持てたことに感謝し、静かに遺体を引き取っていった。

02
肺癌患者

「先生、どうもこの頃、咳がひどいんですわ。腰は痛いし、咳き込んで夜は眠れないし、薬をお願いしたいんですけど」

整形外科の広山敦志《ひろやまあつし》院長は前回撮《と》ったレントゲンをもう一度シャウカステンにかけて、詳細に眺めながら、患者に話しかけた。

「骨には異常はないようですけどねえ。一度ＣＴ撮ってみましょうか？」

山崎俊一《やまざきしゅんいち》は五十四歳。病院の近くで食品会社を経営している。社員は二百人ほど。そこそこの年商を誇る。

広山とは以前からの知り合いで、少しでも体調が悪くなると、すぐに相談をしに来る。山崎の腰痛は一年以上もつづいている。若い頃から重い荷物を運んでいたから、いいかげん体に支障が出てもおかしくない年齢に差しかかっていることはたしかだ。レントゲンでも、腰椎《ようつい》に刺《とげ》が出だしていた。いわゆる変形性脊椎症《せきついしょう》である。リハビリを受けながら、飲み薬と湿布でごまかしごまかしここまで来ている。

患者が激しく咳き込んだ。しばらくつづいた咳で、ぜいぜいあえいでいる。

「そんなにひどいんですか？　いつ頃から？」

「さあ。最近ちょっとひどうて。一度出るとこんなふうにつづくんです。夜に出るのが困りますわ。眠れません」

「昔、気管支喘息《きかんしぜんそく》はありませんでしたか？」

「いいえ、ありませんが」

「すぐにレントゲンを撮りましょう。看護師さん、肺のレントゲン二方向」

腰のほうをあとまわしにして、広山は山崎の胸部レントゲンを指示した。

広山院長についていた看護師が、手際よくレントゲン依頼書を作成し、放射線科に運んだ。山崎はすぐに向かいの放射線科で名前を呼ばれた。


できあがってきたレントゲン写真を見つめながら、広山は右肺上部に白く丸い陰影があるのに気づいた。白い塊《かたまり》は四方八方にひろがる線状の影を引きずっている。広山の顔が曇《くも》った。

「山崎さん、ここに白い影があるのがわかりますか？」

広山はボールペンの先で影の近くを指し示した。

「普通の肺はこのように黒く映ります。これが肋骨《ろっこつ》」

平行して肺を取り巻く何本かの骨をなぞりながら、患者に呑み込みやすいように説明していく。

「ところがここだけ白いでしょう。何かレントゲン線を遮《さえぎ》るものがあるからフィルムが感光されず、こうして白くなっちゃうんです」

「何があるんですか？」

「もしかしたら、肺炎とか、結核とか」

結核と聞いて、患者はええっと驚いた声を発した。広山はまだ肺癌という言葉を使わずにいる。この言葉は、山崎にとって青天の霹靂《へきれき》であろう。癌という直接的な言葉をなるべく使わず、会話の中でさりげなくそれとわかるように仕向ける。

「あるいは腫瘍《しゅよう》」

「腫瘍……？　先生、それは癌ですか」

「悪性化している場合にはね」

山崎の表情が一瞬にして固まった。

「ともかく詳しく調べてみましょう。今から肺のＣＴやりましょう」

「これから会社に出ないといけないんですが。お客さんが来るんです」

山崎は時計を見ながら、急いでいる様子である。

「山崎さん、たぶんこの影が咳の原因だと思います。熱はないのですね」

うなずく患者に、諭《さと》すように話しかける。

「ちゃんと治療しないと、咳はこのままもっと悪くなる可能性もありますよ。もともとヘビースモーカーじゃなかったですかね?」

広山は患者の返事を待たずに、CTの依頼書に必要事項を書き込んだ。

CTはすぐに上がり、レントゲン技師が広山に直接CTのフィルムを持ってきた。

「先生。肺癌ですよ」

技師は広山の耳もとで囁《ささや》いた。技師の指差したところに三センチ大の腫瘍が写っている。そこから周辺の胸膜に伸びるひきつれ様の映像がこの腫瘍が肺癌であることを強く物語っていた。

広山はなるべく患者を刺激しないように言葉を選びながら、CTの説明をはじめた。

「山崎さん、さっきのレントゲンでの影が、CTではこの塊《かたまり》です。右肺の上葉《じょうよう》に3センチの腫瘍があります。まわりにも少しひきつれがありますね。病気がひろがっている可能性があります。ここではこれ以上検査も治療もできませんから、大学病院をご紹介しましょう」

「先生、これは癌ですか?」

広山はわずかに躊躇《ちゅうちょ》したが、ごまかしてもいずれはわかる。

「その疑いがきわめて強いです。ただし、肺の腫瘍にはもちろん良性のものもありますから」

額に手を当てた山崎は、虚ろな目で広山を見上げた。

「治るんでしょうか？」

「とにかく、早く治療をする必要があります。紹介状を書きますので、明日にでもO大学呼吸器外科か内科を受診してください。レントゲンとCTのフィルムも貸し出しますので、持っていってください」

「外科ですか？　手術になりますか？」

山崎はますます不安な顔つきになっている。

「それはまだわかりません。外科と内科でよく協議してから治療に入ると思います。その前に確定診断をしなければいけませんし、全身の検査も必要になるでしょう」

患者の不安を少しでも減らすためには、ショックを感じるとしても、これからのことをある程度知らせておいたほうがよい。

「先生。薬ではだめでしょうか？」

「私は整形外科が専門です。肺についてはあまり詳しくないので、はっきりとしたことは言えませんが、使うとすればいくつかのお薬があります。今は、レスクランという口から飲む薬がありますす。なかなかよく効くという結果が出ていますから、これを使うことも考えていいでしょう」

レスクランは外資系のカストラワールドという製薬会社の薬で、世界初の経口《けいこう》肺癌治療薬である。

「やはり手術でしょうか？」

　患者の質問は堂々巡りをしていた。

「大学は最高の医療を提供してくれるはずです。万が一癌だとしても、いい抗癌剤がたくさんありますし、できる限り腫瘍を小さくする意味では手術という方法もあります。選択肢はたくさんありますから、山崎さんの病状に応じて、最もよい方法を選択してくれると思います」

　山崎はふらふらと立ち上がった。

「先生、おおきに……。明日大学病院に行ってきます」

「気をつけて。また、状況を報告してください」

　山崎は礼をして診察室から出ていった。広山は山崎の幸運を祈った。

03 シンポジウム

教授室のドアがノックされ、若い女医が入ってきた。倉石祥子《くらいししょうこ》である。

佐治川富重《さじかわとみしげ》第一内科教授は、ゆっくり顔を上げた。佐治川の目に、ミニスカートからすらりと伸びる健康な長い脚がまぶしかった。にこやかな笑みを浮かべて佐治川は口を開いた。

「で、学会で何を聴いてきたいんだね？」

「肺癌によく効くレスクランという経口薬が発売されました。今まで注射しかなかった肺癌の抗癌剤にこの薬が加わったことで、相当な効果が期待できると思います。でも、この薬には間質性肺炎《かんしつせいはいえん》という致死的な副作用が発生する危険性があることも知られています。そのことで今、マスコミが騒いでいます。ちょっと誇張されすぎだと思うのです。抗癌剤なんて、多かれ少なかれ副作用があります。ロングファーマシー社のトレメクスだって、間質性肺炎の報告があります。万が一間質性肺炎が発症したとしても、しっかりした治療法があるのですから、恐れるに足りないはずです。そのへんを、今回の学会で直に確かめてきたいと思うのです」

さりげなく薄い化粧を施した端正な顔だち。そのまっすぐに見つめてくる双眸《そうぼう》が、佐治川の視線を捉《とら》えて放さない。

佐治川は机に山積みにされた英語の論文誌の一冊を取り上げて、別に中を見るともなくぱらぱらとめくりながら尋ねた。

「病棟も忙しいんじゃないの。君はいま何人患者さんを持ってる?」

「五人です」

「学会に行っている間、誰が診てくれるんだ?」

「私を指導してくださっている今村《いまむら》先生にお願いするつもりです」

「今村君には、きちんと了解を取っておきなさいよ。患者さんにもその旨、ちゃんと伝えておくように」

祥子は目を輝かせて微笑むと、大きく頭を下げた。白衣の胸元から覗く胸の深い谷間が佐治川の目に入った。

祥子が白衣を翻《ひるがえ》して立ち去ったあと、佐治川はおもむろに手帳をひろげた。

三日間の肺癌学会開催日は、あいにくすべて予定が書き込んであった。前半の二日間は、九州地方で行われる循環器学会と重なっている。心臓血管系を専門とする佐治川は、学会監事として総会の運営を助けなければならなかった。三日目は東京で、心不全に対して効果を示す新規薬剤の臨床試験の検討会に出席する予定である。二日目の夜に、福岡から東京に飛ぶ。肺癌学会の会場は、新宿であった。

一度、顔を出してみるか……と、佐治川は手帳に書き込んだ。


一週間後、祥子が出席した肺癌学会第一会場では、「レスクランの臨床効果および副作用について」というタイトルでシンポジウムが開かれていた。七人の学会招聘演者《しょうへいえんじゃ》が次々とスクリーンに画像を映して研究結果を発表している。

祥子は、照明の落とされた会場で、スクリーンの明かりを頼りに熱心にメモを取っていた。

思ったとおり、しっかり患者さんの管理をしている限り、レスクランの副作用はそれほど怖くはない。

抗癌剤には副作用はつきもの、当たり前よね。癌細胞だけに効く薬なんてあるはずがない。結局は、体をつくる細胞の反乱でしょ。正常の細胞と本質的には何も変わらないのだから、癌を殺そうと思えば、正常細胞もある程度はやられる。仕方がないわ……。

今まで肺癌に効く抗癌剤はすべて注射製剤であったが、レスクランは二年ほど前に世界に先駆けて日本で承認された、肺癌に有効な初めての経口抗癌剤である。

癌細胞に多く発現している蛋白質《たんぱくしつ》に結合して、癌細胞の増殖を止める。そのうえ代謝《たいしゃ》にまで影響して、癌細胞を死滅させる機能があった。もちろん、その蛋白質は数種類の正常細胞にも発現していたが、量が少ないことと、発現細胞がそれほど生命に重要な役割を持っていないことから、他の抗癌剤につきものの骨髄抑制《こつずいよくせい》や消化器障害といった重篤《じゅうとく》な副作用がほとんどなかった。

しかし、肺癌が縮小した、よく効く、という喜びは、発売して三カ月もしないうちに、大きな壁に直面することになった。予想もしなかった間質性肺炎という重篤な副作用が、次々と患者を襲ったのである。このような症状が出る可能性があることは、レスクランの開発治験《ちけん》中にも、ある程度予測ができていた。治験期間中にも、わずかながらであるが、間質性肺炎を発症した患者がいたのである。ただし、重篤な症例、死亡症例まではなかった。

薬を開発したカストラワールド社では、間質性肺炎を副作用情報に記載し、使用する医師の充分な注意を喚起した。認可した薬剤医務管理局もその旨カストラワールド社に徹底するよう申し渡してあった。にもかかわらず、レスクランが市場に出てから、次々と間質性肺炎の患者が発生した。

レスクランを使うのは、全員が既存の治療が効かなくなった肺癌の患者である。治療をしなければ、いや治療をしても死が間近に迫っている絶望的な患者ばかりであった。しかしレスクランを使った患者の半数が驚異的な回復を見せ、見るみるうちに肺癌が縮小していった。医師も、その効果に驚嘆した。

ところが、効果の出た一部の患者に、致死的な間質性肺炎が発症したのである。間質性肺炎。その名のとおり、肺炎の一種である。

肺炎は通常、肺炎球菌とかインフルエンザ桿菌《かんきん》、マイコプラズマなどの病原菌で起こる。結核も同じである。結核菌、さらにはウイルス性肺炎などの病原体は、気管や気管支、細気管支から一番奥の肺胞《はいほう》に侵入して、そこで繁殖して人体の組織に障害をもたらす。気管支炎、細気管支炎、肺炎、などの病名がつく。治療法は一般的には抗生物質である。あるいは抗結核薬、これも抗生剤の一種である。

ところが、間質性肺炎の場合は、病気の発症メカニズムが異なる。肺胞、細気管支、気管支などをつくっている壁の中でさまざまな細胞が反乱を起こすことによって発症する。ある種の抗癌剤やリウマチ治療薬が間質性肺炎を引き起こすことは有名であるが、真の原因は未だ解明されていない。

しかもこの間質性肺炎は、発症が急激であるのが特徴である。高熱とともに咳が出て、あっという間に炎症が肺全体にひろがる。このような肺炎が、こともあろうに肺癌で呼吸機能が低下した患者に起こった場合、ひとたまりもない。

一日、いや一時間が勝負である。いかに早く診断をつけて、いかに早く治療に入るかで、患者の生死が決まる。診断がついたらただちにステロイドの大量投与を行い、炎症の原因となっている細胞を一気に抑え込むステロイドパルス療法に入る。

シンポジウムでは、間質性肺炎の症例について、詳細な検討が加えられていた。発症から治癒《ちゆ》に至るまでと発症から死に至るまでの経過、早期診断方法、有効な治療法、不幸にしてはかない転帰《てんき》を辿った症例については、「ああすればよかったのではないか」「いや、このほうが……」と激論を戦わせていた。

中には、昨今のマスコミ報道について意見を述べる者もあった。薬を使用した患者が何人死んだとか、期待された新薬なのにとんでもないとか、次から次へと繰り返し副作用だけが報道されている。しかも、忘れた頃にまた同じような報道が新聞紙面を賑《にぎ》わす。本来の有効性をそっちのけにして、いたずらに国民を怖がらせるだけで、有効性についても正しく民衆に知らされるべき、という意見も続出した。

議論が煮詰まってきた頃、祥子は思いきって質問に立ち、壇上に並んで座っているシンポジストたちに向かって、自分が経験した症例について訊《たず》ねた。

「O大学呼吸器内科の倉石と言います。シンポジストの先生方に一つ質問があります。実は私も最近、レスクランを術後の肺癌患者に使用いたしました。患者さんは、肺腺癌でステージ（病期）3でした。術前の化学療法後、外科で右肺上葉切除、さらに術後の化学療法を追加しました。約半年後に全身骨転移と、両肺マルティプルメタ（多発転移）が見つかりました。そこでレスクランを使ったのですが、一カ月もしないうちに肺の転移巣は消失し、骨転移も正常の骨再生に移っています。先ほどの症例にもありましたように、非常によく効きました。ところがその後、大量の喀血とともに突然死いたしました。その場では原因がわかりませんでしたが、病理解剖の結果、縦《じゅう》隔《かく》転《てん》移《い》再《さい》発《はつ》病《びょう》巣《そう》の大血管浸潤と同部の破裂のほか、肺に急激な出血を認めました。直接の死因は、大血管破裂による出血性ショックと考えられます。一方で肺の出血部位には、癌細胞が見られるところもありましたが、大量出血の原因になるほどの病巣ではない、という病理の見解でした。なぜ、肺の微小病巣で出血が起こったのか、わかりませんでした。そこで質問なのですが、レスクラン使用患者においてこのような微小病巣に相当量の出血を起こしたご経験はおありでしょうか？　肺転移以外でもけっこうです。あるいは、出血傾向が増加するといった副作用は今までに報告がありますでしょうか？」

　若い祥子の澄んだ声は、参加者たちの注意を引きつけた。死亡原因のほかに認められた、通常ではさほど重要視されない所見に関する質問は、レスクランの本質からは、いささかはずれていた。しばらく会場に声はなかった。

　そこに、一人のシンポジストが手を上げて、司会者に発言を求めた。国立T大の胸部外科の助教授であった。

「私どものところでは、肺癌術後患者で再発した約五十例にレスクランを投与しています。先ほどからの議論にありましたような間質性肺炎は認めておりますが、微細な転移巣から出血を認めた症例はまったく経験がありません。出血傾向が見られたという報告も聞きませんが。その患者さんは、何かほかに薬は飲んでいなかったのですか？」

「いいえ、レスクランだけです」

別のシンポジストが、机の前に置かれたマイクを取り上げた。

「私どものところでも、そのような症例の経験はありません。たしかレスクランは、前臨床の研究で、出血傾向関連の副作用は動物でも認められていなかったのではないでしょうか？ そのような副作用の記述を読んだ記憶がないのですが」

祥子もそれに賛同した。

「私もカストラワールド社の方にお願いして、可能な限りのレスクランの基礎データを見せてもらったのですが、血液凝固系に対する影響はないように思えました」

「一般的に、レスクランにそのような副作用はないといってよいと思います」

司会者兼座長が、祥子の質問に対する答えを締めくくった。

何か特別なことがあの患者さんには起こってしまったのだろう。質問はしてみたものの、おそらくレスクランのせいではない、と祥子も判断した。

新宿副都心にそびえ立つ高層ビル群の中で、高さではやや押され気味のこの高級ホテルでは、日本の医学関係の学会が年に何度も催される。大きな学会では、学会発表演題の数も優に千を越える。いくつもの部屋が必要となるため、交通の便もよく客室数も多いこのホテルは、重宝されていた。会長以下、役員、座長を務める各大学の教授や医師たちは、学会開催費用で会場となったこの高級ホテルに宿泊している。

昨晩、福岡から東京に入った佐治川もこのホテルの一室に宿泊し、今朝はレスクランのシンポジウム会場に向かっていた。

佐治川が会場についたのは、シンポジウム開始五分前だった。会場につくまでの廊下で、医員の倉石祥子の姿を探したが見つからなかった。

会場に入ると、空席がぽつぽつとしか残っていない。あとからあとから聴講者が入ってきた。佐治川は押されるように前のほうに進み、ようやく空いている席を見つけた。着席者たちを跨《また》ぐようにして身を滑り込ませ、首を伸ばして祥子を探したが、見えるのは黒い頭ばかりであった。そうこうするうちに座長が現れ、シンポジウムの開始を告げると、会場が暗くなった。

三日間にわたって行われた肺癌学会は、このシンポジウムを最後に終了した。広い会場にいた会員全員が一斉に立ち上がった。会員たちは皆のろのろといくつもの出口に向かって歩いていく。その中の祥子の姿を追って、佐治川は進んでいったが、同じ出口からはとても出られそうもなかった。

その時、佐治川の肩を叩く者があった。振り返ると、同期で今は東北のA大学内科学教授になっている田山華峰《たやまかほう》であった。

「しばらく」

「お、来てたのか?」

佐治川は首をひねりながら、返事をした。

「学会はこれで終わりだから、昼飯でもどう?」

佐治川は祥子のことが気になったが、一瞬目をそらした隙に見失ってしまった。

「じゃ、つき合うか」

ようやく会場の外に出た。広いロビーで未練がましく祥子の姿を探してみる。

「誰か探しているのか?」

「うちの若いやつだ。ほら、最後に質問した」

「ああ、あの子。なかなかしっかりしてたな」

「うん、うちの肺グループにいる子だ」

「よく勉強しているようだな。昨日も質問していたような気がする。いま治験が進行中の天下製薬のMP98の会場だったかな。俺もあの薬は治験に絡んでいるから、いろいろと発表には気を遣う」

佐治川はうなずきながら、その時の様子を訊《き》いてみようと思った。

「俺は昨夜、東京に来たんだ。昨日は九州で循環器学会だったのでね」

「そうか、あっちのほうに行ってたんだな。相変わらず東奔西走だな」

二人はぶらぶらと会場から外に出た。雨がぱらついている。空はどんよりと重い。

「彼女、何を質問したんだ？」

「ああ。ＭＰ98の第二相試験までの副作用についてだ。知ってのとおり、ＭＰ98はレスクランと同じメカニズムで抗腫瘍効果を示す。いま第三相試験に入っているんだが、ここまでの一相、二相試験の結果の報告さ」

「第二相まではうまく行っていたな」

佐治川の教室でも治験に参加している。

「ここだけの話だが、非常に有望だ。このメカニズムでは世界各国で二番手争いが熾烈《しれつ》な状況だ。日本でも何社か研究開発に取り組んでいる。中でも天下製薬が今のところ抜きん出ている。ほかのところはまだ第一相試験にも入っていない」

「何か問題は？　まあ、ないと思うが」

「うん。間質性肺炎も今のところ皆無だし、特に問題がない」

「じゃ、彼女は何を質問したんだ？」

「さっきと同じことを訊いていた。要するに出血傾向はないのか、ということさ。よほどその点が気になるらしい」

「でも、これまでにも、そんな副作用ないんだろ」

「ない。基礎実験でも天下製薬が示してきたデータでは、そんなものはなかった」

「変なやつだな。レスクランの患者で、たしかに出血死した患者がいたことはいたが、あれは別に薬のせいではない。レスクランはよく効いたんだ。転移巣の破裂からの出血が、直接の死因だったはずだ。病理解剖でも確認されている」

「そんなとこだろうな。よくあることだ」

04 異変

新宿で肺癌学会が開催されていた二日目の夜、埼玉県にある天下製薬創薬研究所《てんかせいやくそうやく》はまだ煌々《こうこう》と灯りがついていた。時刻は午後十時をまわっている。

主任研究員の柳川一夫《やながわかずお》は、目の前の光景に戸惑いを感じていた。今朝ＭＰ98を投与したマウスが、のそのそとケージの中をうろついている。マウスの動きに、研究者の独特の感性に触れる違和感があった。

今までマウスに大量のＭＰ98を投与しても、何の変化も見受けられなかった。毒性のない理想的な抗癌剤だ。ＭＰ98を見つけた時には、研究所の合成化学陣に感謝と畏敬の念さえ抱いた。よくもこんな素晴らしい化合物をデザインできたものだと。彼らの執念と能力には頭が下がる。

合成化学研究者がいいものをデザインしてくれなければ、何もはじまらない。柳川たちは彼らが創った化合物の善し悪しを評価し、結果を彼らにフィードバックしているだけだ。そのデータを参考に、合成陣は新しいデザインを組む。前の化合物の欠点を補いながら、新しい化合物をデザインする。そこには学者としての能力に加えて、多分に生来のセンスが反映されることを、柳川はいつからか感じるようになった。

たしかに皆頭がいい。一流大学を卒業した者ばかりで、一般社会からは一目置かれる存在だろう。本人たちもそれは充分に承知している。が、長年彼らとつき合っていると、優秀と思われる科学者たちの間に、相当な能力差があることに気づいた。ある人物のデザインした化合物はいつも欠点が少なかった。別の合成担当者がデザインした化合物はすぐに欠陥が露呈して、お蔵入りとなった。その関係はいつまでたっても変わらなかった。


マウスはおっくうな様子で、おがくずが敷きつめられたケージの中を、のそのそと歩いていた。妙に落ち着きがない。柳川の感じた変化は、マウスに元気がないことであった。手を入れると、いつも逃げまわるマウスが、今夜は走らない。関心なさそうに、うろうろしているだけである。また、何匹かのマウスの鼻先が赤くなっていた。一匹を捕まえてよく見てみると、血であった。どこかで怪我でもしたのか、あるいは中の一匹が怪我をして出血したものが鼻についたのか?

ケージの中のすべてのマウスを調べてみたが、傷を負っているマウスはいない。ほかのマウスの血がついた場合、鼻だけでなく、体毛にも血が付着するのが普通である。別のケージを見たが、特にマウスの様子には大差はない。対照として、別の投薬をしたマウスには何の変化も見られず、元気に走りまわっている。

「どこからの血だろうか？」

その後、帰宅した柳川は、いつもと違うマウスの様子と鼻についた血が気になって、床に就いても眠りが浅かった。ケージの中ですべてのマウスが死んでいる夢を見て、何度も眠りを妨《さまた》げられた。

ＭＰ98は、現在に至るまで順調に来ている。研究所での実験結果では副作用につながりそうな欠点はまったくなかった。臨床第一相、第二相試験もこれほど完璧に完了した経験はなかった。すでに最後の第三相試験に入っている。有効性がはっきりすれば、久しぶりに天下製薬オリジナルの抗癌剤が上市《じょうし》できる。レスクランにつづく有望な肺癌治療薬として、日本の製薬会社の中ではトップを走ることができる。

こんなところで大きな欠点が見つかれば、大変な事態になる。今までの実験では、すべての可能性を考えて検討が加えられ、ことごとくそれらをクリアしてきた。

普通では考えられないような大量のＭＰ98を投与しても、マウスは平気だった。マウスより大きいラットについても、安全性は確認されている。

もう少し投与量を上げて、実験をつづけてみよう……。

そう決心すると、柳川はようやく眠りに落ちた。

翌日、柳川は朝食を摂《と》るのももどかしく研究所に向かった。

かつて東京オリンピックの時にヨットレースが行われた荒川ぞいに、研究所は建っている。駅から十分ほどの通勤路を研究所に向かって歩いている間、柳川は昨日見たマウスにこれ以上の異変が起きていないことを念じた。通常とはちがう動きをしていたマウスのことが気になった。あれがもしどこかからの出血で、そのためにマウスがあのような一見全身倦怠ともとれる症状を示していたとしたら、やはりMP98の使用量に限界があることになる。それは、どの薬剤にもあることであるから仕方がないとしても、最大使用量を決める因子が出血というのはいやだな、と悪い予感がした。

研究室にはまだ誰も来ていなかった。実験ノートをかかえて動物実験棟へと急ぐ。どきどきしながら実験室に入った。ケージのおおいを取り、中を覗く時には手が震えた。

柳川はすべてのケージを確認してみた。どのマウスもいつもどおりにかさこそと落ち着きなく動きまわり、中には後脚で伸び上がって柳川のほうを見ているものもいる。こちらを向いてひくひくさせている鼻には、昨日の血の跡はどこにも見当たらなかった。

柳川は動物舎特有の臭いのする空気を肺いっぱいに吸い込んで、大きく安堵《あんど》の息をついた。

「よかった……」

昨日の実験記録のあとに、「十時間後は何ら異常を認めず」と記載した。

05

奥多摩

肺癌学会三日目の午後、祥子は新宿駅から中央線に乗った。お昼すぎだというのに新宿駅で車内はほぼ満員になった。

祥子は吊り革に手をかけ、しばらく窓の外を流れる景色を眺めていた。

ほとんどの乗客は無表情であった。前に座っている二人の中年女性だけが、新宿を出てから休むことなく話しつづけ、けらけらとした甲高い笑い声が車内に響いている。ごとんごとん、という列車の走行音と不調和な話し声だけが耳に入ってくる。

電車は西に走りつづけ、やがて青梅《おうめ》線に入る。窓外の景色から民家がしだいに減ってきた。前に座った二人はしゃべりつづけている。席がぽつぽつと空きだした。

終点の青梅で、二人の中年女性たちは降りていった。彼女たちが改札口へ歩いて行く間も、今までと同じ笑い声が青梅の空に響いていた。

祥子は奥多摩に入るべく、二両編成の小さな電車に乗り換えた。これからは誰にも邪魔されることなく、秋の自然を楽しめるに違いない。

一両目の一番前に乗り込むと、いつの間にか車両のドアが閉まり、青梅発奥多摩《おくたま》行きの電車が、ごとりと動いた。緑がのんびりと後ろに流れだした。

電車はいかにもこれから山奥に入っていくというように、ゆっくり鈍《にぶ》い音をたてて重い車体を進めた。

祥子は先頭車両の前の窓から見える、銀色に延びる二本のレールが結んでいく景色が幼い頃から好きだった。

前の窓だけでなく、左右の窓から流れる景色も楽しむ。紅葉にはまだ早いようだ。くすんだ緑色が、奥につづく山々を彩《いろど》っている。左手眼下に渓流が見える。エメラルドグリーンの水が、ところどころ白い水流で乱されて、とても美しい。

短いトンネルをいくつもくぐりながら、電車は山肌を縫《ぬ》って走る。木々の緑が触れそうなほど車体に近づいている。トンネルを抜けると、車内放送とともに、奥多摩の駅が目に飛び込んできた。

えっ、ここが終点？

京都の出町柳《でまちやなぎ》から走る叡山《えいざん》本線の終点、鞍馬《くらま》のような駅を想像していた祥子は、いささか拍子抜けした。

駅を出て振り返ると、駅舎の上に〈奥多摩駅〉とあまり古くない字で書かれていた。ここが奥多摩なんだ、と思いながら祥子はぶらぶらと歩きはじめた。

雲はどんよりと空を覆っている。時々陽が射した。空気は暖かい。雨は大丈夫だろう。

奥多摩駅からしばらく歩いたあとアスファルトの道をそれ、河原へとつづく小径《こみち》に入った。踏みしめる砂利が足の裏に心地よく響く。

奥多摩湖に源を発する多摩川は、青梅街道に寄り添うように山中を東に走り、澄んだせせらぎが両岸の岩と戯《たわむ》れながら山を下っている。

祥子は水に手を入れてみた。清流の冷たさが沁みた。

時おり上の道路を車が走る音が聞こえるが、水が流れる音のほうが優っている。河原には祥子一人であった。

奥多摩はどこも静かで、美しかった。昨夜からの雨で滑りやすくなった遊歩道は、先ほどから射してきた陽光をきらきらと弾いている。

紅い蔦《つた》が絡まった廃屋の料理旅館。高台に上れば眼下に見える赤茶けた吊り橋。すでに雲は遠のき、晴れた青い空には、一羽の鳶《とび》がゆったりと円を描いている。

しばらく歩いていると、〈日原街道入口《にっぱらかいどう》〉と書かれた急坂に差しかかった。奥多摩湖に通じる細い小径が山肌を滑り、森の中に消えていく。

その小径を辿ると、かつて小河内《おごうち》ダム建設の際、山裾から資材を運んだというトロッコの線路が錆《さ》びついたまま土に埋もれていた。祥子の脳裏に、汗水をたらしながらトロッコを操るランニング姿の日に焼けた逞しい労働者の姿が浮かんだ。

トロッコの線路は、すぐ先にあるトンネルに消えていた。トンネル入り口には柵が張り巡らされている。近づいて中を覗いてみたが、闇が見えるだけであった。

しばらく木立に覆われた小径を進むと、開けた場所に出た。風景写真を撮っている年配の男性がいた。デジカメではなく、古めかしい一眼レフカメラを構えてシャッターを切っていた。大きなカメラに隠れて、男の顔はわからなかった。

祥子は撮影の妨げにならないように、男から離れた場所に立った。男は祥子に気づかないようである。

レンズが向いた先を眺めてみると、なるほど木々が絡まった林の風情《ふぜい》が面白い。男に目をやると、男は初めて祥子の存在に気づいた様子で、「あ。すみません」と言って小径の端に体を寄せた。一度、祥子に向けた男の視線はすぐに山の被写体を探すように横に流れた。

小さく礼を返しながら、祥子は男の傍《かたわ》らを通り抜けた。

06 新薬開発

研究開発当時はＫＷ１０２８５３と名づけられ、のちにレスクランとして発売される化合物の特許が公開になるやいなや、世界各国の大手製薬会社はこぞって類似品の合成に取りかかった。

製薬会社各社は、第二相試験でＫＷ１０２８５３を投与された患者の肺病巣が縮小しているとの未確認情報を入手していた。特許公開の日を、今や遅しと待ち構えていたのも、当然のことであった。

日本でも大手の日本藤武《にほんふじたけ》製薬、ロングファーマシー社などが飛びついた。間もなく最初によい化合物を見つけたのが、日本の製薬会社の中では第五番手の天下製薬だったのである。天下製薬は多分に幸運だった。研究所でＫＷ１０２８５３の構造式を数カ所変えただけで、何倍も強い抗腫瘍効果を示す化合物を見つけた。毒性もほとんど認められなかった。研究はとんとん拍子に進み、最終的に大型の動物、犬や猿でも必要事項を満足させる結果となった。

一方、カストラワールド社では、ＫＷ１０２８５３の肺癌に対する有効性を確実なものにしていた。海外での申請に先立って日本での上市《じょうし》を目指し、全社を挙げて開発に取り組んでいた。

天下製薬と並んで同様の薬剤を精力的に研究していた日本藤武製薬やロングファーマシー社は、質量ともに天下製薬よりもはるかに充実した研究陣を擁《よう》しているにもかかわらず、よい化合物を見出せずにいた。いくつもの化合物が見つかっては、毒性の点で多少の欠陥を抱えているがゆえに脱落していった。毒性のごく少ない化合物が見つかっても、今度は癌に効かなかった。研究陣はしだいに焦りの色を濃くしていった。

そうこうするうちに、カストラワールド社はＫＷ１０２８５３をレスクランとして販売する許可を取りつけた。

薬剤医務管理局も、有効な治療法のない肺癌に、これまでにない有効性を示すレスクランを早く世に送り出したかったのか、第三相試験までの臨床試験記録を短時間で吟味《ぎんみ》した結果、異例の速さでレスクランの認可を下したのである。

日本藤武製薬では、研究開発会議が行われていた。固く閉めきったドアからは、まったく話し声が洩《も》れてこなかった。

会議には、経営陣に加え、研究所、開発本部と共に薬剤の販売を担当する営業トップまでもが集められていた。迫水久一《さこみずひさいち》創薬研究所長からは、レスクランの後続品について厳しい状況が伝えられている。

「芳《かんば》しくありません。今もごらんに入れましたように、ここ一年まったく進展していない、同じところを堂々巡りです。もちろん、レスクランの構造式を参考にはしているのですが、むしろそれが妨げになっているのかもしれません。このままでは、レスクランの独擅場《どくせんじょう》です。おそらく、アメリカやヨーロッパでも早晩申請が行われるでしょう。世界市場がレスクランの一人勝ちになりかねません。カストラワールド社は、アメリカでの申請をすませたようです。ヨーロッパ各国でも間もなくだと思われます」

市場担当村田常夫《むらたつねお》部長からも、追い討ちをかけるような言葉がつづいた。

「未確認情報ですが、天下製薬が臨床第三相試験の申請を明日にも行うとのことです」

「カストラワールド社に遅れること二年か……」

あちこちからため息が洩れる。これから適切な化合物を見つけて、臨床試験をするとなると、さらに何年もかかるだろう。下手をすると十年以上必要となる。

「我が社にはまだ化合物すら見えていない……」

「迫水研究所長、実際のところ何がまずいんだね」

矛先は、化合物を見出せずにいる研究所長に集中した。

今、主な化合物について一つひとつ長所短所を説明したではないか、聞いていなかったのか……というように、迫水は唇を噛んだ。

「とにかく堂々巡りなんです。よく効くかと思えばさまざまな副作用が出る。副作用が少ないかと思えば効果まで半減する。もちろん、このようなことは薬の研究にはつきもののことで、珍しいことではないのですが、そろそろ開発候補品が出てきてもいい頃なんですが……」

「化合物がなけりゃ、どうにもならん！」

橋岡英達《はしおかひでたつ》専務が切り捨てるように言った。研究所長は身を縮めている。

「天下製薬のほうの情報は？」

「第三相に入るというのに、化合物の構造式がまったくわかりません。特許を申請していないようです」

迫水が小さな声で答えた。

「何！　特許が出ていない。作戦か？　そうなると、コンピュータに侵入でもしない限り無理だろう」

「研究員の中には同期の者が天下製薬にいるとかで、そっちのほうから探ってもらってはいますが」

「情報なら何でもよいが、あまり危ないことはするな。そちらのほうは引きつづき調査するとして、レスクランの臨床報告をしてもらおう」

村田部長が立ち上がり、コンピュータに映し出されるデータを見ながら話しはじめた。

「今回、東京で肺癌学会がありました。聴講してきたのですが、ご承知のとおりレスクランには、間質性肺炎という致命的な副作用があります」

「待て！　いま致命的と言ったが、間質性肺炎にはステロイドパルス療法という確立した治療法があるだろう」

「おっしゃるとおりです。私が致命的と申しあげたのは、レスクランという薬にとって、この欠陥が下手をすれば市場で致命的になるという意味です」

村田はつづけた。

「たしかに間質性肺炎は、発見が早ければステロイドパルス療法で救命可能です。しかし、中にはやはり死亡する例も見られます。学会では、そもそも肺癌で呼吸機能が落ちているところに間質性肺炎を併発したら、なかなか厳しいだろう、と指摘する医師もおりました。間質性肺炎が起こる本当の理由はわかっておりません。天下製薬の化合物がこの肺炎を起こさないかどうかも、まだわかりません。とにかく、我が社の薬は、間質性肺炎の発症がないもの、あるいはレスクランよりずっと頻度が低いものである必要があります」

「発症機序もわからないのに、どうやって臨床以前に見わけるんだ？」

「ポイントはそこなんですが、動物モデルで間質性肺炎に近いモデルがあるそうです。そうですよね、迫水所長」

「完全にとはいえませんが、人の間質性肺炎に類似したものはあります」

「その検査を、したがってクリアしなければならない」

橋岡専務が口を挟んだ。

「レスクランはどのくらい効いているんだ」

「発売以来すでに二年以上経っていますが、今までの症例調査から、カストラワールド社は五十パーセントという数字を発表しています」

「これまでにない効果だな。いつまでその効果はつづくんだ？」

「データはまだ発売後二年ですので、この先しばらく見てみないとわかりません」

「それにしても、我が社もぜひ欲しい薬だな」

世界市場に大型の薬剤を展開している日本藤武製薬としては、さらに癌に有効な大型新薬を目指していた。レスクランの後続品にはもってこいの商品になる。

「レスクランの間質性肺炎は、マスコミでさんざん叩かれている。それでも、レスクランの市場はどんどん伸びている。もともと何も効かなくなった肺癌に光明《こうみょう》を与えるんだから、間質性肺炎さえ充分注意して使えば、恐れるに足らずということだ。とにかく、一日でも早くレスクランの後続品を創ってくれ。あとは、開発が引き受ける」

橋岡は川原宏也《かわはらひろや》開発本部長のほうを向いて言った。川原はうなずいている。

「それまで、レスクランの間質性肺炎の話は栗山《くりやま》君に頼んで、時々国民に注意を喚起してもらおう」

こうすることによって、患者はレスクランの副作用である間質性肺炎の恐ろしさを忘れることができなくなる。当然、レスクランを使うことに躊躇《ちゅうちょ》が生じる。後続して市場に出てくる同作用の新薬が、すでにレスクランで占められている市場に食い込む余地を残す。さらに、新薬に間質性肺炎の副作用がなければ、完全にレスクランの市場を乗っ取ることができる。そこまで読んだ橋岡の戦略であった。

さらに肺癌治療薬の開発に成功すれば、俺はこの会社の頂点に立てる……。

栗山とは、橋岡の子飼いの部下である。入社当時から目をかけていた。現在は日本藤武製薬を退社し、薬剤医務管理局の薬剤情報を統括する部署の課長をしている。利害関係があってはならないはずのところに、確実に日本藤武製薬に有利な構造が構築されていた。

天下製薬でも、肺癌学会のあとを受けて幹部会議が開かれていた。こちらは学会に参加した創薬研究所長の小林研二《こばやしけんじ》が、ＭＰ98の第二相試験までの結果発表に対して、どのような質問が出たかという報告をしている。静かな会議であった。

臨床成績が非常に芳しく第三相試験の申請も完了した今、充分な効果が出ることのみが関心事であった。レスクランの有効性を上まわらなければならない。

小林は、MP98に関してさして重要と思われる質問はなかったこと、今後の期待が学会でも非常に大きいことを伝えるにとどまった。若い女医が出血について質問をしていたが、この場で話す必要もないだろうと割愛した。

小林の学会報告につづき、開発部長秋山三郎《あきやまさぶろう》が今後の臨床試験について説明をしている。

「第三相試験は東北のA大学、新潟のN大学、東京のK医科大学、愛知のJ大学、大阪のO大学、四国では香川のT大学、中国地方H医科大学、九州Q大学、いずれも、呼吸器内科と外科にお願いしてあります。治験総括《ちけんそうかつ》は東京のK医科大学山辺年男《やまべとしお》教授にお願いしました。対象は、肺癌、全ステージ、手術との併用可否、MP98単剤の抗腫瘍効果を見ます。対照薬はレスクラン。レスクランの効果は、これまでになくめざましいものがあります。これと勝負して勝たねばなりません。なかなか厳しい状況ではありますが、動物実験の結果からは、レスクランと同等もしくはそれ以上の有効性を示しております」

秋山は研究所から何度も説明のあったMP98の有効性について、再度強調した。

経営陣は、のんきそうに安心した顔をしている。

「目標は、MP98、レスクランそれぞれ二百例。いまだ他の薬剤の追随《ついずい》を許しておりませんし、調査した限りでは、どの製薬企業もまだ有望な化合物を持っている様子はありません。症例の登録は通常以上に速やかに行えるかと存じます」

「どのくらいかかりますか？」

「二年で充分でしょう」

「二年ですか？　もう少し早くなりませんかねえ。あとから、藤武さんやロングファーマシーさんがすぐに追いついてきますよ。特に藤武さんは、ご承知のとおり、薬剤医務管理局に影響力が大きい。藤武さんが参入する前にさっさとやっちゃいたいんですがね。一年にしてください」

一年は厳しいなあと思っても、常務の命令では逆らえない。

「わかりました。各大学の先生方にお願いして、症例の登録をできるだけ急いでもらうようにいたしましょう」

「ご協力いただける先生方には、くれぐれも失礼のないように。何かと医局運営にはお困りのことも多いでしょうから」

研究開発担当常務有田幹郎《ありたみきお》の声に、秋山と営業部長の久米裕章《くめひろあき》が、「わかっております」と大きくうなずいた。

カストラワールド社では、順調に売り上げを伸ばすレスクランの、さらなる市場開拓への検討会が行われていた。

「このところのマスメディアによる副作用報道は、度を越している。患者どころか医師からも、レスクランはすぐに間質性肺炎が出る、危なくて使えないという声を聞く。発売してから二年も経たないうちに、五回も大きく取り上げられた。これでは、使えば効くかもしれない患者までその機会を失ってしまう。我々は副作用が起これば、当局への報告義務がある。たしかに間質性肺炎の発生頻度は当初予測した件数より多い。しかし、このスライドにもあるように……」

医薬情報部長が用意した資料を壁に映した。画面を指差しながら、

「すでに肺癌の治療薬として長く使われている他剤と、副作用の発現《はつげん》頻度はほとんど変わらない。間質性肺炎を見ても、ロングファーマシー社のトレメクスと何ら変わらない。にもかかわらず、レスクランの間質性肺炎だけが強調されるのはなぜか?」

質問を投げかけたカストラワールド日本支社長ルーベックは、会議室にいる出席者を見渡し、流暢《りゅうちょう》な日本語でつづけた。

「もちろん、新薬だからということもある。新しい薬の上市《じょうし》にはつきものだ。が、有効性と副作用を比較した場合、これらの報道はあまりにもアンフェアだ。何らかの妨害意図すら感じる。我々の副作用報告が、簡単に日本のメディアに流れてしまう。どういうことか? 他の企業ではこれほどひどくはないだろう。最近、リウマチ薬による肺炎の報道があった。そのくせ、血友病《けつゆうびょう》患者に使った非加熱製剤でエイズ患者が発生しても、

わかったのは何年も経ってからだ。患者にすら知らされず、長い間犠牲になっている。また、薬剤医務管理局の役人と担当医師が危険性を知りながら非加熱製剤を売っていたという大事件もなかなか報道されない。この国は何かおかしい。もちろん、重大な副作用報告はただちに行われるべきであるし、すぐにでも国民に開示されるべきだ。だが、副作用だけが強調され、薬本来の効き目が無視されたような報道は理解に苦しむ。天下製薬では、近々ＭＰ98の第三相試験に入る。つまり、レスクランとの比較試験を申請していると推測される。昨日の学会報告も含めて、我々の知るところでは、間質性肺炎の発症がレスクランより少ないかもしれない。そうなると、もしレスクランより有効であれば、すぐに当局も認可するであろうし、そうなるとレスクランは生きる道がなくなる危険性がある」

ルーベックの言葉に、出席者からざわめきが起こった。誰もそこまでは予想していないが、ルーベックは語気を緩めなかった。

「いかにすれば今の危機を乗り越えられるか、次回までに対策案を考えてきてほしい」

前列に座っていた役員の一人が手を上げた。

「レスクランは、このような副作用報道をされているにもかかわらず、順調に売り上げを伸ばしております。発売後一年で予想を上まわる百二十億円、一年目は二百億円。三年目に入って、この四半期ですでに前年度売り上げの四十パーセントに達しております。

このまま単純に計算しても、本年度は百六十パーセントの売り上げ増になります。いや二百パーセントは行くでしょう。特に何かをする必要性があるでしょうか?」

「その数字は私も知っています。しかし使われれば使われるほど、間質性肺炎をはじめとする副作用のケースも増えます。また、こちらでいくら注意を喚起しても、レスクランを投与しながら、肺のレントゲンすら撮らないドクターがいることも事実です。このようなドクターの患者で間質性肺炎が起こったらどうなりますか? 患者はまず手遅れで死亡するでしょう。もちろんMR(医療情報担当者)の方たちには何度もドクターのところに足を運び、副作用について注意を怠らないよう話してもらわなければなりません。しかし、それも限界があります。ですから、どうすべきかを皆さんで考えていただきたい」

役員たちは皆、下を向いて黙っていた。

「MP98の動向も気になります。集められるだけの情報を集めてください。社長直属でMP98調査部を設置します。薬剤医務管理局対策班も設けます。何かご意見は?」

役員会議室は水を打ったように静まり返っていた。

「何もありませんか? では、今日はここまで」

07
疑惑

「何てことだ……」

　天下製薬創薬研究所主任研究員の柳川一夫は、立ちすくんでいた。目の前にあるケージの中で、マウスが全部倒れて動かなかった。おがくずに埋もれ、血を吐いて死んでいた。全例であった。口のまわりが真っ赤に染まって、白い毛にもあちこち血がついていた。

「どういうことだ、これは……」

　柳川は昨日、マウスたちに定量のＭＰ98を口から飲ませていた。長期投与の安全性確認の実験である。ちょうどＭＰ98の臨床第三相試験がはじまった頃から毎日投与しているから、かれこれ二百日近くになる。土曜日も日曜日もなく、柳川はマウスにＭＰ98を飲ませつづけた。

「昨日飲ませたものに何か混じっていたのか？　いや、別の薬と間違ったか？」

　慎重の上に慎重を期してつづけてきた実験である。失敗をしたら、これまでの数カ月がすべてご破算になる。短期の実験と違って、すぐにやり直すわけにはいかない。柳川は真っ青になった。手のひらに汗がべっとりと滲《にじ》み出た。

「レスクランはどうだ？」

気を取り直してレスクラン連続投薬群と書いたケージを見る。見るまでもなく、先ほどからマウスがかさこそ歩きまわる音が、柳川の耳に届いている。

「レスクランのほうは全部元気か……」

柳川は肩を落として、深いため息をついた。

「なぜだ？」

今まで半年以上何ごともなくすごしてきた。これほど急な症状で死ぬはずがない。柳川はむしろ間違った薬を投与した可能性に期待をかけた。自分のミスで実験が途絶えたなら、「六カ月投与しました。長期投与は問題ありません」と報告できる。今の臨床治験にも何も影響を及ぼさない。しかし、もしMP98の長期投与自体が問題であったとすると、これは大変なことになる。事実、マウスは皆死んでいる。

数日前、マウスに元気がなく、そのうちの一匹だけ鼻に血がついていたことがあったのを思い出した。瞬間、柳川は強い眩暈《めまい》に襲われ、思わず飼育棚の柵をつかんだ。

何かとんでもない毒性がMP98にはあるのではないか？　長く投与しているうちに、今までには考えられなかった副作用が出ているのではないか？

マウスはよほどのことがない限り、人間のように胃潰瘍《いかいよう》を発症することはない。血を吐いて死んでいたとしても、胃に潰瘍ができて、そこから出血したとは考えにくい。それに、全部同時に死ぬなんて考えられない。

柳川は困惑した。昨日の投与薬剤を調べようにも、残ったわずかの薬剤は昨日のうちに廃棄している。人となるべく同じ条件で実験を行うために、MP98の錠剤をわざわざ実験前に潰して水に溶かし、マウスに与えている。

細い金属筒に入れてマウスの口から喉に差し込み、薬を強制的に服用させるのである。若く経験の浅い研究員は、この操作でよくマウスの喉や食道を破ったりする。気管に薬が入ってしまうこともある。マウスも激しく咳き込み、下手をすると肺炎を起こして死んでしまう。

柳川は経験豊富な主任研究員で、大事な実験を数多く任されてきた。このような実験操作での失敗は考えられなかった。仮に失敗をしたとしても、同じ飼育籠に入れたマウスだけが被害を被ったということはあり得ない。

MP98がきちんと投与されたという前提で、死んだマウスをできる限り調べてみようと決心した。すでに死亡してから何時間か経っているようなので、血液検査が果して正しい情報となるかはいささか心もとなかったが、死んだマウスの血液を採集すべく、心臓に注射針を差し込んだ。まるで自分の心臓が刺されたような痛みを感じた。1cc足らずの真っ黒な血が、さらさらと注射器の中に戻ってきた。

何匹か血液を採集したあと、マウスの解剖に入った。はさみで腹から胸部にかけて切り上げる。はさみの間でじゃきじゃきとマウスの肋骨が折れる感触のあと、肋骨を取り除いた柳川は息を呑んだ。肺が真っ黒になって縮んでいた。

「これは……」

胃や腸も内側が真っ黒であった。肺や消化管で大量の出血が起こったことを示している。どのマウスも同じ状態であった。頭蓋骨を切って脳まで調べた。脳の表面が黒ずんでいた。頭蓋内でも出血が起こっていたのである。体中いたるところで同時に出血が起こったものと推測された。目の前に、手足を縮め内臓をすべて出されたマウスの解剖死体が次々と積まれていった。

柳川にはいまだに何が起こったのか、わからなかった。すべてのマウスが一斉に死ぬことがあるだろうか？　副作用で死ぬにしても、数匹ずつ死んでいくものだ。同時にすべてのマウスが死ぬとは、にわかに信じられなかった。現実に、マウスは全身の内臓から出血を起こして死んでいた。目の前に山積みされたマウスの解剖死体が、何よりの証拠であった。

間違いなく俺は昨日ＭＰ98を投与した……。

柳川は心の中で繰り返した。間違って毒を投与したという結果が欲しかった。マウスの大量死がＭＰ98の長期投与によるものと判定されたにもかかわらず、実際に人に使っているとしたら大変なことになる。

柳川は目の前にある事実をそのまま報告するのをためらった。血液検査および臓器の病理検査の結果を待って、小林研究所長に報告しよう。科学的な裏づけもなくＭＰ98によってマウスが死んだ事実だけを報告したら、進行中の臨床試験を中断に追いやってしまう。会社に多大の損害を与えかねない。もしＭＰ98の副作用だとしたら、いま投与中の患者の命が危険にさらされる、明日にも出血死するかもしれない……。

脳裏をよぎった恐ろしい懸念を、柳川は慌てて頭から振り払った。

08 術後再発

山崎俊一が、祥子のいる第一内科呼吸器病棟に入院して来たのは、山崎が広山院長に癌の可能性が高いと告げられてから、ほぼ一カ月が経った頃のことであった。

広山院長からの紹介状と大きな袋に入ったレントゲンとCTのフィルムを持って、山崎はO大学附属病院を訪れた。心配した妻がついて来ている。

新患外来診察室で、若い医師からこれまでの症状経過、既往《きおう》歴、家族歴などの問診を受けたあと、山崎は〈担当赤井《あかい》准教授〉という名札がかかった診察室に案内された。

第一内科の教授佐治川は循環器が専門で、呼吸器疾患は准教授の赤井和義《かずよし》が主任として診《み》ている。最近は、第一外科の呼吸器疾患部門と第一内科の呼吸器専門部門を併せて呼吸器部門と総称し、治療も双方の協力の下に、科を越えた専門医療チームが組まれている。

紹介状にさっと目を通した赤井は、山崎の顔を覗き込んだ。ややむくんでいる。

「咳の具合はいかがですか?」

訊ねながら、赤井はレントゲンフィルムを引っ張り出してシャウカステンにかけ、スイッチを入れた。診察机の前が明るくなった。

黒いフィルムに白っぽく何かが映っている。CTのフィルムは、同じような楕円の形をしたものが、何区画にもわかれて並んでいる。

赤井は口を閉ざしたまま、あちこちに目を移しながら、フィルムを詳細に眺めた。

「昨日咳止めをもらいまして、それで夜は少し眠れました」

「ちょっと診察をしますので、上半身の服を脱いでください」

赤井は聴診器を山崎の胸に当てて、何カ所も動かしながら、呼吸音を慎重に聴いた。

「はい、背中」

冷たい聴診器の感触が、今まで腰痛以外これといった病気もせず、したがって内科の医師にかかったこともない山崎を失望させているのか、心なしか後ろを向いた肩がしょげている。

胸部右上方の呼吸音が小さい。腫瘍に占められて空気が入っていかないことを示している。

そのあと、赤井は山崎の首をていねいに触診した。指が首の右のつけ根で止まった。大豆大のリンパ節が二個触知された。硬い。リンパ節転移が疑わしいなと判断しながら、赤井は山崎に着衣するよう伝えた。

山崎がついたての向こうで服を身につけている間、赤井は診察した所見をカルテに漏らさず書き込んだ。

「どうですか？　やはり癌ですか？」

患者は最も気にしていることを、真っ先に訊いてきた。

「まだ確実とは言いきれません。時に良性の腫瘍も肺にはありますし、肺炎の可能性もあります」

「癌なら癌と言ってください。覚悟は決めてきましたから」

以前「癌です」と答えて、目の前で患者が卒倒した経験をもつ赤井は、慎重に言葉を選んだ。

「可能性は高いです。しかし確定診断を下すには、痰の細胞診、あるいは直接腫瘍から注射器で細胞を採る針生検《はりせいけん》を行わなければなりません。痰は今日お渡しする容器に採って検査室に提出してください。それで診断がつかない場合、入院してから針生検になります」

「先生、それでも癌なのでしょ？」

山崎は食い下がった。

「ここの部分が腫瘍です」

赤井は人差し指でレントゲンに映った影の部分を示した。

「CTではここになります」

刺の出た白い塊《かたまり》が、そこだけ強烈な光り方をしていた。

「とにかく入院して検査をし、結果を見ながら、治療方針を決めたいと思います」

「手術で取れますか？」

「入院されたら、呼吸器外科と協力して考えます。手術は根治《こんち》を目指して行うのが原則ですから、慎重に選択されなければいけません」

「先生、どのくらい進んでますか？　ようなりますか？」

「全身の検査をします。その結果を総合して、最良の治療法を決めるつもりです。山崎さんにはきちんとお話ししながら、双方合意のもとに治療を進めますから」

赤井はコンピュータで検査項目を選び出し、血液尿検査、腫瘍マーカー、全身のPET・CT、MRI、骨シンチ、針生検細胞診《さいぼうしん》、喀痰《かったん》細胞診、気管支鏡検査など、盛り沢山の検査を慣れた仕草で予約した。最後に入院予約をして、画面を患者のプロフィールを入力した最初の画面に戻した。

山崎はじっと赤井の手元を見つめている。後ろには、山崎の妻が身じろぎもせずに立ったままであった。

診察室を出た山崎は、各検査室に向かった。予約された日時を確認するためである。

病院内はどこを歩いても、人でいっぱいであった。

山崎の頭の中は、俺はもうあかん、という思いしかなかった。絶望感のみであった。

いったいどうすればええんや……。

床が揺れているようであった。

入院の連絡があるまでのほぼ一カ月間、検査のために何度も病院に足を運びながら、山崎の頭の中で、死の恐怖が際限なくひろがっていった。


祥子は、症例検討会で昨日入院して来た肺癌患者について紹介していた。

「患者は、山崎俊一、五十四歳、男性。主訴は持続する咳嗽《がいそう》」

患者の現病歴、既往歴、家族歴、身体所見と、手際よく話したあと、この一カ月間に検査されたすべてのデータを披露した。

「まとめますと、右肺上葉区域S1からS3を占める肺癌。胸膜転移。縦隔リンパ節転移。頸部《けいぶ》リンパ節転移。ステージ3b。なお、骨や脳、肝への転移は認められません」

佐治川教授が赤井准教授に問いかけている。

「どうだ。術前化学療法で、手術に持っていけそうか?」

「たぶん可能だと思います。今日の午後、呼吸器外科のカンファレンスに出して、向こうでも検討してもらう予定です」

佐治川はうなずいた。

「抗癌剤でたたいて効果があれば、つまり頸部リンパ節が消えたら、手術に持っていきましょう。まず、抗癌剤治療をそちらのほうでお願いします」

第一外科呼吸器疾患部門米山進《よねやますすむ》講師が、赤井と祥子の目を見ながら言った。

「抗癌剤は、CDPとTXLの二剤併用で二コース行いたいと思いますが、よろしいですか?」

赤井が答えた。祥子も内容を頭の中で確認している。

「けっこうです。そうしますと、来月には効果判定ができますね。手術は判定を待ってということで」

レスクランの使用症例が着実に伸び、MP98の第三相臨床試験も順調に症例数を重ねていた。日本藤武製薬では、経営陣からレスクランにつづく新薬の候補化合物はまだか、と何度となく研究所に催促があったが、研究者たちは焦りの色を濃くするばかりであった。

一方、抗癌剤治療をつづけた山崎は、「副作用で全身が気だるい、むかむかする」と祥子に訴えた。が、祥子は山崎の首にあったリンパ節が触れなくなったことに気づいた。

抗癌剤がよく効いていた。

結果、山崎は右肺上葉中葉の切除と縦隔《じゅうかく》リンパ節郭清《かくせい》手術を受けることになった。

上葉にできた3センチ大の腫瘍は、肺を包む胸膜だけでなく、周囲を巻き込んでひろがっていた。縦隔リンパ節も累々《るいるい》と腫れていた。

手術台の前に立った米山は、執刀医としてできる限りのことをしようと考えた。癌は画像で診断した以上にひろがっている。抗癌剤で頸部リンパ節の腫れが消えたことだけでも奇跡のようであった。抗癌剤は原発巣周辺にはほとんど効果がなかった。

胸郭《きょうかく》を閉じて手術を終了した米山は、患者が回復した時点で第一内科になるべく早く帰そうと思った。

「我々外科陣のできることはここまでだ。当初考えた以上に患者は予後《よご》が悪い。手術はかえって患者の死期を早めるかもしれない」

米山は暗澹《あんたん》たる気持ちになった。

山崎は痛む胸を抱えながら、第一内科の呼吸器病棟に戻ってきた。術後、体を動かすたびに、メスが入った右胸がきりきりと痛んだが、日が経つにつれて、少しずつ楽になってきた。咳は手術以来まったく出なくなった。体が治療によって回復してきていることを、山崎自身が実感していた。

術前は自分のことだけで精一杯で、主治医のことなどまるで関心がなかったが、最近では倉石祥子医師が訪室するのを心待ちにしている。

「山崎さん、もうすぐ退院です」

手術後の抗癌剤による追加治療を覚悟していた山崎は、一瞬聞き違えたかと思った。

「えっ。退院ですか？　でも、手術の前、抗癌剤で治療する必要があるとおっしゃっていたように記憶してますが……。私は今回の入院で徹底的に治したいのです」

「わかっています。ですが、この病気に完全はありません。最初にお話ししましたとおり、山崎さんの病期は3です。この現実はたとえ手術が成功したとはいえ、変わらないのです。一年後の生存率は……二人に一人です」

胸の創《そう》がずきっと痛んだ。

「でも、再発を抑えてくれる、とてもいい薬があります。レスクランという薬です」

山崎には薬の名前に記憶があった。自分が肺癌であると知ってから、新聞に出る癌の話題はすべて目を通すようにしていた。

レスクラン——たしか副作用で死者が出たというあの薬か？

山崎の不安を察したかのように、祥子はつづけた。

「新聞では副作用の間質性肺炎ばかりが報道されています。ですが、今までにないほどよく効きます。しかも、一日一回、口から飲むだけです」

倉石祥子はいくつかの臨床データを山崎に示しながら、レスクランの効果を説明した。なるほど、副作用もあるが、きちんと管理すれば恐れるに足りない、それどころか従来にない効果を期待できる。

「ほかにもっといい方法はないんでしょうか?」

「術前に打った抗癌剤をつづけることも考えました。たしかに首のリンパ節にはよく効いたようです。でもあれをつづけると、今後もずーっと入院が必要になります」

「外来では無理なんですか?」

「できないことはありませんが、けっこうしんどいと思いますが」

山崎は、術前に抗癌剤の副作用で悩まされたことを思い出した。

「レスクランだと楽なんですか?」

「ええ、間質性肺炎以外は、副作用は認められておりません。それに、何と言っても経口薬でこれほど効果が期待できるお薬はありません。正直言って、私たちもびっくりするくらいです」

女医はレスクランの使用経験や学会での副作用論争についても、ていねいに説明してくれた。山崎は不明な点についてしつこく質問をしたが、それにも明快な答えが返ってきた。

山崎は倉石の説明を聞いて、その薬に賭けてみようと決心した。素人目にも、彼女が一生懸命であることがわかるし、薬に精通しているようだった。

「わかりました。それではお薬をもらいます。それでいつ退院できますか」

倉石からは「明日にでも」という答えが返ってきた。

山崎は退院後一週間で、赤井准教授の診察を受けた。赤井は暗い顔をして、退院時に撮ったCT像を見ている。山崎は不安が募った。医師の表情には格別敏感になる。

「先生、何か？」

「肺全体に細かい点のようなものが見えます。もしかしたら、肺全体に転移したかもしれません」

「そ、そんなアホな！」

「咳のほうはどうですか？」

「いえ、ほとんど」

「レスクランは飲まれていますか？」

「もちろんです。言われたとおり毎朝一回きちんと飲んでます」

「では、あと一週間飲んでください。来週また診察前にCTを撮って見てみましょう」

「先生、薬が効いていないのちゃいますか？」

山崎は悲愴な気持ちになった。

「いいえ、効果が現れるのは体に充分に薬が行き渡ってからです。そろそろだと思います。とにかく、来週までしっかりレスクランを飲んでください」

山崎は絶望的な顔で家に帰ってきた。妻は直感した。

「悪かったの？」

崩れるようにソファに腰を下ろすと、山崎は顔を手で覆った。肩が小刻みに揺れている。妻は結婚してこのかた、夫が泣いているのを見たことがなかった。山崎は顔を覆ったまま、絞り出すように言葉を発した。

「肺全体に転移してるそうだ。何のために手術したんだ？」

「そんな……」

と言ったきり妻は声が出なかった。

「連中は何を治療してるんだ。手術の前は何もなかったのに、いったい何で、こんなに早く病気がひろがるんだ！」

山崎の声は怒りに満ちていた。会社を興《おこ》し、今まで何もかも自分で決めてがんばってきた。困難にあたっても、何とか切り抜けてきた。

しかし、肺癌という病気は、山崎の体の中にある自分の細胞なのに、本人の意志をまったく無視して傍若無人《ぼうじゃくぶじん》に暴れまわっている。山崎にはまるで癌が体に侵入したエイリアンのような気がした。どこへもぶつけようもない怒りであった。

「あなた、どうしますか？　会社の方たちも心配して、いろんな民間療法の話を持ってきてくれているし、いい先生知っているから紹介するという人もいますよ」

「こうなったら破れかぶれだ」

「そんな、あなた。自暴自棄にならないで」

「じゃあ、どうすりゃいいんだ！」

「紹介してくださるという先生に当たってみましょうか？」

「赤井先生はあと一週間レスクランを飲んでくれ、もう効いてくる頃だと言っていた。今すぐ何ができるわけでもなし、とにかく薬を飲む。それにしても、一日一回は頼りない。その間、どこかええ先生探してみよう。俺もあちこち調べた。免疫専門に治療しているところや漢方を専門にやっているところをリストアップしてある。インターネットで調べられるところは、会社の者に頼んで調べてもらう」

山崎は一つ大きく深呼吸をすると、立ち上がった。咳はまったくといっていいほど出なかった。

いらいらしながら一週間がすぎた。山崎は会社には体調がよい時だけ出社して、業務は専務以下の経営陣に任せていた。

ＣＴを撮ってから次の診察までの時間が、とてつもなく長く感じた。今日悪いことを言われたら、ほかの病院に移ろうと考えている。一週間の間に、これはいいかもしれないと思えるような医師が二人見つかった。

心配してついてきた妻と二人で、診察室の前にある待合室で待っていると、

「山崎さん」

聞き覚えのある声に呼ばれた。顔を上げると、倉石祥子医師がカルテを脇に抱えて立っていた。山崎と妻は慌てて立ち上がった。

「いかがですか、調子は？」

「はあ、ぼちぼちです」

「咳はいかがです？」

「ほとんど出ません」

「それはいいですね。たぶんレスクランが効いていると思いますよ」

「でも先週の診察では、肺全体に転移していると言われました」

「退院の時に撮ったＣＴですよね。あれは私も見てびっくりしましたが……」

先生がびっくりしてもらっちゃ困る！　と山崎は内心で舌打ちをした。

「あのような影でもレスクランはよく効きます。私は何例も影が消えたのを見ました」

診察室から山崎の名を呼ぶマイクの音が聞こえた。山崎は祥子に軽く頭を下げると、

赤井准教授の診察室に入った。胸が詰まるような気がした。

赤井准教授は立ち上がって山崎夫妻を迎えてくれた。明るいシャウカステン一面にCTフィルムがかかっている。

「山崎さん、効いてますよ！」

赤井は嬉しそうな声で山崎に話しはじめた。

山崎夫妻は、「えっ！」と驚いた声をあげた。自然に足が前に進む。

「ごらんください」

赤井はCTを指差した。二人が覗き込む。

「こちらが今日のCTです。こちらが前回のもの。ほら、肺の中の転移巣が全部消えています」

山崎は頭がくらくらとした。素人の山崎でもはっきりとわかる。前回、肺のCTにあった細かい影が、今日のCTではまったく見えない。きれいな血管の陰影だけが映っている。山崎は力が抜け、椅子にくたりと腰を落とした。妻はまだCTを覗き込んでいる。

「とにかくよかったですね」

「効きましたか。いやー、おおきに、おおきに」

山崎は体の中に喜びが満ちていくようであった。

助かった……。

「このままレスクランをつづけて飲んでください」

「わかりました。もちろんです」

「定期的な検査は今後きちんとつづけます。ご承知のとおり、しばらくは間質性肺炎の危険性がありますから。もし熱や咳が出たら、すぐにご連絡ください」

09 中間検討会

天下製薬では、順調なＭＰ98の治験進行に全社員が気をよくしている。開発部門では、第三相試験の中間検討会を開く準備を着々と進めていた。今までの臨床結果の解析、有効性、副作用の種類と頻度、これらが一つひとつ簡潔にまとめられていった。

一方で、治験を担当してもらっている各大学の教授宛てに、ＭＰ98の第三相試験中間検討会を開催する日時と場所が記された案内状が送られた。

天下製薬開発担当部に、教授たちから続々と出席の返事が届いた。一人の欠席者もいない。開発担当者たちは満足した。

忙しい大学医学部教授は当然さまざまな仕事を抱えている。他の製薬会社との契約もあり、会が同じ期日に重複することが多々生じるのを、天下製薬開発担当部の人間はもとより経営幹部も承知している。それでも、ＭＰ98の中間検討会に依頼をした教授がすべて出席してくれることは、いかに彼らのこの薬に対する関心が強いかを物語っていた。

検討会には、全員が定刻に顔をそろえた。

参加者の多くは新幹線のグリーン車で上京した。O大学からは、佐治川教授と赤井准教授が招請されていた。九州や北海道から飛行機で羽田に着いた医師たちは、ファーストクラスでゆったりとした空の旅を楽しんだ。交通費はもちろんすべて天下製薬持ちである。

研究開発担当常務の有田が、口火を切って挨拶をした。

「本日はお忙しいところを、我が社の新規抗癌剤MP98の第三相試験中間検討会にご出席を賜《たまわ》りまして、社を代表して厚く御礼を申し上げます。まことにありがとうございます。それでは、これまでの成績について、開発のほうから報告願います。秋山君」

部屋の照明が落とされた。正面に〈MP98第三相臨床試験中間検討会〉と大きく書かれた映像が映し出された。秋山の顔半分が、スライドの灯りで光っている。

「昨日までに、MP98が百四十七例、比較対照薬レスクラン百三十八例が登録され、目標とするそれぞれ二百例のほぼ七割に達しております。第三相試験を開始してからまだ半年をすぎたばかりですが、素晴らしいスピードで治験が進行しております。これもひとえに先生方のご協力の賜物と、心より感謝申し上げます。さて、これまでの症例での有効性でありますが……」

秋山はレスクランを上まわる成績を披露した。特に有効であった症例について、肺や骨のレントゲン映像を提示して説明を加えている。肺転移の腫瘍が縮小していた。骨が再び化骨《かこつ》して、転移で骨折した部分が回復してきている。

参加者は、自分たちの症例も含めて、非常によく効いていることを改めて実感した。

「副作用ですが、レスクランの間質性肺炎四症例に対して、ＭＰ98は驚くべきことに、まったく報告がありません。肺炎ゼロです」

秋山は声を大きくした。灯りがついていたら、秋山の顔が得意満面になっているのを見ることができたであろう。

「ほかにも、生命に危険を及ぼすような副作用は経験しておりません」

副作用の症状別、病名別症例報告数が一覧表になっている。なるほど、軽い吐き気や頭痛などの報告はあるものの、〈間質性肺炎0、細菌性あるいはウイルス性肺炎0〉と記載されている。皆じっと聞き入っていた。

「以上で弊社からの報告は終了です」

有田常務が立ち上がって言った。

「ごらんになったとおり、ここまではきわめて順調であり、効果も当初期待したものより、はるかに大きいものが得られております。何かご質問はございますでしょうか？」

治験総括担当のＫ医科大学山辺教授が手を上げ、甲高い声を発した。

「素晴らしい結果だと思います。私の長い臨床医経験に照らしても、これほどの薬はない。充分に期待が持てると思います」

天下製薬からの参加者全員が、意を強くしたように胸を張った。さらに会場から別の声があがった。

「一つ質問があります。MP98もレスクラン同様一日一回の経口投与で、簡便でいいのですが、最長の投与期間は何日でしょうか？」

秋山が「六カ月です」と答えてつづけた。

「先ほどの肺のCTの症例はその患者さんです。お示したとおり、腫瘍の縮小が見られます。一部の転移巣は消失しております」

「副作用はないのですね？」

「ありません。患者さんは何事もなく順調にすごしておられます。聞くところによりますと、この患者さんはあと三カ月と言われたそうです。薬が効いて体調も良好で、非常に喜んでおられるとのことです」

「その症例は、私どもの患者さんです」

秋山と質問者の問答に、東北のA大学田山教授が割って入った。

「レスクランの有効性は、ご承知のとおりですし、正直我々臨床医も効果については驚きの念を禁じ得ませんでした。天下製薬のMP98は、それ以上の手応えを感じております。レスクランで問題となっている間質性肺炎もまったく起こっていない。これは驚嘆に値する事象と言っていいでしょう」

居並ぶ教授たちが、ある者はうなずき、ある者はそのとおりと声を発している。有田の目がきらりと光った。

ＭＰ98の中間報告会は問題なく終了した。有田が立ち上がった。

「本日はまことにありがとうございました。今後ともこの調子で進んで参りますれば、開始してから一年を待たずに、第三相試験が終了する見込みです。ひとえに先生方のご協力の賜物と感謝申し上げます。これからもよろしくお願いいたします」

有田は大きく腰を折った。

「なお、このあと隣の部屋にお食事を用意しておりますので、お時間が許します限り、ご歓談ください」

教授たちは皆立ち上がり、「やあやあ、この間はどうも」「いかがですかな」などと親しい者同士で声をかけ合いながら、ぞろぞろと隣室へ移動した。

入り口では、紅いイヴニングドレス姿ですらりと背の高い女性たちが、笑顔で出迎えた。懇親会場のコンパニオンたちである。シャンデリアの光がきらきらと眩《まぶ》しい。

各自が飲み物を受け取った頃、壇上に有田が立った。

「お疲れさまでした。馳走《ちそう》と美しい女性たちを前にして、よけいな挨拶はかえって無粋《ぶすい》というものでしょう。高いところから失礼ではありますが、乾杯といたしたいと存じます。先生方のますますのご発展と弊社ＭＰ98の近い完成を祈念しまして、乾杯！」

いくつものグラスが天井に向かって上げられた。中の液体が揺れてシャンデリアの光を映した。

佐治川は赤井と話しながら、グラスを傾けた。

「先生、あの山崎という患者さんもレスクランが非常に効いています。すごい薬です」

「ＭＰ98もそれに勝るとも劣らない効果だ。いいものが出てきたな」

「そうですね。このまま副作用もなく無事終了してくれるといいのですが」

「大丈夫だろう」

コンパニオンの女性が二人に近づいてきた。手には料理を載せた皿を持っている。

「いかがですか？」

二人の前に皿が差し出された。

「いただこう」

佐治川が寿司の皿を取った。

「私はお肉をいただきたいのだが」

赤井が言うと、女性は「わかりました」と微笑《ほほえ》んで離れて行った。会場のあちこちで、教授たちがグラスと料理を手に、立ち話に忙しい。中にはコンパニオンを相手に話しかけている者もいる。有名ホテルの晩餐《ばんさん》である。料理も格別美味であった。

「本当にこのまま副作用なしで行きますかね。突然、何かが出てくるようなことはないでしょうか。レスクランでも、第三相試験中はあまり表には出てこなかった。ところが、上市《じようし》されてから急に何例も間質性肺炎の死亡例がつづきましたからね」

「あれは、医師側にも責任があると思うよ。新しくよい薬が出た、それやれっ！　ってなもんで、効果だけに気が行って、肝心の副作用の対策が疎《おろそ》かになったのは否めないな。いや、きちんと診ている先生がほとんどなんだが、中には薬だけやって、あとはほったらかしという医師もいたんだろう」

「それでは手遅れになりかねませんね」

田山が佐治川を見つけて近づいてきた。

「天下製薬の連中に、本当に副作用があの程度のものなのか、ちょっと探りを入れてきますよ。レスクランの間質性肺炎の例もありますからね。注意を喚起するものがないか訊いてみます」

赤井は田山に小さく礼をすると、天下製薬の研究所長を探した。先ほど聞いた臨床成績に加えて、実験中に問題がないかを質問するためであった。

有田常務とともにM大やH大の教授たちと賑やかに談笑している小林所長の姿が見えた。有田は終始ご機嫌であった。赤井は飲み物を持って何回か彼らの横を往き来したが、教授たちはなかなか離れない。有田が横を通ったコンパニオンに声をかけた。

「先生方に何かお持ちして。先生、ワインなどいかがですか?」

「そうですな。赤がいいですな」

M大教授につづいて、もう一人の教授が「じゃ私も」と答えた。


三人がコンパニオンの姿態に目を楽しませたわずかな隙に、小林はその場を離れた。有田常務と教授たちの間で特別の話があるかもしれないと気を遣った。研究者の小林にとって、教授たちのご機嫌うかがいは、正直言って疲れる。

「小林さん」

料理を取っていた小林に後ろから声をかける者がいる。振り返ると、一人の男がグラスを片手に立っていた。会議で見た先生だ、名前が思い出せないと思いながら、小林は料理を取る手を止めて、向き直った。

「O大の赤井です」

「本日は遠いところをありがとうございます」

「MP98の成績はいいようですね。我々もこの薬には期待しています。できるだけ早く治験を進めて、患者さんに朗報を伝えたいものです」

社交辞令とわかっていても、誉められて悪い気はしなかった。

「ちょっとお訊きしたいのですが、あまりにも順調でかえって不安なんですが」

「はあ……」

「第三相試験でも、副作用がまったくないのは承知しています。実際、今日の御社のまとめられたとおりだと思います。どこからも重大な副作用の話がないのはけっこうなことですが、これほどの抗癌剤が副作用もなく効くというのは、これまでの抗癌剤の性格からしてまずあり得ない。だいたいＭＰ98の作用機序《さようきじょ》は……」

　ここで赤井は一度言葉を切った。横を爽やかにコンパニオンが通りすぎる。

「レスクランと同じはずですよね。肺炎、とりわけ間質性肺炎がまったく起こらない理由について、何かお考えをお持ちですか？」

　難しい質問だ。小林はテーブルからグラスを取って、ごくりと一口飲み込んだ。

「いえ、特には。我々も間質性肺炎の可能性を考えて、動物モデルでさんざん実験を行ったのですが、問題はありませんでした。理由はわかりません。レスクランと違って少し構造に変化を加えてありますから、そこがうまく作用しているとしか思えないのです」

「いずれにせよ、副作用はないに越したことはないですから。ほかに何か危険性を予測させるような現象はありませんでしたか？」

「今までのところでは、何もありませんよ。とにかく、我々自身も驚いているほどです。近来稀《まれ》なる成功した薬といえるでしょう」

「肺癌学会でもうちの若いのが質問したかと思うのですが、術後、肺に転移した患者にレスクランを投与していたのが、出血で突然死したものですから。出血に関してのデータをお持ちじゃないかと思いまして」

小林は、質問をした若い女医の後ろ姿を思い出していた。翌日のレスクランのシンポジウムでも、その女医は同じことを訊いていた。

「いいえ、実験ではまったくないですが」

「ほかにはどうです？　何もありませんか？」

小林は少々煩《わずら》わしくなってきた。しかし、相手は大学の准教授である。丁重に扱わねばならない。

「大丈夫ですよ。先生。ともかく一例でも早く消化したいので、症例のご登録のほう、よろしくお願いいたします」

「わかりました」

納得した様子の赤井に、小林は小さく頭を下げた。

10 血小板

柳川の恐れていたことが起こった。

突然マウスが死んだ日から、血液検査と病理の結果が出るまで、いても立ってもいられなかった。胃がきりきりと痛んだ。他の実験にも身が入らなかった。忘れようとしても、すぐに、一匹残らず横たわっていたマウスの姿が蘇《よみがえ》ってきた。異様な静けさに包まれた空間であった。

血液検査の結果を見た瞬間、柳川は倒れるのではないかと思った。これでは血を吐くのも無理はない。血小板がゼロであった。血が固まらない。死んだマウスの心臓から直接採血した時、注射器に流れ込んできた血液が、あまりにもさらさらしていたのもうなずける。

測定者にいらぬ勘繰りをされないよう、ＭＰ98とはわからないように他の薬剤名をつけてサンプルを渡し、血中濃度測定を依頼してあったが、結果は異常な高値を示していた。

「やっぱり投与したのはＭＰ98だった。ＭＰ98のせいで、マウスはすべて出血を起こした」

しばらくは何も考えられなかった。天下製薬が社運をかけて開発しているＭＰ98に、致命的な欠陥が見つかってしまった。柳川は病理所見を見る気も失せていた。

「何が起こったんだ？」

半時間も放心状態だったであろうか。ようやく周囲の動きがわかるまでに頭が回復してきた。

「いったい何が起こったんだ？　血小板がゼロ？」

血小板は、出血した時に血を固まらせるための重要な因子である。血小板が減少すると、出血しやすくなり、ちょっとどこかにぶつけただけで皮下出血を起こし、痣《あざ》ができる。歯を磨けば歯茎から血が出る。

「急に血小板がゼロになることなんて、あるだろうか？」

初めての経験であった。血小板が減少すると、出血傾向が出てくるのが通常の経過である。

何の前触れもなく、血小板がなくなるなんて……。

いくら考えても理由がわからなかった。一つあるとすれば、ＭＰ98がある濃度以上になると、血小板が溶けるという可能性であった。投与されたＭＰ98がすべて代謝されずに血液中に残り、そこに次の日のＭＰ98がかぶさる。少しずつ血中濃度が高くなる。限界に達した瞬間、一気に血小板が溶ける。

　仮説が正しければ、ＭＰ98を長期にわたって投与した患者は、薬が効いて肺癌がよくなったと喜んでいると、ある時突然に出血する危険性がある。今の第三相試験ではＭＰ98の血中濃度を測定するのは、投与期間の三カ月のみである。この期間に有効性を判定するよう試験が組まれている。

　効果があれば、三カ月の試験期間を終了しても、人道上、患者の希望でＭＰ98を投与しつづけてもいい規定になっている。臨床治験の初期に登録された患者の中には、薬が効いてそのまま飲みつづけている人がいるかもしれない。

　臨床試験の内容の詳細は研究員には知らされない。どのような患者が登録され、どのような効果があったのかは知らない。治験がはじまってすでに十カ月。可能性からすれば、十カ月間はＭＰ98を飲みつづけている患者がいることになる。

　しかし、まだ出血で死んだという話は伝わってきてはいない。もし重大な副作用が出れば、研究所にもすぐさま情報が入るはずである。

　今日か明日にでも死亡症例が出るかもしれない。その瞬間、ＭＰ98は終わる！

　いや、人ではマウスのような事故は起こらないのかもしれない。努めてよいほうに考えようとした柳川は、ともかくこの件は研究所長に報告しなければならないと思った。

「とうとう出たか」

小林は柳川の報告を聞いて、うなずいた。驚いている様子はない。所長が意外なほど落ち着いているので、柳川はいささか拍子抜けしている。柳川の説明を聞きながら実験結果をぱらぱらとめくっていた小林は、顔色一つ変えなかった。まるでこの事態を予測していたかのようであった。

「あの……」

柳川は言い淀《よど》んだ。

「柳川君、君らしくないな。このような結果が出たので動揺したのかね」

図星を突かれて、柳川は胸を押さえた。

「そもそも今まで何もなかったこと自体、奇妙だったじゃないか。人の体にとって異物だよ、薬は。人工的につくられた化合物で何もないほうがおかしいじゃないか」

「それはそうですが、でも……」

「でも、何だね？　この薬の本来の作用から見て、こういうことがあってもおかしくはないのではないかね。いくつかの副作用は最初に予測していたはずだ。それが運よく、そう、まさに運よくだ、何も出なかった。奇跡に近いよ、今までは」

小林の落ち着いた口ぶりに、柳川はやや気を持ち直した。

「それに、実験データは非常に示唆《しさ》に富んだものとは考えないのかね。主任研究員の君がそんなことじゃ困るよ」

　柳川は小林の言葉の意味がつかめなかった。

「結果がもし人間にも当てはまるとしたら、ある種の抗癌剤と同じだ、最大投与量が設定されるだけだろう」

　柳川は小林の指摘に、はっとなった。そうだ、毒性ばかり考えていたが、あるところまでは安全だったんだ、そこまでで投与を止めればいい。

　柳川の顔がパッと明るくなった。

「そうですよね。これ以上は危ないから、投与はここまでにしてください、でいいわけだ。そのあと、患者さんは別の薬を使わなければなりませんが……」

「そうなるだろう。でもほとんどの患者さんは最大投与量に至るまでに、癌が進んじゃうんじゃないだろうか？　レスクランにしても、非常によく効いてはいるが、結局は、効きが悪くなって病気が進んで、亡くなっているケースもあるだろう」

　柳川はここで一つ疑問が湧いた。

「どうやって人で最大投与量を決めますか？　まさか、誰かが副作用死するのを待つわけにはいかないでしょう？」

「当たり前だよ。死亡者が出たら、それこそ今の治験はストップだ。血中濃度を小まめに測ればいいさ。臨床治験の血液検査を少し追加すればいいだろう。もちろんＭＰ98の濃度測定が主眼だが、血小板も注意すればいい」

相変わらず小林所長は冴《さ》えてるな……と柳川は感心している。

「わかった。このことは僕のほうから、有田常務に報告しておく。秋山開発部長にもな。君は、少し大型の、そうだな、たとえば猿、猿までは必要ないか、うん、犬でいいだろう、犬でこの現象が起こるかどうか確かめてくれないか」

「わかりました。やってみます。マウスが全滅した時は心臓が止まるかと思いましたが、こうして所長におっしゃっていただくと、かえって限界量が見えて、安全ですね。よく効く薬ですから、薬として使われなければもったいない」

柳川は、〈MP98マウス長期投与結果〉と記載されたデータのコピーを一式、小林に渡すと、入ってきた時とはまったく逆に、軽い足取りで所長室をあとにした。


本社の常務室――。研究開発担当常務の有田が、小林研究所長の報告を聞いていた。横には秋山開発部長の顔も見える。二人ともこれ以上にない渋い顔をしている。

「したがって、MP98は投与最大量を設定すれば、問題なく臨床での使用が可能と考えます」

小林は報告を完了した。「まあ、いいだろう。この線で行こう」と有田が返してくるのを待った。が、有田は唇を一文字に閉じたままであった。秋山も頭を抱え込んでいる。

二人が予想外の態度を示しているのを、小林は判然としない気持ちで眺めた。

有田がじろりと小林の顔を一瞥《いちべつ》した。

「まずいな。まずいよ、これは。この結果はまずい」

小林には有田が何を言ったのか、とっさに理解できなかった。思わず横の秋山を見た。秋山も首を振っている。

「あ、あの。どこがまずいのでしょうか？　いま私がお話ししましたとおり……」

小林の言葉を遮《さえぎ》って、目をじっと見据えたまま有田は口を開いた。

「そもそも最大投与量なんていう制約のついた薬を、薬剤医務管理局が認可すると思っているのか？　百歩譲って認可されたとしよう。これ以上使ったら死にますよ、とわかっている薬を誰が使う？　いつ死ぬかわからないじゃないか。最大投与量制限つきで抗癌剤が認可されたのは、ずいぶん前の話だ。あの頃と今は違う」

研究者は社会の動きが見えていない、動物相手に人間から離れたところで自己満足的なことばかりやっているから、考え方が狭くなるのだ、と有出は言いたげであった。渋面のまま有田はつづけた。

「幸い第三相試験は間もなく終了する。いま君が言ったようなことはまったく起こっていない。それどころか、ほとんど副作用はない。理想的な肺癌治療剤になること間違いなしだ」

小林は気がかりなことを訊いてみた。

「患者さんで長期投与している方はおられますか？」

「いる。ＭＰ98がよく効いて、何人かが最初の計画の三カ月を超えて、服用している。もちろん何もない。肺癌がうまく制御されているから、長く飲めるんだろう」

「最長の方で何カ月になりますか？」

質問には秋山が答えた。

「たしか九カ月になると思う」

「そうですか。九カ月までは大丈夫なんだ」

「おい、何を言っている。まだ人で起こるという確証もないだろう？　そもそも動物と人間は違うんだ」

人間も動物ですが……という議論をしても仕方がないと、小林は思った。

「実験結果は誰が知っている⁉」

「主任研究員の柳川君と私だけですが」

「ほかの者には話してないんだな。これ以上は研究所でも口外するな。研究も必要ない。柳川という研究員にも注意しておけ。開発のほうでも何も言うな、わかったな」

秋山が黙ってうなずいた。

「小林君もいいな」

と念を押され、「わかりました」と答える以外になかった。

「あの、常務……」

今まで何も意見を言わなかった秋山が口を開いた。

「社長にはどのように？」

「ＭＰ98の開発の全責任は私に任されている。必要になれば私から話す」

11　策謀

薬剤医務管理局の栗山課長から日本藤武製薬橋岡専務に連絡が入った。ＭＰ98の第三相試験中間報告会が東京のホテルで開催された次の日である。

「成績は抜群です。すでに七割が登録されました。このぶんでは、あと数カ月で全例登録終了でしょう。最初予測したよりさらに早い進行です。それとレスクランのほうですが、こちらも順調に売り上げを伸ばしています」

「それはわかっている」

「あ、すみません。突発性間質性肺炎もマスコミが騒いだのが効いたのか、このところ医療側でも注意をしているようで、発生はちょくちょく報告があるのですが、新しい死亡例は報告が来ていません」

橋岡はやはり次の手を打つべきだと決心した。

「そちらの研究のほうはいかがでしょうか？」

橋岡の頭に迫水研究所長の顔が浮かんだ。苦虫を嚙み潰したような表情が、このところ会うたびにつづいている。

「さっぱりだ。迫水君にしては珍しい」

珍しいでは、この世界、やっていけない……。

「栗山君、また定期連絡を頼む」

いつものように締めくくって、橋岡は電話を切った。


ただちに日本藤武製薬では経営会議が招集された。

ぐるっと出席者の顔を見渡しながら、橋岡は提案した。

「我が社で開発候補品が出ることは断念せざるを得ません。しかし、この薬はレスクランの売り上げが示すように、日本だけでも数百億、世界展開すれば数千億の大型商品です。ぜひとも手に入れる必要がある」

会議場は水をうったようにシーンとしている。

「そこで提案ですが、天下製薬を取り込む」

役員たちがざわめく中、竹下忠義《たけしたただよし》社長だけはうなずいている。一人が手を上げて、発言を求めた。

「ですが、あの会社はご承知のとおり、天下り人事で固められております。吸収は、なかなか難しいのではないですか」

「いや、天下り人事は最近ではなりを潜めています。昨今、公務員の不祥事がつづいているので、手控えているのかもしれません。今の経営陣で生粋《きっすい》の天下りは、研究開発担当常務有田さんだけです」

「それに、ロングファーマシー社をはじめ、外資系の何社かが合併を画策しているという未確認情報もあります」

「どこも考えることは同じだな。世界の状況を見れば当然の動きだ。最近、製薬業界史上最大の合併劇が展開されて、世界二位と五位が合併し、世界一になった。彼らはこれで、今まで弱かった分野を補強して、ほとんどの分野で世界をリードする形になった」

竹下社長が合併話を支持している。

「天下製薬としても、我が社をはじめ他社がMP98を狙っていることは承知しているかと思います。これから探ってみなければわかりませんが、天下製薬の経営状態からして、MP98をたとえ上市《じょうし》できたとしても、今後の販売、世界展開という点では、同社単独では無理であります。我が社との合併話は天下製薬にとっても悪い話ではない」

橋岡はこの話を進めることで、経営陣の了解を取りつけた。

カストラワールド社でも、レスクランの後続品研究開発の進行とともに、MP98の買収と天下製薬の合併について、本国で詳細な検討が加えられていた。日本支社長のルーベックも、十八時間の飛行機の旅を終えたその足で、会議に参加している。

「我が社の研究陣の奮闘努力のおかげで、レスクランの後続品は間もなく二化合物が第一相試験に入ることになるだろう。これら化合物がレスクランのあとで上市されるのは、短く見積もっても六年後だ。もちろん、さらに後続品の研究はつづくが、いま対抗馬となる天下製薬のＭＰ98が間もなく第三相試験を終えて、来年にも上市の見込みだ。報告では、間質性肺炎の発症がほとんどないらしい。ＭＰ98が上市されれば、レスクランからＭＰ98に移るのは目に見えている。レスクランはアメリカとヨーロッパで申請中だが、日本での市場をＭＰ98に食われるのを、指をくわえて見ているわけにはいかない。ＭＰ98導入の可能性を検討してほしい」

カストラワールド社ＣＥＯのマックスは、肺癌治療薬としての経口剤を完全に独占する意気込みである。

ルーベックも当然の動きと見ている。手を上げて発言を求めた。

「ＭＰ98の有効性、副作用が少ない事実は、残念ながら我が社のレスクランを上まわると言わざるを得ません。レスクランの後続品が上市されるまでの間、レスクランだけで今の市場を維持するのは、現実に不可能と考えます。そのことを考慮して、日本支社ではすでに天下製薬ごとの買収の方向で動いております。具体的には……」

ルーベックは、天下製薬の買収合併も視野に入れたＭＰ98の導入について、あらゆる可能性を検討しつつ展開した。その説明はゆうに一時間に及んだ。

淡いエメラルドグリーンの壁に包まれた豪奢《ごうしゃ》な会議室には、世界中にある支社のトップたちが集められている。アメリカやヨーロッパでのレスクランの近況と、他社後続品の研究開発状況についての論議もこのあとに予定されているが、参加者たちの関心は、日本のMP98の追随に集中していた。

「ただ、一つ日本の文化とも言うべき、大きな問題点があります。それは天下製薬が天下り先であるということです」

天下りという聞きなれない言葉に、参加者は戸惑いを感じている。ルーベックはその意味を説明した。何人かが、理解できないというように頭を振っている。

「株式を買収して、経営権を手にするのが最も有効かと思いますが、裏で何らかの妨害行為が発生するかもしれません。そうなると、天下製薬の吸収は難しいかもしれません」

「しかし、MP98を天下製薬が手放すことはないだろう」

「日本の販売は天下製薬に任せるとして、日本以外での販売を我が社が取るという方向で交渉したいと思います。彼らには世界展開を行うだけの資金も経験もありませんから、彼らが世界展開を望むなら、必ず条件のいい海外企業との提携を考えるはずです」

「それを取るというわけだな」

「そのとおりです」

「ところで、ＭＰ98はそんなに早く認可されそうなのか？」

「はい。そのへんは薬剤医務管理局対策班を私直属で設置してあります。連日、ＭＰ98をはじめ、注目すべき品目についての情報が入ります。冒頭で社長が示されたＭＰ98の情報もそこからのものです」

「副作用がまったくないとは、驚きだな。今までこんな薬、抗癌剤であったか？」

「私もその点は奇妙に思っています。いかなる機序で癌を潰すにしろ、正常細胞にも多かれ少なかれ、そのような機序は存在しますから、何もないことはないでしょう」

「しかし、君の報告では何もないということだな。不思議だ」

「こういう薬もあるのかもしれません。人類が今まで知らなかっただけで」

「そうかもしれないが」

「アスピリンなんかは副作用もなくよく効きますよ。人類がこれほどまで長く使える薬もあることはあります」

「しかし、アスピリンはあまり長く多量に使用すると、出血傾向が出るじゃないか」

「そのとおりではありますが、通常使う量では何もないと言っていいと思います」

「まあいい。気を緩めず今後の展開を注意して見ていてくれ」

まったく副作用が出ていないというのは、やはり気になる。何か隠しているのではないかという思いが、ルーベックの頭をちらっとかすめた。

12　頸動脈切断

柳川は小林に呼ばれて、所長室にいた。十人以上が座れる大きな机の端に立って一礼した柳川は、所長席に一番近い椅子を指差されて、ぎくしゃくした動作で腰を下ろした。

ＭＰ98を長期投与する研究の、今後の計画について呼ばれたと思っている。

が、小林の口から出た言葉は、柳川の耳を疑うものであった。

「柳川君、ＭＰ98長期投与の再実験なのだが」

すでにそのために、猿を何匹か手配ずみであった。

「あれは中止だ。する必要がない」

唖然とした顔つきで、柳川はかろうじて反論をした。

「ですが……。長期投与であのような副作用が出たら、それこそ致命的です」

会社にとって致命的だと言いたかった。しかし、小林はつづけた。

「そりゃあ、出血が大きなものだったら、患者はだめだろう。だが、考えてもみたまえ。末期の肺癌患者だよ。いずれ近いうちに死ぬんだ。転移のある再発肺癌患者が喀血して死んだとしても、それは病気のせいであって、薬のせいなんて思うやつはいない」

柳川は沈黙した。前回とまったく反対の話をしている小林の真意が理解できない。

「ですが、やはり確かめておかないと」

「やらなくていい。上からの指示だ」

「もし、もっと早くに出血したらどうしますか？」

「いつ出血するか、そんなことはわからないさ。しないかもしれない。事実、今の臨床試験では、出血などこれっぽっちも起こっていない。そんなことが問題じゃないんだ。出血という副作用があることを知られてしまうわけにはいかないいんだ。間もなく第三相試験が終わる。何が何でも無事終了しなければならない。終了してしまえば、こっちのものだ。とにかく認可が下りるまで、決して出血のことは知られてはいけない」

小林は柳川を見つめたまま、有無を言わせなかった。

「いいか、この前の実験結果は私が預かる」

柳川は小林から、前回示したマウス死亡の実験生データをすべて持参するように、指示されていた。

「コピーは取っていないな」

「はあ、それで全部です」

「わかった。それと、研究所員によけいな動揺があってもいけない。誰にも話すな。もちろん家族にもだ。誰かにしゃべったか？」

柳川は黙って首を振った。

「よし、それでいい。申し伝えることは以上だ」

「あの、一つお聞きしてよろしいですか?」

力なく立ち上がりながら、柳川は口を開いた。

「実験中止はどちらからの指示でしょうか? 先ほどの所長のお話では、上からの指示ということでしたが……」

「誰であるかは言えない。ともかくこれ以上の実験はやる必要がないと総合的に見て判断したわけだ」

柳川は首を傾げながら所長室を出ていった。


柳川は釈然としなかった。使用限界量が明確であることがなぜいけないのか、柳川の理解を超えるところで、薬の開発は行われていた。利害が絡む意志によって純粋な研究が大きく歪められている。それを、研究所に入って初めて強く感じた。

大学と違って、企業の研究は自由度が格段に落ちる。オリジナリティの高い研究はなかなか許可が下りない。何が見つかるかわからないという期待と、失敗して無駄になる損失を天秤にかけると、まず前者は負ける。

経営に余裕のある会社は、海のものとも山のものともわからない研究に、たとえ宝くじよりも低い確率であっても投資ができる。しかし、投資効率を考えれば、経営陣が二の足を踏むのは当たり前である。好き勝手な研究をしていて何もリターンがなければ、その研究者は給料泥棒のレッテルを貼られる。

昨今、人間の遺伝子が解明され、ヒトという生物の根幹が明らかになった。これからは、こつこつと研究をする前に、資金力と労働力を駆使して遺伝子をすべて調べ、力任せの研究を行うほうが、何かに当たる可能性が高い時代である。製薬会社が合併を繰り返して巨大化していく背景には、このような科学の時代的変化がある。

柳川は釈然としないものを感じながら、研究室から洩れる灯りだけが照らす薄暗い廊下を、とぼとぼと歩いていた。

「それにしても、なぜこれほど大事なことを」

不満をつぶやきながら、帰り支度をした。今夜は実験をする気が失せてしまっている。

研究所を出て左手に道を取り、足早に歩いた。しばらくすると、交通量の多い大通りに出る。道の左右にある商店はほとんどが閉まっていた。ひっきりなしに騒音をたてて、車が走りすぎる。排気ガスで空気が臭い。遠くの信号が、汚れた空気でぼうっとかすんでいる。

「毎日こんな道を通っていたら、煙草を吸わなくても、そのうちに肺癌にでもなるかもしれないな」

吹きかけられたダンプの排気ガスに辟易《へきえき》としながら、柳川は大通りから駅のほうに曲がった。そこからは薄暗い道がつづいている。

前から自転車が来た。ほかに人通りはなかった。駅の灯りを目に入れながら、柳川は自転車を避けた。自転車がその横を通りすぎる。

瞬間、柳川は首に何か冷たい感触を覚え、直後に焼けつくような痛みを感じた。思わず「ううっ!」とうめいたはずの肺から出た空気が、ほとんど裂けた気管から血飛沫《ちしぶき》とともに跳ね飛んだ。

次の瞬間には足から力が抜けて、体を支えることができなかった。目の前に闇がひろがった。前のめりに倒れた時の衝撃を、柳川はすでに感じることはできなかった。

駅に滑るように電車が入ってきた。ばらばらと客が降りてくる。足早に駅の構内を抜けて、そのうちの何人かは、柳川がやってくるはずの道を辿っていた。

「おやっ?」

一人の男が行く手を塞いでいる物体に不審の目を向けた。街灯でぼうっと闇の中に何かが浮かんでいる。近づいた男は驚いた。横たわる人の背中が見えた。

「酔っ払いか? こんなところに寝やがって」

かかわるのも面倒なので、跨《また》いで通りすぎようとした足が何かにすくわれるように滑った。かろうじてバランスを取った男の鼻を、強烈な鉄の臭いが襲った。異変を感じた男は、横たわっている人物の肩に手をかけた。揺すぶって声をかけた頭のあたりが奇妙だった。驚くほど肩が軽かった。

「ちょっと、あんた。こんなところで寝ていたら邪魔でしょう」

頭と思しき黒い塊の位置が、普段見慣れた人間の頭の位置から、ずいぶんずれている。覗き込んだ男は、のけぞるように後ろに倒れた。

「うわわ……く、首……」

目の前には、ぱっくりと口を開けて、どす黒い液体がこびりついている傷があった。

五分後、現場は黒山の人だかりであった。次の電車から降りてきた客がまた野次馬となった。救急車のサイレンがぐんぐん大きくなり、一声吼《ほ》えて静かになった。

「どいてください」

救急隊の怒鳴り声に、人ごみの山が崩れた。

救急隊員は倒れている男の全貌が理解できなかった。しかたなく、あとから来る隊員に照明を持ってくるよう叫んだ。

光が当てられた。

「うわ——……」

凄《すさ》まじいどよめきが起こり、野次馬の輪が一気に崩れた。警官が到着するまでのわずかな時間、救急隊員たちもその場に凍りついていた。

警官と私服の刑事らしい三人が駆けつけて来た。彼らも、光の輪に照らし出された死体を見て、一瞬息を呑んだ。目を合わせた救急隊員が、首の前で手のひらを横に動かした。

通行が遮断された。照明が設けられ、深夜まで現場の捜索が行われた。死体の現場検証が終わったあと、遺体が司法解剖のために運び出される時、脊椎骨と後頸部《こうけいぶ》の筋肉靭《きんにくじん》帯《たい》のみで胴体とつながっていた頭がちぎれそうになり、ぶらりと垂れ下がった。

翌朝七時には、捜査会議がはじまっていた。

「死亡したのは、柳川一夫。三十九歳。男性。天下製薬創薬研究所主任研究員。住所は埼玉県さいたま市……。死亡原因は、頸動脈切断による出血ですが、首の前半分がぱっくりです」

適切な表現が思い浮かばなかったのか、「ぱっくり」と捜査員は表現した。

「ほぼ即死です。凶器は見つかっておりません」

捜査会議室の前に、柳川一夫の顔写真が映し出されている。

「死亡推定時刻は、午後十時半頃。死亡場所は、国道十七号線から川岸《かわぎし》駅に入る道路。第一発見者は、同駅から帰宅途中の男性。同人の話では、すでに首が切断されたような状況だったとのことです」

　捜査員の声がつづいた。

「目撃者は今のところいません」

　捜査員全員の目が、前の画面に集中した。柳川一夫殺害現場の写真が何枚も写っている。頭部が奇妙な位置にあった。血の海に浮いて柳川の胴体から離れ、今にもどこかに流れていきそうだった。頸椎より前にある組織が、一刀のもとに寸断されていた。

「プロの仕業だな、この殺し方は」

　捜査員の一人がポツリとつぶやいた。

13　捜査

翌日の天下製薬は大騒動であった。とりわけ研究所では研究どころではなかった。朝八時から緊急対策会議が開かれている。所長以下、主任研究員全員が招集された。

小林が唇をひくひくさせながら、言葉を拾っている。

「昨日、柳川君と実験のことについて話し合ったところだ。そのあと彼はすぐに退社したらしい。駅に向かう道で殺された」

小林は言葉を詰まらせた。殺されたという小林の言葉にざわめきが起こった。小林の目は寝不足なのか、柳川の死を悼《いた》んでいるのか、真っ赤に充血している。

「まもなく警察が事情聴取に来るという連絡が入っている。各部門の研究員には、落ち着いて普段どおり仕事に励むよう伝えてほしい。詳しいことはいっさいわからない。殺されたらしいという情報だけだ。副所長が警察に詳細を尋ねに行っているが、まだ帰ってきていない」

研究主任の一人が口を開いた。

「何で殺されたんでしょう?」

「わからない。別に研究所でもトラブルはなかったと思う」

同意を得るように、小林はぐるっと見渡した。うなずいている者もいる。

「個人的な恨みもなかっただろう、少なくとも研究所の中では。私生活では知らないが。いずれにせよ、間もなく警察が来るから、呼ばれた者はきちんと対処するように」

石田《いしだ》徹《とおる》副所長が刑事と一緒に戻ってくるという。携帯電話で連絡を受けていた小林は、研究所の入り口に着いた車を出迎えた。

助手席の扉を開けて車外に出てきた刑事は、服部《はっとり》弥《や》太郎《たろう》と名乗った。残り少ない髪がかろうじて頭皮にへばりついている。目がぎょろりとしていた。風采の上がらない姿で歩く足元には、擦り切れて埃まみれの今にも指が飛び出しそうな靴を履いていた。

もう一人、茶髪を後ろで束ね、耳にピアスをつけた若い男が運転席に座っていた。がっしりとした体型で、折りたたんだ体軀《たいく》を一つひとつ伸ばすようにして、その男は車外に出てきた。Tシャツに革ジャン姿である。

くたびれた老人が、不良の孫でも連れているような取り合わせであった。

軽く小林に会釈をして、車のドアを閉めた若い刑事は、ぶっきらぼうに岩谷《いわたに》と名乗った。

服部と名乗った刑事は通された所長室で、小林と石田に矢継ぎ早に質問を投げかけた。

柳川の人柄、研究所での処遇、勤務態度、交友関係、果ては給料の額に至るまで、これ以上何か話すことが残っているのかというくらいに、洗いざらい訊いてきた。

「ところでこれは肝心なことですが」

服部は二人の顔を一瞥した。

「柳川さんが殺される理由について、何か思い当たることはありませんか？」

小林は石田と顔を見合わせた。

「柳川さんはいつもあの道を通って帰られるのでしょうか？」

石田が答えた。

「そうだと思います。よく朝一緒になります。私も川岸駅から電車を利用するものですから、以前一緒に帰ったこともあります」

「小林さんはどうですか？　夕べは柳川さんと最後にお話しなさったということですが、それからどうされましたか？」

「私もあのあとすぐに帰りました。私は研究所前からバスを利用しますので。彼とは反対方向です」

「それを証明する人は」

岩谷という若い刑事が図太い遠慮のないバリトンで口を挟んだ。

「誰にも会いませんでしたが、退社時刻の記録が残っていると思います」

「ではこれから柳川一夫さんの研究室を見せていただきたいのですが」

「わかりました。こちらへどうぞ。隣の研究棟です」

研究棟に移る途上で、小林は服部に訊いた。

「あの、柳川君はなぜ殺されたのでしょうか」

岩谷がまたバリトンの声を響かせた。

「それを調べているんです」

服部は、「ちょっと一本」と、ポケットから煙草を取り出して火をつけると、ふーっと空に煙を吐き出した。研究所建物内は二年ほど前から全面禁煙である。

研究棟入り口では、研究員が二人、煙草を吸いながら立ち話をしていた。柳川のことを話しているのだろう。四人が近づくと、興味深そうな視線を送ってきた。

社員証のカードに組み込まれたＩＣチップで、ドアが開く。さらに、最近は多くの会社で、入退館が記録されるセキュリティシステムを取り入れている。

柳川の机だけがきちんと整理されていた。まわりの研究員の机の上はほとんどが乱雑で見苦しかった。もっとも研究者の机はたいていこんなものである。

「ちょっと中を見せていただいてよろしいでしょうか？」

服部はそう断りながら、すでに手袋をはめている。机の引き出しの中、書棚の書類一つひとつを見はじめた。

しばらく沈黙の時間が流れた。

見るともなしに二人の刑事の様子を見ていた小林は、岩谷が分厚い実験記録を覗き込んでいるのを見た。いやな予感がした。

「どうだ？」

引き出しの中を見ながら服部が、岩谷に声をかけている。

「はあ」

岩谷は生返事をしながら向き直り、小林に話しかけてきた。

「このＭＰ98というのは、肺癌に効くのですか？」

小林は思わず、石田と目を合わせた。

「え!?　ＭＰ98……ですか？」

岩谷が実験記録の背表紙を小林のほうに掲げてみせた。小林は一瞬顔をこわばらせた。

「え、ええ。いま我が社が臨床研究している薬です」

岩谷という若い刑事は、無言のまま熱心にＭＰ98の実験記録を見ている。

素人にわかるはずがないと思いながらも、小林は少なくともＭＰ98の実験記録をすべて回収したかどうかを確認しておくべきだった……と、臍《ほぞ》を噛んだ。

岩谷はなおも記録を熱心に見ているようだった。

小林は気味が悪くなってきた。横から岩谷が眺めている記録を覗き込んでみた。血液の分析データが貼ってある。小林はギョッとした。岩谷は涼しい顔で次のページをめくった。

岩谷が見ていたページには、昨夜、柳川が小林に渡した記録が貼ってあった。小林も柳川が帰ったあとその記録に目を通した。血小板がゼロという結果にはあらためて驚いた。何かの間違いのような気がしたが、マウスの集団出血死もある。

これはまずい。ＭＰ98の認可は確実に遅れる。遅れるどころか、下手をすると認可されないかもしれない。大出血を起こす危険性のある薬が認可されるはずがない……と不安を覚えたのだ。

岩谷はよほどこの記録に興味があるのか、一枚一枚ページをめくっていたが、最後まで見終わるとパタンと表紙を閉じた。

「大変な量の実験ですねえ。日付を見ましたけど、よくこれだけの実験が毎日できるもんだなあ」

何かを思いながら、歌うように岩谷はしゃべった。

「毎日、皆さん遅くまで研究をなさるんでしょう？」

「一部の者は残業で深夜まで残っています。とても平常の勤務時間内ではおさまりません」

「そうでしょう、そうでしょう」

岩谷は小林に賛同しながら、終わりましたというように服部のほうを見やった。ぐるっと研究室内を見渡した服部は、「お手数を取らせました」と会釈をし、「また何かお聞きしたいことがあったらその時は協力を頼みます」と言い残して去っていった。

「岩谷君、何かわかったかね」

「ええ、ちょっと面白いデータを見つけましたよ」

「おいおい、大学の研究室じゃない。実験結果なんか見ていても、殺人の捜査には何の役にも立たないだろう?」

「どうもああいう実験を見ていると、つい興味をひかれてしまいまして」

「ま、君の経歴からすると無理もないがね」

服部には、岩谷が同じ署に配属された時に、「こいつは何者だ!」と感じた第一印象が強く残っている。髪は染めて後ろで束ねている。これだけでも問題視されかねないのに、耳にピアスはしている。しゃべり方も横柄《おうへい》だった。誰もが首をひねり、感情的に岩谷の存在自体を拒絶した。

署長から岩谷の経歴を紹介されて、ますます同僚刑事たちの目玉は丸くなった。T国立大学の医学部を優秀な成績で卒業。国家試験も難なく合格、にもかかわらず、研究畑に進み国立大学の研究所を渡り歩き、本人いわく、その時その時の興味のままに研究をしていたというのだから、前代未聞の変わり者であった。ただ一度だけ、それも今までの常識を覆すようなとんでもない論文を書いたのを最後に、岩谷は研究所を去った。そして、就職をしたのが、こともあろうに、まったく畑違いの警察、しかも主に殺人事件を扱う部署を希望したのだった。そんな岩谷の経歴を服部は思い起こしていた。

帰りの車中、岩谷はハンドルを握ったまま何かをじっと考えているようであった。

14 当直

山崎の病状は問題なく経過していた。

二週間ごとの外来診察のたびに肺のCTを撮ったが、肺には異常は見当たらなかった。血液中の腫瘍マーカーも一時は高かったが、ぐんぐん低下してきている。残っている癌がレスクランで次々と死んでいることを示していた。副作用も出なかった。手術の傷跡が時たまズキッと痛む以外は、体調はよかった。

「先生、ぼちぼちゴルフどうですかね？」

もともと体を動かすことが好きな山崎は、早くゴルフを再開したかった。家では庭に出て、軽くクラブを振っていた。創が痛むこともあったが、我慢できる範囲内である。生きている歓びが体に満ち溢れるように感じた。

山崎の回復の度合を量っていた赤井は、骨に転移があることから、慎重に答えた。

「まだ少し早いのではないですか。軽くならいいでしょうが、ドライバーを思いっきりとなると、難しいでしょう。二カ月くらい待ちましょう。骨に転移していたところも、癌がレスクランのおかげで死んで、そこの部分に骨ができている途中ですから」

山崎はレスクランをこのままきちんと飲みつづけることで、癌が最終的には根治《こんち》することを祈った。体調がいくらよくても、体の中から癌が一掃されたわけではない。残っている癌がいつまた芽を出してくるか、ともすれば不安が顔を出した。

その夜、祥子は大阪市内にある私立病院の当直であった。

病院駐車場に車を入れると、積んであった白衣を片手に病院外来に行き、当直に来た旨を外来担当医に告げた。

机とベッドだけの狭い当直室で夕食を摂っている最中に電話が鳴った。

「先生、外来です！」

急いで外来診察室に下りると、男の患者がわめいている。

「入院させろ！」

その中年男は近づいた祥子のほうに向き直ると、「先生、お願いだ。入院させてくれ！」と、すがるような顔つきに変わった。

「どうしたのですか？」

「この患者さんは、今日、強制退院させられたんです」

看護師が説明した。強制退院と聞いて男は黙った。

「病気は何ですか？」

祥子は看護師と話したほうが手っ取り早いと判断した。

「ペンタジン中毒なんです」

看護師が祥子の耳に囁《ささや》いた。

ペンタジンとは強い鎮痛剤である。麻薬に匹敵する効果を発揮する反面、長期に投与すると依存性が出てくる。ペンタジンがなくては、いらいらしたり不安になったりする精神的な症状が出て、不穏な状態にもなる。この患者は、普通は筋肉注射をするペンタジンを、静脈内に注射していた。それも一日に何十本もである。祥子が見ると、腕や手の甲に注射の跡が無数に残っていた。

「患者さん、入院が必要なのでは？」

「でも、入院態度が悪いので、病院でも困って、今日退院させたばかりなんですよ」

患者がおもねるように祥子の顔を覗き込んでいる。汚れたジャンパーを着ていた。何カ所かほころびている。生活がすさんでいるようだ。

祥子は医師になる前、このような世界を知らなかった。何不自由なく育ち、医学部に入ってからはエリートとしてすごし、お金に不自由した覚えもない。それが医師になってから、「ああ、このような人たちもいるんだ……」という現実の人間社会をたっぷり知らされることになった。

はっきり言って、反吐《へど》が出そうな輩《やから》もいる。貧困にあえいでいる人も病院に来る。何でこんな人の面倒を見なけりゃいけないの、と思うほど態度の悪い患者も来る。体中垢まみれでいつ風呂に入ったのかわからないような患者。かと思えば、ごく普通の生活をしているように見える母親が、子供の指がおかしいと救急車で駆けつけてくる、診れば、指の先をほんの少し切っているだけ、それも昨日だ。「救急車代払いなさい！」と言いたくなるような輩、輩、輩……。

祥子は病院が強制退院させた患者を、また入院させたら、いろいろとうるさいだろうなと思ったが、患者は引き下がりそうもない。

「院長に連絡しましょうか？」

看護師が言ったとたん、患者の態度ががらりと変わった。

「おい、刺したろか！」

手にはいつ出したのか、ナイフが握られている。切っ先が祥子のほうを向いていた。

いけない！

祥子は小さい頃から合気道を学んできた。有段者である。さすがに医師になってからは稽古をする時間はないが、この程度の中毒患者なら避けることはできそうであった。しかし、ここは病院内である。

「わかりました。そんなものはしまってください。入院してもらってかまわないですから。その代わり、ほかの患者さんに迷惑がかかりますから、ナイフは預かりますよ」

動じずに祥子が対応する。患者はすぐにおとなしくなった。

やれやれ、手がかかる患者だわ……。

患者はそのまま元の病室に入ったようだ。


一段落して祥子は当直室に引き上げた。

「先生、患者さんです」

当直の看護師から声がかかった。今度は何だろう。忙しい夜だ。普段でも一晩に十人を下らない救急患者が病院を訪れる。徹夜をしなければならないこともある。平均睡眠時間は三時間くらいである。

患者はきちんとした身なりの年配男性であった。祥子はどこかで会ったような気がしたが、カルテを見ても記憶になかった。

レントゲンの袋を手にした男が、ていねいに頭を下げた。黒々とした髪が部屋の蛍光灯に光った。

「夜分にすいません。実は家内のことでご相談がありまして……」

本人ではなく奥さんのことらしい。患者本人はついて来ていない。いつも来る外来の患者ではないかと看護師の顔を見ても、「さあ、知りません」というような顔をしている。

「あのぅ、何かご相談事でしたら、昼間の常勤の先生方に訊いていただいたほうが」

「あ、いいえ。実は数日前こちらに参りましたら、肺癌の専門の先生が大学から当直で来られているとお聞きしまして、ぜひ相談に乗っていただきたいと……」

男は、妻が肺癌で手術を受けた、再発を抑えるために化学療法剤を注射したが、効きが悪いうえに副作用が強くて苦しんでいる、何かよい方法はないか、ということを、ぼそぼそと語った。

祥子は男が持ってきたレントゲン写真をシャウカステンにかけてみた。左肺上部が真っ白で、縦隔にクリッピングがたくさん写っている。左肺上葉切除を行った痕《あと》と考えられた。残る肺に、無数の細かい肺癌の転移巣が見える。

うつむきかげんの男の頭とレントゲンを見比べながら、祥子は言った。

「すでに相当の肺内転移巣が見られますが、手術はいつ？」

祥子は画像が撮影された日にちを覗き込んだ。男が答えた手術日から三カ月は経っている。男の妻はいま再発予防のために化学療法を受けている、ということだが、相当に早い進行癌と考えられた。

「このような状態でしたら、副作用があまりなくて、口から飲めるお薬があるのをご存じですか？　レスクランというのですが」

男は首を横に振った。

「レスクランは、肺癌によく効きます。ただ、このお薬は間質性肺炎という時として致命的な副作用がありますが、充分注意をしていれば大丈夫です。治療法もあります」

「ほかにはありませんか?」

「今ある中ではレスクランが一番いいのではないかと思いますが」

「たとえばまだ薬にはなっていないけれども、よく効くものなどは?」

祥子は首をひねった。

「ちょっと小耳に挟んだのですが、日本の製薬会社で、今お聞きしたそのレスクラン以上に効く薬を創っているとか……」

この男は産業スパイではないだろうか? そこまで知っているのは関係者に違いない。

迂闊《うかつ》なことはしゃべれない、と思った。

「私はよく知りませんが。そんなお薬があるのですか?」

とぼけて、逆に男に尋ねた。

「知り合いが天下製薬におりまして、秘密にしておかなければならないのか、あまり教えてはくれないのですが、妻の肺癌のことを話したら、とてもいい薬がある、もうすぐ売り出されるだろう、と言うものですから。こちらで訊ねれば、何かわかるのではないかと思いまして」

祥子は差し支えない範囲でしゃべるのならかまわないだろうと考えた。肺癌で苦しんでいるという妻が気の毒であった。

「その薬はまだ臨床で効果について検討中です。私の知る限り、間もなく試験も終了するでしょうから、すぐに使えるようになるのではないでしょうか？」

「いい薬はなかなか出てこないとも聞いていますが……。そうですか、近いうちにね」

男は喜んでいるように見えた。

「早く出るといいですね。それまでは、今の抗癌剤が苦しいのでしたら、思いきって主治医の先生にレスクランの使用をお願いしてみられてはいかがでしょう」

「はあ、そうしてみます」

しばらく男は考えているようだった。祥子はレントゲンフィルムをはずしにかかった。

「あの、こんなことをお聞きしていいのかどうかわかりませんが、新しいお薬は、副作用はないのでしょうか？　何しろ妻の苦しむ姿を見ているのがつらくて。癌を治すために使っている薬で、かえって体が衰弱しているようなんです」

「今のところ、何も聞いてませんが」

「妻の父親も肺癌でした。手術してすぐに再発して薬を注射して、これは効いているようでよくなったと思っていた矢先、突然血を吐いて死にました。私がお見舞いに行って、話をしている最中だったんです。妻もいました。ベッドの上で笑っていた義父が突然苦しそうな顔をしたかと思うと、大量の血を吐いたんです。すぐに先生を呼びましたが、間に合いませんでした。病院の壁にべっとりと義父の吐いた血がついていたのが、目から離れないのです。こんなことなら、薬を使うべきじゃなかったと、妻とさんざん悔やんだものでした。その妻が義父と同じ病気になるなんて……」

男は肩を震わせて声を詰まらせた。

「レスクランは大学で私たちも使っていますが、副作用はありません。病気で喀血することはあるかもしれませんが、この薬でそういうことが起こっているとは思えません」

「あんな恐ろしいこと、二度といやです。血を吐いたりはしないでしょうね？」

祥子はそのような例は一度もないと説明した。男はほっとしたように「そのレスクランという薬を使ってもらうよう主治医に相談してみる」と言いながら帰っていった。

患者本人ではなかったが、今の男とのやり取りをカルテに記載した。何も書かないわけにはいかない。相談でも診療である。男が血を吐くことにこだわったことを妙に思ったが、きっとよほど恐ろしい思いをしたのだろう。

15 大学病院

　K医科大学山辺教授の名前の入った紹介状を持った患者が、赤井准教授の診察室にいた。自分ではなく妻が肺癌と言った男は、時おり言葉を詰まらせながら、「何とかならないでしょうか？」と尋ねていた。男は年齢とは不相応な黒々とした髪を光らせながら、うつむき加減に話した。赤井は男が髪を染めていると思った。

　CTは肺癌で左肺上葉切除を行ったあとに撮影されたものであった。止血用のクリッピングの影が数えきれないほど散らばり、生々しい写真であった。肺内に無数の転移巣が認められる。脳のCTでも、多発性の転移が描出されていた。

　男が持参したCTを詳細に検分したあとで、赤井准教授は話しはじめた。

「谷口《たにぐち》さん」

　一瞬のためらいがあった。

「奥さんのレントゲンと肺のCTを見る限り、癌は相当進んでいると言わざるを得ません。脳にも多数の転移が見られます。何か奥さんに神経症状は出ていませんか？　たとえば、左の麻痺とか、筋力の低下とか」

谷口と呼ばれた男は、じっと床を見つめて考えている。

「いいえ、特には何も」

赤井は意外に思った。脳の転移の場所からは、症状があってもおかしくない。

「はっきり申し上げて、相当厳しいと思います。先ほどのお話では、何か薬をお使いになっているとか？」

「はあ、我々素人にはよくわかりませんが、抗癌剤の注射を定期的にやっております」

「山辺教授のところで診ていただいていらっしゃるのなら、お任せしておいてよいのではないのでしょうか？」

「いいえ、山辺先生をちょっと存じ上げているだけですから、ご紹介状だけです。それに私たち関西に住んでいるものですから」

「なるほど。でも薬もあまり選択肢が残っていない感じですが。変に強い抗癌剤を使うと、かえって奥さんの体力が落ちてしまいますよ」

「あの……」

谷口はまた何かを考えるような仕草を見せた。

「こちらで新しい薬を使っておられるようなことを耳にしたのですが」

「新しい薬とは、まだ研究段階という意味ですか？」

「あ、いいえ、もう人で試しているようなものなんですが」

人で試すとは穏やかでない表現だが、素人では仕方がなかろう、と赤井は小さくうなずいた。

「いくつかありますよ。こういう薬の効果を確かめるのも大学の責務ですからね」

「その薬を使っていただくわけにはいかないでしょうか？」

「そうですねえ」

赤井は、この患者が入院して薬を投与するまで果たしてもつだろうかと危惧《きぐ》を抱いている。しかし、あまり絶望的なことは言えない。もっとも、安易に請け負うことも酷《こく》である。

「効くかどうかわかりませんよ」

「今までにもそのお薬を使った患者さんはおられるのでしょう？　その方たちは効いているのでしょう？」

「それはちょっと申し上げられませんが」

治験薬に関する守秘義務があるので、赤井には詳しい話はできない。

「でも入院したら、使っていただけるのでしょう？」

谷口は食い下がった。

「それはできると思います」

「そうですか」

ほっとした様子で谷口は、妻と相談してくると、次の診察予約を取った。

立ち上がりかけた谷口が、また腰を下ろした。

「薬を使ってくれとお願いして、こんなことをお聞きするのはなんですが、副作用はきつくはないのでしょうか？」

「新しい薬だから、まだ何が起こるかわかりませんよ。でも」

よい話のほうだからいいだろう。赤井は谷口の懸念を取り払ってやった。

「いい薬ですよ。心配するような副作用はないです」

「そうですか。それはありがたい。出血なんかもないですよね」

「出血ですか？　いいえ」

変なことを訊くな、と赤井は一瞬訝《いぶか》った。

「レントゲン写真は、次までお預かりしておきます」

レントゲンをはずす時、ふと違和感を覚えた。病気のせいでやせ細って、と言っていたわりに、レントゲンに写っている患者の肺が成人の男性のものと間違えるくらいに大きい。変だ……。

赤井はレントゲンフィルムを袋に入れると、後ろのレントゲン棚にしまおうとした。

谷口はちょっと慌てたような仕草で、手を伸ばした。

「あ、恐れ入りますが、フィルムは用がすんだら返してくれと、先方の医者に言われておりますので」

「入院なさったら必要になりますが。また持って来ていただけますか？　面倒ですが」

「はあ、そうします」

谷口はレントゲンを持つと、そのままそそくさと診察室をあとにした。

16 買収

日本藤武製薬橋岡専務は、栗山恵介《けいすけ》薬剤医務管理局情報課長との定期連絡から、MP98の臨床治験が間もなく終了することを知った。予想されたこととはいえ、異例の速さである。症例登録がMP98に優先的に集中したことは、不愉快であった。

橋岡は、天下製薬の公開株買占めの指示を強化した。

MP98の臨床第三相試験がはじまった時点で、天下製薬の株は値上がりしている。この一年は横ばいとはいえ、他社の株が落ち込んだ時期でも、天下製薬の株は持ちこたえていた。株価の推移からも、MP98が順調に進んでいることと、国産の新しい肺癌治療薬に大きな期待がかかっていることがうかがえた。

日本藤武製薬は自社の名前が表に出ないよう、関連会社名を使って、静かに天下製薬の株を買いつけていた。株価にほとんど反映しないような、水面下での買占めであった。

天下製薬はこの買占めに気がつかなかった。全社がMP98の成功に酔っていた。株の取引高が増えているのは、MP98の成功を受けた市場の動きと解釈して、何の対策も打っていなかった。

創立以来の歴史から見ても、天下製薬が他社に吸収されるなどという危惧《きぐ》はいっさい持っていなかった。天下りの力に頼る感覚が、いつまでも社内の雰囲気を支配している。そもそも天下製薬は、会社を磐石にするため、経営幹部に官僚を抜擢してきた。関係官僚から薬事業務関係のベテランを引き抜いたのである。

創設者である医師は、先の戦争中に特殊兵器の開発に尽力した男であった。他方、生体解剖という人非人《にんぴにん》の所業を平然と行ってもいた。戦後、すべての研究成果を某国に引き渡すことで、非人道的行為の戦争責任を免ぜられている。

その立場上、関係省庁の高官とのつながりを利用すれば、新たな製薬会社を設立し、思いどおりの運営を行うことなど、たやすいことであった。官僚たちもまた、退職後の心地よい椅子が約束されたことになり、双方にとって笑いの止まらない構造ができ上がったのも当然であった。すべてが国民不在の官僚政治を象徴していた。

何ごとにつけても便宜《べんぎ》が図られた。経理には現れない莫大な金が水面下で動いた。むしろその金なしには、誰も動こうとはしなかった。

カストラワールド社でも、株の買占めを進めるよう指令が出ていた。それだけの資金力もあった。天下製薬ほどの規模の会社が最も買い取りやすかった。

一方で、万が一株買占めに失敗した時のために、ＭＰ98の導入のための準備を日本支社に指示した。

ルーベックが組織した薬剤医務管理局対策班からの報告は、栗山から藤武製薬の橋岡が手に入れる情報に比べると雲泥《うんでい》の差で、未確認情報が多かった。

断片的な情報をまとめながら推理を重ねる対策班とルーベックの読みは、しかしながら、現実とさほど遠いものではなかった。まったくの素人が情報分析をしているわけではなく、製薬企業の精鋭が解析するのである。ほぼ正確な判断を下していた。

そのような情報分析のもとに、ルーベックはMP98をレスクランの後継品と位置づけ、MP98の導入、すなわち買い入れに焦点を絞った。製品企画部に対外交渉の精鋭を集め、ルーベック自ら指揮を執って、天下製薬に導入交渉をすべく、同社の現状について調査をした。

天下製薬はいくつかの薬剤を販売しているが、ほとんどすべてがゾロ品に押されて、売り上げ高は毎年減少の一途を辿っている。MP98は社運を賭けた新製品であった。失敗すると、経営が傾くことは確実であった。当然、MP98の研究開発にすでに何百億という金を注ぎ込んでいる。

いきなりMP98を導入させてくれと申し込んでも、天下製薬が虎の子の新薬を出すはずがなかった。天下製薬は海外での販売の実績がないから、世界販売を展開するのをカストラワールド社がお手伝いしましょう、その代わりにカストラワールド社が協力して売ることのできた国では、売り上げの半分をカストラワールド社が取る、あるいは、ＭＰ98と交換に、それに匹敵するような薬の日本での販売を天下製薬にお願いする、という提案でもよかろう。場合によっては、レスクランの日本での販売をカストラワールド社と共同販売にしてもよい。レスクランは間もなく海外でも認可される。そうなれば、海外で大きく収益が伸びるのは明らかである。日本を半分渡しても問題ない。

天下製薬の経営状況は決してよくはない。

ルーベックは天下り人事については、充分な理解ができなかったが、ＭＰ98がなくなれば、まず天下製薬は潰れると予想していた。したがって、株を買い占めて天下製薬全部を買い取ることも考えられるが、ＭＰ98を手に入れることで、潰れかけた天下製薬を二束三文で買い取ることができる、安く買い叩けるなら、こちらのほうが安上がりだと判断した。いずれにせよ、ＭＰ98は絶対に手に入れる必要がある。

ルーベックは、天下製薬に提供可能な薬の選択に移った。

17　間質性肺炎

「山崎さん」

赤井准教授の診察室の前で、山崎は倉石祥子から声をかけられた。

「あ、先生」

白衣の胸元から覗く白い肌が眩しい。祥子は視線が胸に注がれているのを気にかける様子もなく、山崎に尋ねてきた。

「いかがです？」

山崎は、祥子の澄んだ双眸に視線を戻して答えた。

「調子いいです。おかげさまでこうして元気にすごさせてもろうています。咳もないし、熱も出てません。痛みもほとんどありません」

「それはよかったわ」

「いつも気にしてもろて、ほんま、おおきに」

「会社のほうは？」

「このところ一日中、出社しています」

横にいる男性患者が、祥子とにこやかに話している山崎を羨《うらや》ましそうに眺めている。

「先生は、いつもお忙しいようですね」

「医師は暇なほうがいいのですけど。本来、患者さんがいらっしゃらないほうが、平和です」

「そうは言うても、私たちのような患者が次から次へと出てきたのでは、先生も休む暇がありませんね」

祥子にそう答えて、赤井准教授の定期診察を受けた山崎は、一週間後、突然高熱を出した。前日から少し体がだるかったが、熱を計ってみると四十度もあった。咳が出ていた。レスクランの副作用である間質性肺炎の症状が出たらすぐに報せろ、と赤井と祥子から再三注意を受けていた山崎は、妻に言って大学病院に連絡を入れた。

山崎の妻がかけた電話は、祥子につながった。

症状を聞いた祥子は、すぐに病院に来るよう指示をした。患者のために、緊急用の入院ベッドは確保してある。

一時間後、タクシーで病院に着いた山崎は、待機していた祥子によってただちに放射線科に連れていかれた。放射線科に着くまでの短い間に、祥子は山崎が変化した経緯を把握した。レントゲンはその場で祥子に手渡され、放射線科の医師とともにフィルムを見た。両肺野が全体に白く曇っている。

「間質性肺炎くさいな」

放射線科の医師がつぶやいた。祥子は肺のCTを追加で依頼すると、山崎の妻に、間質性肺炎というレスクランの副作用の可能性があるから、すぐに入院手続きを行うよう説明をした。

CTでも、レスクランの副作用が出たことを示していた。

入院後、レスクランの服用中止が決まり、ステロイドの大量パルス療法が施された。

赤井が祥子とともに山崎のベッドにやって来た。

「山崎さん、残念ですが間質性肺炎になってしまいました。でも大丈夫ですよ。幸いにも早く見つけることができましたから、すでにはじめていますが、ステロイドの大量療法で治りますから」

「レスクランはもう飲めないのでしょう？」

「間質性肺炎はレスクランの副作用ですから、今後は使うわけにはいきません」

「肺癌のほうはどないなりますか？」

今までの経過が非常によかっただけに、山崎はレスクランに全幅の信頼を置いているようだった。まさか一年も経ってから副作用が出ようとは……。

「今は画像で捉えられるような病巣はまったくありませんから、しばらくは安心していていいと思います。ただ、再発することも考えなくてはいけません。今ある抗癌剤を使う以外ないのです」

　山崎の顔が急に曇った。

「一年後には新しい薬が出ます。この病院でも臨床治験を行っていますが、最終段階にかかっています。ある意味、レスクランより効くと思います。副作用もありません」

「そんなにええ薬があるのなら、いま使えませんか？」

「臨床治験がもう終わります。今からの登録でもたぶん一年はかかるでしょう」

「あと一年ですね」

「レスクランは試験終了から異例の早さで認可されました。肺癌にはいい薬ですから。でも、山崎さん、まずはこの肺炎を乗り切らないといけませんね」

　熱で赤くなった顔を祥子に向けた山崎は、「ええ、がんばりますわ」と答えると、一つ二つ咳をして、点滴をしている腕の位置を少しずらした。

　黙って聞いていた山崎の妻が、どうぞよろしくお願いします、と頭を下げた。

　入院後二、三日間、山崎の容態は一進一退であった。四十度の熱がつづいた。解熱剤を使った時だけわずかに熱は下がった。咳が出て、呼吸に苦しみ、血液内の酸素分圧が下がった。肺に強い炎症があり、酸素が血液の中に入っていかない。

毎日、肺のレントゲンが撮られた。三日目になって何とか熱が最高でも三十八度になった。症状を反映するように、レントゲンでも肺が少しずつ明るくなってきた。危機を脱した山崎の顔に、ようやく生気が戻ってきた。呼吸もことのほか楽になっている。酸素がいらないくらいであった。

五日目には、酸素なしでベッドから下り、トイレまで行けるようになった。肺では雑音も聞こえないし、レントゲンでもほぼ正常の肺に戻っていた。

六日目には再び肺のCTが撮られた。間質性肺炎は完治していた。もちろん、手術のあとに見られた肺の転移巣は、一つとして再発していなかった。

「MP98最終登録終了」

天下製薬経営会議で、研究開発担当常務有田が高らかに宣言した。出席者から拍手が起こった。

「最後の症例の有効性確認日が三カ月後です。その日をもって、本MP98第三相臨床試験は無事終了となります」

出席者全員がうなずいている。これで会社は持ち直す。持ち直すどころか、過去にないほどの莫大な収益が期待できる。

今後はこれまでの症例結果の集計を進めていくだけである。大きな変更は生じない。

有田は他の経営陣には、マウスでのＭＰ98の長期投与で出た出血の一件は伝えていない。自分だけの胸の内にしまい込んでいる。

臨床治験は一人の死者もなく、問題となる副作用も起こらずに無事終了しようとしている。今後三カ月で突然何かが起こるとは想像できない。よけいなことは報《しら》せないほうがよい。それで、二の足を踏む連中が出てきたら、それこそまずい。

「研究所員の殺害の件はどうなっている？」

緑川康晴《みどりかわやすはる》社長が、気になっていることを訊ねた。有田が答えた。

「警察からはその後、連絡もないようです。犯人が捕まったとも聞いておりません。研究所員の動揺も当初はありましたが、すぐに通常業務に戻っております。殺された研究員のあとも別の研究員が引き継いで、研究は支障なく進んでいると報告を受けております」

「そうか。研究とは何も関係がないだろうから、今後も滞りなく研究開発を進めるように。新薬登録は一日でも早いほうがいい。このぶんでは半年後には申請できるな」

「本試験終了と同時に、間を置くことなく申請する準備ができております」

有田の力強い声が会議室に響き渡った。

研究所長室の電話が鳴っている。廊下で電話のベルの音を聞いた小林は、部屋に走り込んで受話器を取り上げた。相手は常務の有田であった。

「小林君、その後、柳川君の事件について何か警察は言ってきたか？」

「いいえ、何も」

「そうか」

「本社のほうには？」

「こちらも何もない」

「犯人もまだわからないみたいです」

「例の研究記録は処分したんだろうな」

「柳川君が殺害される前の夜に、全記録を持ってくるよう指示しましたので」

「それは今どうなっている」

「はあ、私が持っていますが」

「バカ者！　そんなもの持っていてどうするんだ。すべてをなかったことにするんだ」

「はあ？」

小林はそこまでする必要性がどこにあるのか、疑念を抱いた。

「よし、こうしよう。その柳川という研究員が君のところに持ってきた実験記録をすべて私のもとに届けてくれ。郵送はだめだ。君自身で持ってきてもらおう」

何を恐れているんだ、常務は？　小林の中でますます疑惑がふくらんだ。

「実は、ちょっと気になることがあるのですが……」

「何だ、まだあるのか？」

「先日刑事が二人来ました。柳川君が殺された日の翌日だったと思います」

「それで」

「いろいろ訊かれたのですが……」

有田は指でコツコツと机を叩いているようだ。

「私もうっかりしていたのですが、柳川君の机にＭＰ98の実験記録が残っていたのです」

「見られたのか？」

「はあ」

「しかし刑事が見てもわからんだろ。何が気にかかるんだ」

「二人来た刑事の一人が変な若造で、髪は染めてるし、耳にはピアスだし」

「そんな刑事の描写はいい。そいつがどうかしたのか？」

「いやに熱心にＭＰ98の実験記録を眺めていたんです」

「何か訊いてきたのか？」

「いいえ、大変ですねと言われたくらいですが」

「それなら何も気にすることはないだろう」

「気になったのは、たまたまかもしれませんが、熱心に見ていたのが例の血小板ゼロという検査結果だったのです。正確には、それを見ていたかどうかもわかりません。ほかにも血液検査データが並んでいましたから」

「だいたい刑事に高度な実験結果がわかるわけないだろうが。普段見ないものを見て興味をひかれたのだろう」

「そうだといいのですが。それにしては長い時間見ていましたがね」

「何も柳川君殺害には関係ないし、刑事にその記録が万が一理解できたとして何の意味がある。心配なかろう。それとも、小林君、君が柳川君を殺《や》ったのかね」

「そ、そんな。常務！」

小林は呆れて、憤りも通り越してしまっていた。

「その記録は当然君が持っているんだろうな」

「はあ、あのあとすぐに柳川君の机やロッカーを整理しまして、研究関係のものはすべて私が管理しております」

「それではそのＭＰ98に関する実験記録も一緒に持って来てくれたまえ。ほかにはＭＰ98に関係するものはないか？」

有田はよほど気になるのか、もう一度念を押してきた。

18　攻撃

岩谷刑事は天下製薬創薬研究所を訪れた折に感じた疑問について、調べてみようと思った。あのようなデータは見たことも聞いたこともなかった。

たまたま目にとまった実験記録に、ＭＰ98と書いてあった。臨床試験をしているという。医学部出身の岩谷には、薬が開発途上にあるとピンと来た。実験記録を見ているうちに、きわめて異常な検査値にぶつかったのである。

血小板ゼロ。何だこれ？

強い関心をひかれて実験内容を見ようとしたら、研究所長が覗き込んでいる気配がした。あまり詳しくは見ることができなかったが、どうもＭＰ98という薬を半年以上にわたって投与している実験らしい。

今回の柳川一夫の殺害に関しては、動機がまったく見えてこない。しかし、行きずりの犯行とすることもできない。争った形跡はなく、犯行現場は暗い道であったが、普段は駅から家路を急ぐ人たちが通る時間帯である。にもかかわらず、目撃者は一人もいなかった。犯人は柳川を殺害するつもりであとをつけていたとも考えられる。そして瞬時に喉を断ち切っている。一瞬の攻撃、しかも急所をはずしていない。強い意図、計画性を感じる。素人にはできない犯行であった。凶器も発見されず、現状では鋭利な刃物のようなものという推定の域を出ていない。

臨床で治験をしている薬、実験データの極端な異常……何か匂う。

疑惑が岩谷の脳細胞をさかんに刺激した。

ルーベックは朝刊を見て驚いた。

『またレスクラン副作用、間質性肺炎続く』

大きな見出しが紙面に躍っていた。

『肺癌治療薬として効果があるとされる初めての経口剤レスクランは、かねてから致死的な副作用である間質性肺炎の発症が懸念されていたが、この三カ月間に六例の同副作用患者が報告されている。今回、死者は出ていないものの、繰り返す肺炎の発症に当局はカストラワールド社に対して、さらなる対策を取るよう指示した。レスクランは、世界に先駆けて我が国で発売された新しい抗癌剤であり、効果が期待される半面、副作用死もすでに三十八名に上っている。発売後二年という短い期間にこれほどまでの副作用死は、過去の抗癌剤では記録がない。今後も充分に警戒されるべく、使用する医療側も副作用に対する何らかの対策を迫られそうだ』

記事の最後に、K医科大学山辺年男教授の談話として、次の文章がつづいた。

『レスクランは他の抗癌剤に比べて、間質性肺炎という致命的な副作用が多い印象がある。今後の使用についても充分な警戒と対策が必要であろう』

「またやられたか!?」

それにしても薬剤医務管理局対策班は、当局の動きも見えないのか？　これでは事前に差し押さえることさえできない。

ルーベックは、ただちに直属の対策班を召集した。

「今日の新聞記事は皆、知っているな。昨日の時点で、記事が出るという空気はなかったのか？」

対策班長がすぐさま答えた。ルーベックが信頼を置いている田井中茂《たいなかしげる》であった。

「まったくそのような雰囲気はありませんでした」

「ほかの者はどうだ？」

全員が首を振り、そんなはずがないとつぶやいている。田井中がつづけた。

「我々がさまざまな網を張って半年になります。ご承知のように、たとえばＭＰ98の情報に関しても、不充分だとはいえ、解析するに足りる内容でした。あまり漏れもないように思います」

その点はルーベックも認めざるを得ない。

「どうも変なんです。今回のレスクランもそうですが、日本藤武製薬が治験を行っているNFT107という薬に関しても、対抗する薬剤の副作用の記事がつい一カ月ほど前に出たのを覚えていらっしゃいませんか？　多分にNFT107の今後に有利になるよう動いた感があります。ようやく忘れかけた頃、またレスクランの報道です。何か国民に、レスクランは怖い薬だぞ、気をつけろと、インプットしつづけているような気がします。つまり、レスクランにダメージを与えようとする、作為的な意図を感じます。薬剤医務管理局内部の誰か、特定の人間が動いているような気がしてならないのです」

「特定の人間？」

「そうです。誰かが内部情報を集めて、個人的に新聞社に流している気がします。しかも、いつも日本藤武製薬に有利に働く情報。つまり薬剤医務管理局内にいる、日本藤武製薬に深いつながりのある人物ということになります」

「ありうることだな」

「しかも、この副作用情報を最初に流す新聞社は必ずX社です」

「強力なつながりと利益供与があるということだな」

ルーベックは田井中の推測を否定しない。足の引っ張り合いは企業ではいくらでもある。別に日本に限ったことではない。我々の社会そのものがそうだ。ある意味、日本より激しいかもしれない。

　コマーシャルからしてそうであった。本国では相手の会社を徹底的に非難しておいて、我が社の製品は非常に優れていると宣伝するわけだ。日本のコマーシャルがフェアな精神で、競争品をけなすことが禁じられているなど、最初は信じられなかったくらいである。水面下で相手を引きずり下ろす算段がなされていても、別におかしくはない。

　日本藤武製薬の息のかかった薬剤医務管理局幹部といえば、まず知らない者はない。ルーベックはその名前を思い出すまでにしばらく時間がかかった。

「栗山とかいう課長だったかな、そいつのことか？」

「そのとおりです」

　田井中が拍手をした。

「ふざけている場合か？　いつまでこんなことをやらせておく。我々はいい迷惑だ」

「この国は今の形態がいつの間にかでき上がってしまった。一度は官僚と日本藤武製薬の間に明らかな利害関係が生じていることが疑われ、世間を騒がしかりたことがあります。ところが、すっぱ抜きもただの一回きりで、その後、癒着に関する話はまったく出なくなった。とてつもなく大きな圧力がかかったに違いありません。いや、これがこの国の基本形態でしょう。これを崩すのは容易ではありませんし、費やすエネルギーを考えたら、ちょっとやそっとのことでは」

「わかっているよ。既得権益は誰でも死守しようとするさ」

社会形態や文化が違っていても、自己防衛に走り、欲に操られて動く時、人は同じ行動を取る。ましてや最も大きな影の勢力形態となれば、想像に難くない。

「とにかく我々に不利な報道が世に出るのを防ぐ何かいいアイデアはないか？」

沈黙がつづいた。まともに突き崩すことができない以上、妙案は浮かばなかった。

「次回までの宿題だ。一度出てしまうと取り消しが利かない。出る前の水際で堰《せ》き止めなければいけない。新聞社に網を張るくらいやっているんだろうな。特に日本藤武製薬の息のかかった新聞社、メディアはどこだ？　そのX社はどうなんだ？」

「新聞社のほう、まだやっていません」

「田井中君にしては珍しい手抜かりだな」

「おそれいります。やります。すぐに何らかの手を打ちます」

「栗山課長をこちらに取り込むことは……」

言いかけたルーベックの声が中断された。

「それは無理です」

「だろうな。とすると、栗山の見張りをもっと緻密なものにすることだ。これはできるか？　できるとすれば、どうするかね？」

ルーベックの質問はいつものとおり、どこまでも答えを要求してつづく。名案が出ないまま宿題となって、その日の会議は終了した。


「今朝の新聞、よくできているな」

橋岡が電話に向かって、小声で話している。相手は栗山であった。

「そろそろと考えていたところだ。何しろ国民の皆さんは忘れっぽいからなあ。時々こうやって注意を喚起してやらないと、レスクランが怖い薬ですよということを、すぐに忘れてしまう」

栗山の声も聞き取れないほどに小さい。

「まわりに誰かいるのか？」

橋岡は、栗山のことを非常識なやつだと内心怒っている。

「はあ、ちょっと」

「じゃ、あまりしゃべれないな」

「そちらのほうはいかがでしょうか？」

栗山は天下製薬買収の動きについて質問している。聞かれてはまずいことばかりである。電話で話すことではない。

「進めている」

橋岡は一言でこの話題を終了させた。

「ところで、MP98の動きはどうだ?」

「第三相試験が終了したのはご存じですね?」

「もちろんだ。副作用は相変わらずないのか?」

「ありません」

橋岡もそんな薬が今時あるのか訝しく思っている。

「で、いつ頃、認可申請してきそうかね?」

「もう申請されました。あとは審査判定を待つのみです」

「何、もう申請しただと! 最終登録が終了したのは、三カ月前ではなかったか?」

「そうなんですが」

「最後に登録した患者の結果が出た時点で申請したのか」

「そのとおりです」

橋岡は受話器を置いて、しばらく考えていた。

MP98はすでに申請された。何もかもが考えられないほどの速さで進んでいる。症例の登録しかり、申請しかり、よほどうまく進めているに違いない。日本最大手の日本藤武製薬ですら、倍の時間はかかるだろう。

天下製薬は何かうまい蔓《つる》をつかんでいるのではないか? そもそもあの会社は天下りで有名だ。今、天下り組は有田だけになってはいるが、彼が関係省庁にうまく働きかけているのだろうか？　まわりが固めてあるとすると、やはりＭＰ98だけを手に入れるのは、最初に考えたように難しそうだ。ここは、全部まとめていただきだな……。

橋岡はますます意を固くして、株式買収の現状確認に移った。

19　非番

陽光が緑の木々の葉に弾《はじ》かれて、居眠りをしたくなるような昼下がり、天下製薬創薬研究所の正門左手にある守衛所の前に一つの影が落ちた。

「あのう……」

守衛は、茶髪を束ねた若者に顔をしかめた。

「約束はしていないのですが、研究所長の小林さんにお目にかかりたいのですが」

守衛は無遠慮に岩谷を眺めやりながら、つっけんどんに答えた。

「どちらさまですか？　お約束がなければ、面会はできません」

「そうですか、だめですか。では、副所長の石田さんは？」

「だめです。お約束がなければ」

岩谷は困ったようにあたりをきょろきょろと眺めている。

「それにしても広い研究所ですねえ。今いいお薬を創っていらっしゃるとか」

「さあ、知りません」

守衛が会社の新薬開発状況に通じているはずがない。取りつくしまもない。お帰りください、と言わんばかりに守衛は窓ガラスに手をかけた。

戻りかけた岩谷に、守衛が声をかけた。

「おたく、どちらの方?」

岩谷は後ろ姿のまま、ひらひらと手を頭の上で振って歩いていく。

「何だ、あいつ?」


岩谷は門を出ると、守衛から見えないところに立って、空を見上げた。青い空にわずかに浮かぶ白い雲が、光と戯れながら形を変えていく。

地球創世以来、ぴったり同じ形の雲はできたことがない。一瞬たりとも同じ物はできようがなく、時間の流れと混沌《カオス》がこの世の実態を説明する……。

岩谷は電信柱に身を寄せて動きを止めた。風景の中に溶け込んで、張り込みの気分を味わっている。

今日、岩谷は非番である。珍しく事件で呼び出されることもなかった。一人でぶらぶらと研究所のまわりをうろついていた。なかなか目ぼしい人物が出てこないので、つい研究所の敷地内まで入って、守衛に話しかけたのである。

もう少し待ってみようか?

岩谷の頭脳は超スピードで回転していた。先入観は禁物だが、MP98という薬が、今回の柳川殺害に必ず関係があると感じていた。

しばらくすると、若い女性が研究所の門から出てきた。背が低くてほっそりとしている。雰囲気からして研究者のように見えた。まわりには誰もいない。一対一で話が聞けそうだ。

女は、岩谷が潜んでいるところとは反対の方向に歩いて行く。岩谷はあとをつけた。信号で立ち止まった女に、岩谷は背後から近寄って声をかけた。

「すみません……」

彼女は驚いたような顔で振り返った。

「天下製薬の研究所の方ですか？」

見知らぬ男からの突然の質問に、若い女は警戒の色を強くした。

「少しばかりお話をうかがえませんかね」

「どなたですか？」

「柳川一夫さんの殺害の件で、ちょっとお話をお聞きしたいのです。あ、僕、埼玉署の岩谷と言います」

これが警察の人？　嘘でしょう……女の目はそう言っている。

「変ですか、僕が刑事だったら？」

岩谷は肩をすくめた。

「あ、いいえ。そんなことはないんですけど。ちょっとびっくりしたもので」

「皆さん、そうおっしゃいます。僕はこれで普通なんですけどね」

もう一度岩谷は肩をすくめてみせた。女は身分証明を見せろとも言わなかった。

「どこかそのへんでお話しできますか？　お時間はよろしいでしょうか？」

女は橋本《はしもと》るみ子《こ》と名乗った。やはり研究者であった。
二十七、八歳か……。
岩谷は女の歳を推測しながら、きりっとして頭がよさそうだと値踏みをしている。

二人はぶらぶらと並んで歩きながら話した。彼女も柳川の事件には関心を持っているようだった。

「あまりお時間を取ってもいけませんので、ざっくばらんに言います。この間、研究所におうかがいした時にですね、偶然、柳川さんの研究ノートを見ていたら、ちょっと変なデータがあったんですよ」

るみ子は目を見開いて、歩く岩谷の横顔を見つめてきた。

「おわかりになるんですか。実験のこと？」

「あ、へへ、ちょっと……」

岩谷は「血小板がゼロ。どう思います？」と、いきなり質問を投げかけた。

「はあ？　どんな実験なんです？　それだけじゃわからないわ。それに、そんなことあるはずがないじゃない。血液データではないのでは?」

「そうでしょう。たまたま見たらゼロって書いてあったんですが、残念ながら血液のデータでした。ほかの赤血球や白血球の数字も出ていましたから」

眉をしかめ、るみ子は首を傾げた。

「あまり長く見ていなかったので、正確なところはどうかわかりませんけど、MP98と書いてありました」

「えっ!」

一瞬、るみ子の顔に驚きの色が走ったのを、岩谷は横顔で感じている。

「何かご存じありませんか? 何でもいいんですけど」

「いいえ、何も」

「いや、MP98があなたの会社にとって、いま非常に大事な薬であることは知っています。開発段階にある肺癌の薬であることも、柳川さんの実験ノートからわかりました」

これ以上はしゃべれない……。

橋本るみ子はますます警戒心を強めた。短時間でMP98が治験薬であることを実験ノートから読み取っている。茶髪にピアスだし、本当に刑事かしら?

横顔を見た時に、目が合ってしまった。岩谷という刑事の目は澄んでいて、どことなく日本人離れした顔立ちであった。るみ子は岩谷の顔をまじまじと眺めた。

この人、何か見つけるかもしれない。ＭＰ98の実験で血小板がゼロというデータも気になる。たしか柳川さんは、ＭＰ98の長期投与に関する安全性の実験をしていたはず。

るみ子自身はＭＰ98には関与していないが、臨床開発の実情も実験結果についても興味があった。まさか長期投与で安全性に問題が。いえ、あんなに臨床がうまく行っているのに、そんなこと、ありえない。長期投与の副作用と結びつけるのは、短絡的すぎる。だいたい、どの実験の結果であるかもはっきりしないのに……。


黙々と歩くるみ子に、岩谷は何かあると確信した。

「何も申しあげられません。私はＭＰ98には関与していませんし、柳川さんが何をしていたのかも知りません。別の研究グループなのです」

「そうですか。では、これだけ確かめてもらえないでしょうか？　初めてお会いしたのに、厚かましいのですが」

「何でしょう？」

「お薬のことは会社の極秘事項ですから、お話しにはなれないと思います。確かめていただきたいのは、柳川一夫さんの実験ノートがあるのか、もし保管されているなら、きちんと保管されているのか、それだけをお教えいただきたいのです」

「あるかどうか、確かめればいいのですか？」

「そうです」

「なぜそのようなことを？」

「人が一人殺されています。捜査内容はお話しできませんが、ちょっと手詰まりなんです。目撃者も現れません。このままでは柳川さん、無念で成仏もできないでしょう」

私と同い歳くらいか、彼のほうが上か……。若いのに成仏とか無念とか古くさい言葉を使う刑事に、るみ子は先ほどから興味が湧いてきている。

会社に迷惑がかかるとも思えない。何しろMP98は順調だもの。柳川さんを殺した犯人が捕まれば、それにこしたことないわ……。

「わかりました。あるかないかだけですよ」

「充分です。よろしくお願いします」

岩谷はちょこんと頭を下げた。耳につけたピアスが太陽光を反射して、きらきらと光った。

20　画像診断

今回の肺癌学会は大阪で開かれていた。関西最大の私立M医科大学の主催であった。

祥子は、大学の近くにあるホテルで開催された学会で、昨年同様レスクランの間質性肺炎についての講演を聞いたあと、MP98の第三相臨床試験の中間報告を聴講した。すでに申請登録はすんでいるが、学会ではまだ中間段階の臨床データの紹介であった。

会場の外では、山辺教授が佐治川教授と立ち話をしている。

「MPもうまく行きましたな。早く終了できてよかった」

「山辺先生のお力ですよ。何しろ先生が声をかけられて、我々も足並みをそろえて症例を優先的に登録しましたからね」

「天下製薬からは破格の研究費が出ましたからな」

そっとあたりを見まわしながら、濡れた唇で山辺が囁いた。佐治川は破格の研究費というところに、わずかに眉をひそめながら言った。

「薬の治験《ちけん》もいつもこう早く進むといいのですがねえ」

「薬によっては条件の合う患者が少ないこともある。これはどうしようもない。しかし今回のように、肺癌患者はいくらでもいるのだから、どこの治験薬に登録するかは、やはりそれぞれの会社の努力しだい、ということになりましょうかなあ」

山辺は意味ありげなことを口走っている。まわりは学会関係者ばかりである。聞かれてもあまり問題はないが、自然と声は小さくなる。急に山辺の声が大きくなった。

「ところで佐治川先生、先生のところでは患者さんに副作用は見られませんでしたか？ごくわずかなことでもいいのですが。たとえば、嘔吐とか、腹痛とか、小さな出血とか、あるいはアレルギー反応とか、何でもいいのですが」

「いやー、不思議です。私も長く癌を見てきましたが、抗癌剤でこれほど副作用がない薬に出会ったのは初めてでして、むしろ驚いているくらいです」

「そうすると、何も副作用はなかったと」

「そう言っていいと思いますが」

「それはよかった」

「は？」

「いや、ともかくいい薬ができました。よかった。よかった」

O大学の研究所に、世界的に有名な永山栄治《ながやまえいじ》という癌の研究者がいた。永山教授が見つけた癌発生の機序は、ノーベル賞候補に挙げられるほどの業績であった。彼は時々こほこほこと小さな咳をしながら、日夜研究に励んでいた。五十五歳になる永山は、ある日、ちょっと手が痺れる、と知り合いの佐治川教授に相談に来た。

「これは永山先生。どうかなさいましたか？」

「佐治川先生、実は最近どうも左手が痺れて困っているんです」

「いつからですか？」

「そうですね、ひと月ぐらいになりますか」

「そんなに？　どのように痺れますか？　ずーと痺れていますか？」

「そうなんです。最近ちょっと力が入りにくいのが」

永山はさすがに気になってきたようで、思いきって佐治川に相談に来たのであった。

たしかに両手の握力を測ってみると、右は四十五キロあるのに、左はわずかに十五キロしかない。明らかに異常であった。

「ほかには、何か調子の悪いところはありませんか？」

「そうですねえ。特にはないですが」

「念のため頭のCTを撮ってみましょう」

永山はこほこほと小さく咳をして、検査室に向かった。

佐治川教授のはからいで、永山教授の脳のCTがただちに撮影された。佐治川はCT

操作室に入って、永山がCT検査台に横たわるのを、窓越しに見ていた。

あの握力はどう考えてもおかしい。脳に何もなければよいが……。

祈りながら、佐治川は検査技師が機械を操るのを見つめていた。技師はコンピュータの操作ボタンを軽やかに押していく。機械が抑揚《よくよう》のない声で、「息を止めてください」と伝えている。永山の胸の動きが止まる。五秒くらいの間に、何スライスもの断層写真が高速度で撮影されていく。一枚一枚の写真が画面にスキャンされていった。

画像を見たとたん、佐治川は息を呑んだ。その気配に技師もパネルから手を離して、画像を覗き込んだ。

「うわっ!」

技師が佐治川の顔を見上げる。佐治川は力なく首を横に振った。

「教授……」

「君、このことは口外無用だ。よろしくな」

永山の脳のCTには、大小取り混ぜて十は下らない黒い腫瘍が映っていた。佐治川はため息を洩らした。

「よくこれで腕の痺れだけですんだものだ。相当危ないぞ」

新しいスライスが画面に現れた。ますます脳の腫瘍の数が増えていく。眺めながら佐治川はギョッとした。

「脳幹部にも腫瘍がある。こんなに多いとは。急所にまで散乱している」

それにしても、と佐治川は考える。ここまで何も感じないものだろうか？　一カ月前から手の痺れが出ている。ほかには本当に何もないのだろうか？

佐治川は思い出した。永山が時々こほこほと小さな咳をしているのを。

「肺癌の脳転移の可能性が高いな。よし、このまま肺までCTを切ってくれ」

佐治川は検査室のドアを開けて、永山に告げた。

「すみません、永山先生。もう少し余分にCTを撮《と》りますが、よろしいでしょうか？」

永山がCTのドームから頭を起こしてうなずいた。

「すみませんね、忙しいところを」

佐治川は技師に断りを入れた。技師は手早く肺のCTを撮影すべく、条件を入力している。画面に永山の胸部レントゲン像が小さく映し出された。そこにCTで撮影する断面が三ミリ刻みで自動的に描き込まれた。

レントゲン像を覗き込んだ佐治川は、思わず息を呑み込んだ。技師が「肺ですね」とうなずいている。レントゲンの左肺上部が白くなっている。

「左肺癌か」

「間違いないでしょう」

「よろしく頼む」

CTが動きはじめた。永山の肺が次々と断層映像となって、画面に映し出されていく。明らかに左肺上葉に大きな腫瘍があり、周辺はひきつれたように縮んでいた。しかも第一肋骨が一部融解している。癌が浸潤している所見である。

CT画像は、数分後には肺の下部まで映し出していたが、両側の肺に細かい腫瘍が無数に認められた。脳だけでなく、肺の中にも転移していたのである。

このぶんなら、全身の骨にも行っているだろう。肝臓もやられているかもしれない。これでよく何ともないと言っておれるものだ。

世界的に有名な学者を失うことが、さらに佐治川の気分を暗くした。

「癌ですか？」

永山は病室に戻ってから、診察に現れた佐治川に訊ねた。CTが終わって、即入院を告げられたのである。

「実は、痺れの原因は、脳にある腫瘍が原因と思われます」

「CT見せてもらえますか？」

基礎の研究者とはいえ、癌専門に何十年とやってきた人物に、隠すわけにはいかなかった。ベッドから起き上がって、CTのフィルムを窓の灯りにかざした永山は、ほっと、大きくため息をついた。

「ひどいなあ、こりゃあ」

他人事のようにつぶやくと、佐治川にフィルムを返しながら、

「原発はどこですか？」

と訊ねた。

脳の多数の腫瘍が、脳原発の脳腫瘍ではなく、転移癌であると見抜いている。

「これを見て、肺のほうまでＣＴを撮ったのですね。どうでしたか？」

「そこまでお気づきなら、隠し立てしても仕方がないでしょう。原発巣は左肺と思われます。肺癌です」

「そうですか？　だいぶ前から咳は出ていたのですが、たいしてつらくもないので、放っておいたのがいけなかったですかね」

佐治川は答えられなかった。

「あとどのくらいもちますか？」

永山はあくまで冷静であった。静かに質問してくる。

「それは何とも」

「いや、三カ月なら三カ月と言っていただければいいのです。やることはやっておかないといけませんので」

「先生、どうですか。いくつか治療法の選択がありますが」

「脳まで転移しているのでしょう。手の施しようがないのでは？」

「最終的にはそうかもしれません、酷なことを言うようですが。今はいい抗癌剤がありますし、経口剤でも非常によく効く薬があります」

「レスクランですか？」

「さすがにご存じですね」

「あれは間質性肺炎で、死亡例が出たのではないですか？」

「結局のところほかの抗癌剤でも、起こる人は起こります。注意していれば早期に見つけることができますから、ステロイドパルス療法で多くは大事に至りません。報道は悪いところばかり強調して、肝心の効果については、従来の抗癌剤を凌《しの》ぐものがあるのに、無視しています。一般人どころか、あまりよく勉強していない医者も、あれは効かない、怖い薬という間違った認識を持っているようです」

「先生はレスクランを薦められますか？」

「点滴で抗癌剤をやってもいいですが、なかなか副作用でしんどいです。レスクランだと口から飲むだけで副作用もほとんどありません。脳圧を下げる薬で痺れも減るでしょうから、場合によって通院で治療できると思います。研究所に出られてもよいかと」

　永山が所長を勤める研究所は、同じ敷地内にあった。

「それはありがたい。私にとって、残された時間はそんなにない。なるべくベッドに縛りつけられることなく、やれるだけのことをやっておきたいと思います。心残りがない、といえば嘘になりますが、できるだけ悔いのないところまでやっておきたい」

「もう一つ、つい最近臨床試験が終了したＭＰ98という、やはり経口でいける肺癌治療薬があります。効果はレスクランと同等かそれ以上、もちろん間質性肺炎の報告もありません」

「ほう、そんないい薬が」

「場合によっては、天下製薬に頼んで、認可前ではありますが、取り寄せることもできるかと思います」

「それは。でも認可前だとまずいのではありませんか？　ルール違反でしょう？」

「いや、大丈夫です。先生のような世界的に貴重な科学者をおめおめと……」

失うわけにはいかないと言いかけて、不吉な言葉は呑み込んだ。

「それでは、先生にも協力するというところで、ＭＰ98ですか、それを使っていただきましょうか。貴重な投薬症例の一人として扱っていただければ幸いです」

佐治川は永山に向かって、深々と頭を下げた。

21　犠牲者

天下製薬創薬研究所長小林は、自社品MP98に関する口演《こうえん》を聞いたあと、すぐに会場を出た。口演会場には開発部長の秋山もいたが、発表は開発部が中心となっているので、小林は万が一基礎的な質問が出た場合のために出席を命じられていた。さしたる質問もなく、口演は終了した。今回の肺癌学会には、そのことだけのために来阪している。小林は終了後ただちに東京の研究所に戻る予定であった。

――羽田《はねだ》行きJAL一五二二便は、ただいま搭乗手続きを行っております。ご搭乗のお客さまは二十八番ゲートまでお越しください。

アナウンスが響いている。ぞろぞろと乗客が改札に向かって動いていた。夕方の大阪伊丹《いたみ》空港は出発と到着の人々で、ごった返していた。

その時、待合室の椅子でうなだれたまま、じっと動かない一人の男に、注意をひかれた者はいなかった。まわりの乗客はそれぞれに手荷物を持って搭乗口へと急いだ。眠っている男に、わざわざ親切に声をかけて起こしてやろうという者もいなかった。

——羽田行きＪＡＬ一五二二便は、ただいま最終のご案内をしております。ご搭乗のお客さまは二十八番ゲートにお急ぎください。

アナウンスは搭乗最終案内を繰り返している。アナウンスしている青木《あおき》由美《ゆみ》は、先ほどから出発ロビーの椅子に腰かけたまま立とうとしない男性が気になっていた。寝ているようだ。

私の声が聞こえないのかしら？　時間がない。この便のお客さまじゃないのかしら。隣の便かも。いろいろと想像をしながら由美は最後の乗客がチェックインするのを見送った。

男のまわりは、すべての椅子が空いている。ぐっすりと眠り込んでいるようであった。もしこの便の客だったらと心配した。違っていたら眠りを妨げることになる。隣のゲートから出る札幌行きの便も、あと一時間で出発である。それまで待ってみよう、と由美は考えた。

ＪＡＬ一五二二便が飛び立った。搭乗カウンターを閉めた由美は、待合室に目を移して、先ほどの男が同じ姿勢で座っているのを認めた。心持ち体が前に傾いているようだ。

由美は持ち場を離れた。業務終了の手続きをしながら、男のことが気になって、もう一度二十八番ゲートに脚を運んでみた。男はそのままの姿で、まだいた。

隣のゲートから出発する便は、札幌千歳行きＪＡＬ二〇一九便。間もなく搭乗手続きである。乗客の多くは搭乗口に近い椅子で休んでいる。男だけ一人ぽつんと椅子に腰をかけて、うなだれていた。

由美はますます気になった。札幌便のアナウンスがはじまった。男は動く様子がない。客たちは次々と搭乗口に吸い込まれていく。まだ男は立たない。このあとに出発する便はない。この便に乗らないのなら、待合室にいること自体奇妙である。

起こしたほうがいい……。

由美は男の座っている椅子に向かった。隣の二十七番ゲートでアナウンスをしている同僚に目をやって、彼女の視線とぶつかった。彼女も男のことを気にしていたらしい。

由美は男の後ろから肩を叩いた。

「お客さま、最終便が出発いたしますが……」

覗き込んだ顔の下半分が、赤いマフラーでも巻いているかのように鮮やかだった。妙な匂いがした。ぷんと鉄のような異臭である。

「すみません。起きてください。最終便です」

突然、大きく傾《かたむ》いた男の上体の向こうに黒い物が見えた。覗き込んだ由美はギョッとした。黒い液体が床にひろがっている。今まで椅子に遮られて見えなかったのだ。

男の体がさらに傾《かし》いだ。抱き止めようとした由美の手は間に合わなかった。どさりと男の体が椅子の向こうに転がり落ちた。

「ひゃぁー」

奇妙な嗄《かす》れ声をあげて、由美は後ろに飛びすさった。搭乗口に向かって並んで進んでいた客が全員、何ごとかと振り返った。

由美は身がすくんで動けない。口に手を当てて、叫びを必死にこらえている。

「どうしたんです?」

近寄ってきた乗客の一人が男を抱き起こそうとした。男の頭がぐらりと揺れてのけぞった。首の前半分がパクリと大きく口を開けた。赤黒い創の中に、切断されたらしい気管が小さな黒い筒状の内腔を見せていた。

「うわっ!」

叫んで乗客は男を取り落とした。

「おい!　大変だ。医者はいないか?　救急車だ!」

すでにまわりは黒山の人だかりであった。搭乗口の勤務員も、搭乗受付そっちのけで飛んで来た。そもそもチェックインする客が、みんなこちらに来てしまっている。

間もなく騒ぎを聞きつけて、警備員や空港関係者が駆けつけてきた。札幌行きの飛行機に乗る乗客は出発が気になり、搭乗口に向かいはじめた。

「おーい。搭乗手続き頼む」

係員が戻り、慌ててチェックインをはじめた。

――お客さま。札幌千歳行きＪＡＬ二〇一九便ご利用のお客さま。お急ぎください。

乗客が搭乗口へと走った。騒然とした中、空港医務室の医師が駆けつけてきた。

医師は一目見るなり、救急車より警察だ、と空港警備員に告げた。札幌便の乗客が去って、床に倒れている男のまわりは空港関係者のみになった。


しばらくして到着したのは、管轄の警察署の私服刑事であった。鑑識も連れている。出血多量で死んだと思われる男は、上着のポケットに入っていた搭乗券から〈コバヤシケンジ、四十八歳男性〉と判明した。東京羽田行きの航空券を持っていた。彼はＪＡＬ一五二二便に乗る予定だったのである。それがわかった時、後ろのほうで様子を見ていた由美は声をあげた。

「やっぱり。じゃ、この人はもうあの時には、亡くなっていたのかしら!?」

由美の声を刑事が聞きつけた。

「詳しくお話をうかがいたいのですが」

由美は、搭乗手続きをしている時から、男が来ないので気になっていたこと、飛行機が飛び立ってもまだ動かず、隣の札幌行きに乗るのかと思ったこと、札幌行きの搭乗手続きがはじまっても起きないので、声をかけたらこのようだったこと、などを震えながら、しかしはっきりと答えた。

「どうやら殺害されたようですが、被害者のまわりにいた不審な人物には、何かお心当たりありませんかね」

大勢の乗客が入り乱れる待合ロビーである。有力な情報は期待できなかった。

由美が質問を受けている間、残りの私服刑事と鑑識は、死んでいる男について詳しく状況を調べていた。

「主任。死因は左右の頸動脈切断による出血多量死と思われます。気管が半分切断されています。詳しくはこれから仏さんを解剖にまわします」

「喉を掻《か》き斬ったのか……。まるで傭兵のような仕業だな。プロか？」

「映画でこんな場面、見たことありますよ。声も出せずに、即死ですね」

「ここでやったということか？」

「乗客が搭乗手続きしている間、その最後あたりにということでしょうか」

「それにしても、凶器は刃物か？　ボディチェックはしているはずだろう」

「でも犯人がプロだとすると、金属探知機にかからないような物かもしれません」

「まあいい。誰か空港の者に、チェック時の状況を聞いてきてくれ」

コバヤシが持っていた免許証と鞄の中にあった資料から、被害者は小林研二という名で、天下製薬研究所所長であることがわかった。

だが集まって来た空港関係者からの情報には、それ以上さして有益と思われるようなものはなかった。

小林が伊丹空港に着いて航空券を買い求めたのが午後四時三十分、羽田行きJAL一五二二便の出発が午後五時三十分であるから、その間に殺害されたことになる。

しかも殺害現場は、被害者が座っていた出発ロビーで間違いないようだった。

JAL一五二二便の乗客名簿が、ただちに空港から徴収された。名前、年齢、性別、座席番号が一覧に示されている。一部の者には住所までついていた。残りの住所は、航空券が売られた販売店から調べていくしかない。航空会社の協力によって、ただちに照会された。

小林が乗るはずだったJAL一五二二便の乗客の中に犯人がいる可能性が高い、と捜査主任亀山雅照《かめやままさてる》は推測した。もっとも札幌に飛んだ可能性も捨てきれない。札幌行きJAL二〇一九便の乗客名簿も回収された。

空港には大勢の乗客がいたが、その全員から小林の目撃者をいちいち確認するのは、事実上不可能であった。しかし、状況によっては、小林が通ったと思われる道筋に交差する可能性のある航空便をすべて洗い出し、乗客全員の住所を割り出して確認する必要があるかもしれない。何百人いや何千人になる。中には住所がわからない者や偽名で乗っている者もいるだろう。そうなると大変な作業になる。

亀山は大きくため息をついた。

数日後、伊丹署の亀山刑事以下捜査陣は、ＪＡＬ一五二二便とＪＡＬ二〇一九便の乗客名簿を頼りに、一人ずつ身元を確認していった。結果、架空の住所か、住所に該当する人物が住んでいない者、六名の人物が焙《あぶ》り出された。

次に、六名の航空券購入ルートが調べられた。四名は親戚や友人名での登録であり、身元も確認されて、捜査対象から除外された。

まったく不明の人物が二名残った。この二人については、これ以上の追跡方法がなかった。空港関係者の聞き込みからも、めぼしい手がかりはつかめなかった。

凶器についても、皆目わからなかった。血のついた凶器を犯人がどのようにして処分したのか、あるいは、凶器を所持したまま機内に入ったのかもしれなかった。二便について詳しく調べられたが、不審な物は見つからなかった。

「どのような手段で凶器を持ち込んだにせよ、こうも簡単にボディチェックが破られては、どうしようもありませんね」

「最近はテロで空港のチェックは厳しいはずだ。それをすり抜けたのだ。やはりプロの仕業のような気がする。凶器だって、使った後どうしたのだ？　空港からも搭乗便からも見つからない。犯人が持ち去ったに違いない」

「あれだけ首をすっぱりとやれるなんて、ナイフ以外に何が考えられます？」

　刑事たちは首をひねりっぱなしだ。

「あの研究所ではつい何日か前にも一人、主任研究員が殺された。それも今回と同じように頸部切断だ。同じ研究所の人間が、同じ殺され方をしている。偶然と考えるほうが難しいだろう」

　捜査会議室の全員がうなずいている。

「喉を斬り裂き、瞬時に息の根を止めている。空港の待合室で、乗客たちが座っている最中にやったのなら、まわりの者は当然気づく。乗客が搭乗手続きに並ぶために席を立った直後……」

　亀山はぐるりと一同を見渡した。

「口に手を当て、後ろからナイフを喉に当てて強く引く。頸動脈切断なら、間髪なく意識が落ちる。犯人はほとんど返り血も浴びてはいまい。こんな技はプロだろう」

「でも、小林が最後まで座っているとは限りませんよ」

「いや、仮に犯人《ホシ》が小林と顔見知りで、話でもしていて、うまく最後まで残るように誘導した可能性もある。たとえ知り合いではなくとも、何かを訊くふりして、立つのを引き延ばすこともできる」

　亀山はあらゆる可能性を考えていた。

「天下製薬の研究所に行った時に、担当刑事に会ってあちらの事件の内容についても聞いてきた。手口は非常に酷似している。動機は不明だ。向こうでは、開発中の薬の実験と関係があると見ているようだ。これは服部と岩谷という刑事が追っている。協力し合って捜査をしなければならない。こちらはできるだけ犯人と思しき人物の特定に力を入れたい」

22 共通点

岩谷刑事は、研究所から離れた喫茶室で橋本るみ子と会っていた。るみ子は、小林研究所長が殺されたことで非常に動揺していた。しかし、柳川の記録の存在を調べるという以前の約束は覚えていた。るみ子自身、研究所から被害者が二人も出たことで、岩谷の推測どおり、もしかしたらＭＰ98と今回の事件とが関連しているかもしれないと気づいたのである。

岩谷はブラックコーヒーをおいしそうにすすりながら、声をかけた。

「僕も報告を受けて、びっくりしましたよ。偶然とは思えないな」

「本当に驚いています。どうなるんでしょう？　この先」

「二人とも同じ方法で殺害されています」

目の前にいる若い女性に、悲惨な殺害状況を話すことは躊躇《ためら》われた。

「こうなると、ますますお宅のＭＰ98という薬が臭います。この間お願いしたこと、調べていただいたでしょうか？」

「ええ。でも、柳川さんの席、きれいに片づいていて、何も残っていなかったんです。

小林所長がみんな持っていったそうです」

「あそこになかったんですか？　殺された小林所長がすべてを……」

岩谷は半分落胆したような声を出した。

「いや、いいんです。どうもお手数をおかけしました」

そうだろうと思った。そして、データを持っていった研究所長の小林が殺害された。ますますあのデータが怪しい。偶然とはいえ、よくあんなデータを見つけちまったもんだ。僕って、冴えてんのかなあ……。


にやにやした岩谷の顔を、るみ子は睨《にら》んだ。

今日のピアスはこの間のとは違っているし、おしゃれというのか……。

るみ子は、風変わりな刑事に強い興味を覚えた。

「るみ子さんは、内容については、ご存じないのですね」

岩谷は気安くるみ子を名前で呼んでいる。ますます変な刑事だ。

「ええ、全然」

るみ子は頭を振った。

「でも、ＭＰ98の長期投与実験です」

つい実験内容を口走ってしまった。あ、まあ、いいか……。

岩谷と話していると、何でも見透かされているような気分であった。

「やっぱりね。あの時の実験ノートにもそんなことが書いてあったなあ」

「あのう」

るみ子は疑問に思っていたことを訊いてみることにした。一方的に質問されるのもしゃくだ。

「実験ノートおわかりになるんですか？　こういっては失礼かもしれませんが、刑事さんが、血小板とかわからないでしょう、普通」

ははは。まあ、そうでしょうね、と岩谷は興味なさそうにつぶやいている。

「岩谷さんは、どうしてこんなことわかるんですか？　お知り合いの方が研究をされているとか？」

「まあ、そんなところです」

るみ子は少し突っ込んでやろうと思った。

「血小板ゼロでしたよね。あれって、どうなるかわかります？」

「ええ、出血するんでしょう」

「本当によくご存じですね」

「知っていますよ。やばいんじゃないですか？　血小板がもしゼロになったら、ちょっとしたことでも大出血でしょう」

「そうなんです」

相槌を打ちながら、るみ子ははっとした。

出血、ＭＰ98、長期投与……。

出血？　そんなはずはないと思いながら、もしＭＰ98が血小板をゼロにまで落とす作用があれば、致命的な欠陥になる。ＭＰ98は薬にはならない！

るみ子は背筋が凍りつくような恐怖を覚えた。

急に黙り込んでしまったるみ子を、岩谷はじっと見ている。しばらくして、岩谷は口を開いた。

「るみ子さん、あなたはなかなか、よくおできになるようだ。何を考えているか、当ててみましょうか？」

るみ子は顔を上げた。岩谷の視線が突き刺さるような気がした。

「ＭＰ98の長期投与。血小板ゼロ。出血の可能性大。基礎実験でのある意味致命的な欠陥。今その薬は臨床研究をほとんど終了して申請段階。会社はこの薬に賭けている。この欠陥が知れると、認可が下りない可能性もある」

るみ子は、まじまじと岩谷の顔を見た。

「当然会社はこの事実を隠したい。知っているのは柳川、小林、そしてあと誰か……」

そこまで言って、岩谷は口をつぐんだ。その人物が、犯人である可能性もある。あるいは、今後の被害者になる危険性すらある。

「るみ子さん。あなたはこのことをこれ以上、考えないほうがいい。決して口外しないでください。MP98の研究に関係のないあなたに危険が及ぶとは思えませんが、もしそこに悪意が働いているとすると……」

しばらく沈黙した岩谷は、突然、話題を変えた。

「小林さんは研究所の報告を誰にするんですか？　当然経営陣の誰かでしょう？」

「研究開発担当の有田常務です」

「その方は、どちらにいらっしゃるのですか？」

「本社のほうです。東京です」


岩谷は誰かが自分たちに注目をしていないか、そっとあたりを見まわした。喫茶室は、遠くの席で女性が一人でコーヒーを飲んでいる以外は、誰もいなかった。

「出ましょうか？　いろいろとありがとうございました。先ほども言いましたように、気をつけてください。このことは、決して誰にもしゃべらないように」

二人を殺した犯人の残虐さに、岩谷は強い警戒心を抱いている。大阪からの情報と合わせてみても、同一犯の可能性がきわめて高い。しかも、ボディチェックをすませたはずの空港待合室での犯行である。どこにどのような凶器を隠し持っていたのか、いずれにしても、手口から見て殺しのプロの可能性が充分にある。

誰かが雇っているのか？　先ほど聞いた、研究開発担当常務の有田か？　まさか、製薬会社の経営幹部が、そのようなごろつきとつながっているとは思えないが。

実験ノートが有田の手元にあるのは間違いないだろう。あるいはもう処分されてしまったか。重大な情報を知ったために、小林は口を封じられた。

有田の身辺を探る必要がある……。

さらに岩谷の想像はひろがった。

医学関係者か？　医師や薬剤師に果たして人をあのような手段で殺せる人物がいるのだろうか？　医師や看護師、薬剤師でも、可能性は除外できない。上手な外科医ほどメス捌《さば》きは見事だ。急所をはずさず、声を出せない状況をつくっている。医師ならそのあたりの知識は豊富だろう。今回のＭＰ98に関係する医学関係者も視野に入れる必要があるな……。

目の前のるみ子をほっぽり出して、岩谷の模索はつづいた。

大学病院では、永山教授がＭＰ98の服用をはじめていた。二日前、佐治川教授から山辺教授を通して天下製薬にＭＰ98を出してもらえないだろうか、と強い要請があった。

天下製薬では、認可前という理由で一度は拒否したが、投与予定の患者がＶＩＰであると告げられると断れなかった。しかも山辺、佐治川両教授の依頼である。断ればどのような仕返しをされるかもしれない。大学教授の一言で、製薬会社が病院出入り禁止になった事例は過去にいくらでもある。

永山はMP98を服用するだけのために入院することを拒み、できるだけ夜は家にいたいと願い出た。

「永山先生。万が一ということもあります。しばらくは夜も病院にいていただけませんか？　お昼はもちろん、この部屋から研究室に通っていただいてもよろしいですから」

佐治川は、癌が進行して不測の事態が起こることを心配し、永山に病院にいるよう説得した。

「私には残された時間が短いのです。三カ月か半年かそれとも一日か。おそらく一年はもたないでしょう。残りの時間は貴重だ。やりたいことをやらせてください」

「それはこちらとしましても、先生のお仕事を止めるつもりはありません」

「家族とも夜はすごしたいのです。今までろくに家にも帰っていませんでしたから」

永山は濁りのない目を佐治川に向けていた。

「わかりました。では、何か少しでも変わったことがありましたら、いつでもけっこうです。すぐに私に連絡をください。私が不在の時には、准教授の赤井が承ります」

横について話を聞いていた赤井が、力強くうなずいた。

山崎は間質性肺炎を乗りきった。熱も咳もなく、体調はすこぶる快調だった。自分が肺炎になったあと、新聞に載ったレスクランの副作用の記事も、病院で読んでいた。しかし山崎にはマスコミが騒ぎたてる間質性肺炎の恐ろしさが、いっこうに実感として湧かなかった。

あんなふうに書かれたら、知らない者は恐ろしく思うばかりだ。早期に発見して、適切な治療をしてもらえれば、何も怖くはないではないか、というのが山崎の実感である。それよりも、将来の肺癌の再発が気になった。術後の肺野に細かい転移巣が無数にあったのを覚えている。またレスクランを飲みつづけてもいいと思った。効き目を知っているだけに、なおさらである。何か薬がないと不安だった。

祥子が病室にやって来た。明るく颯爽としている。白衣に黒髪が映えていた。ベッドサイドで山崎の呼吸音を聴いたのち、祥子は言った。

「もう大丈夫です。山崎さん。退院けっこうですよ」

「おおきに。早く見つけていただいたおかげですわ」

「ところで先生。レスクランはもう飲めませんよね？」

山崎に退院を告げた翌日、祥子は山崎から何度も同じ質問を受けた。

「そうですねえ。また間質性肺炎が出る危険性がありますから」

「でも、それじゃ肺癌のほうはどうなるんですか？」

「山崎さんは、今は検査で捉えられるような病巣はまったくありません。ですから、しばらくはお薬なしで行こうという方針に決まりました」

山崎はレスクランに変わる治療が今後もつづけられると思っていたようだ。

「あの、大丈夫なんでしょうか？」

「大丈夫だという判断ですが、定期的な検査は欠かさず外来で行う予定です」

「でも、もしまた再発したら……」

祥子は、山崎の肺癌の細胞の残存を示す腫瘍マーカーが完全には下がりきっていないことを知っている。癌が目に見えない大きさでどこかに潜んでいる。

山崎は執拗に食い下がってきた。

「先生。マーカーが下がりきっていないということは、まだ癌がいくらかでも残っているということでしょ。それなら薬なしでは、また出てくるではありませんか」

祥子は言葉に詰まった。

「何か薬はあらしませんか？」

「注射の薬ならありますが」

「でもそれなら、ずっと入院でしょ。それで完全に抑えられますか？」

「完全とは言いきれません。やってみないと」

「確実な方法がないのは知ってます。でも、できるだけ再発を抑える可能性の高いものを選びたいのです。何もせんでいると、また必ず出てくるような気がして心配です。それに、もしかしたら、生きられる時間が限られているかもしれません……」

山崎も覚悟はしているようであった。

「なるべくなら入院は避けて、仕事もできる限りしていたいです。もちろん、それがずっとつづくことを願ってますが」

しばらく山崎は口をつぐんでいた。

「入院中に耳にしたんですが、肺癌によく効くレスクランのようなお薬があるとか」

「ＭＰ98のことですか？　ええ、うちの教室でも使いましたが、あれは第三相試験といって、効き目を確認するための試験段階なんです」

「効き目はどうですか？」

「よく効きますよ。副作用もありませんし。ただ、最近申請されたと聞きましたから、発売は一年後くらいじゃないでしょうか？」

「私、そんな先までもつんでしょうか？　再発なしに」

山崎は落胆したように、声を落とした。祥子には答えられない。癌再発患者にとって、一年は長い。

「そのMP何とやらは手には入らんのでしょうか？　こうして患者がおるのに、効く薬が発売まで使えないなんて。できてもいないならともかく、あるのに許可が下りるまで使えないのは、そりゃおかしいがな」

山崎の声が険しくなり、顔が朱に染まった。

「認可前には、薬価も決まっていないので、使いようがないのです」

医局での症例検討会で、祥子は山崎の今後の治療にレスクランの再開を提案した。が、今回の間質性肺炎の発生で、提案は一蹴された。MP98が永山に使用されていることを聞いていたので、山崎にも使いたいと申し出たが、永山とは事情が違うと、これも否定された。同じ肺癌の患者でどう事情が違うのか、祥子にはわからなかったが、それ以上言える雰囲気ではなかった。さらに教授からは、永山にMP98を使用していることは極秘事項と釘を刺された。

「お金ならどうでもなりますから、お薬どうにかなりませんか？　頼んでいただけないでしょうか、先生から。頼んます」

一度提案したがだめだった、とは山崎に言えなかった。

「わかりました。頼んではみます。でもこればかりは無理かもしれません。その時には、残念ですがご了承ください」

祥子は何とか山崎の鉾先をかわして、病室を出た。

「先生」

祥子は教授室を訪ねている。

「ん、何？」

「山崎さんのことですが」

「ああ、退院するんだろ」

「今朝も申し上げたのですが、レスクランは使えませんよね？」

「間質性肺炎が起こったからなあ。使いにくいな」

「使った症例はないのでしょうか？」

「聞いたことないなあ。間質性肺炎が起こるとわかっている薬を、わざわざ使う馬鹿もいないだろう。リスクが高すぎる」

「また起こる危険性が高いんでしょうか？」

「そのようなデータはないんじゃないかな。二度使った患者はいないだろうからね」

「そうですね。山崎さんが再発を非常に懸念されていました」

「うん。でも仕方がないよ」

「MP98は使えませんか？」

「無理だな」

「永山先生には使っていますよね」

先日の症例検討会で、佐治川が永山教授にＭＰ98を使うと話したのだった。

「あれは特別中の特別だ。だから口外無用と言っただろう」

「不公平ではありませんか」

祥子は遠慮なく、はっきりとした声で教授に言った。

「できるものならそうしてやりたい。でも、これ以上例外は無理だ。永山先生の件だって、天下製薬に山辺教授から頼んでいただいて、ようやくなんだ。君の言いたい不公平というのはよくわかるよ。だがね、この世の中、基本的には不公平だ。公平に行っているようで、不公平にことが運ぶようになっている。君だって、永山教授のような世界的に有名な学者には、少しでも長く生きて活躍してほしいだろう」

「私は、山崎さんにも生きていてほしいです」

祥子はまっすぐに佐治川を見つめた。澄んだ瞳が潤んでいる。

「わかった、わかった。では頼んでみてあげよう。でも、もしだめだったら、その時は諦めてくれよ」

祥子が山崎に言ったのと同じことを、今度は佐治川から言われた。

「ありがとうございます。それではよろしくお願いします」

白衣の胸を抱くようにして祥子は頭を下げた。

23　交錯

カストラワールド日本支社長ルーベックは、天下製薬社長緑川に面談を申し込んだ。緑川は訝ったが、レスクランの様子を探るのもよかろう、と申し出を受けた。

「緑川さん」

天下製薬社長室に入ったルーベックは、流暢な日本語で話しかけた。豪勢な部屋である。調度品が高価な光を放ち、三方の壁には有名な画家の絵が飾られている。この部屋に案内されてきた間にも、あちこちの廊下の壁に、やはり有名画家の油絵がかけられていた。ルーベックが調査班から説明された天下製薬の現状では、どう見ても収入に似合わない研究開発費を使っている。加えて、社内の贅沢さはどうだ。

「いかがですか？　ＭＰ98の申請も終わり、ほっとされているでしょう？」

「おかげさまで」

緑川は口数の少ない男であった。天下り組ではない。天下り組に囲まれて、傀儡《かいらい》のように社長に祭り上げられている。天下り組が定年で会社を去り、多額の退職金を手にして悠々と余生を暮らしているのちも、使い勝手がいいのか、社長のままであった。

「本日うかがったのは、単刀直入に申しまして、MP98を世界展開するお手伝いを、我が社にさせていただけないかという提案なのです。御社のMP98が、きわめて順調な開発の経緯を辿った非常に優秀な薬であることはわかっています。よく効く。しかも副作用がない。正直申し上げて、我が社のレスクランよりいい薬かもしれません」

緑川はお世辞とわかってはいるのだろうが、満足そうな笑みを浮かべている。

「御社の研究開発でも、レスクランの後継品を創っておられるではありませんか？」

緑川は、すでにカストラワールド社がレスクランと同じメカニズムで効く薬の研究に着手していることを調べ上げていた。一番乗りを狙うビジネスの世界の原則は、製薬業界とて例外ではない。大手製薬会社であれば、他社が目をつけていても、力任せに先に開発してしまうことも可能である。

「よくご存じですね」

知らないほうが抜けていると思いながら、ルーベックはつづけた。

「有望な化合物も出てきてはいます。もちろんそれらが、レスクランの後継品となるのは、間違いないでしょう。ですが、私は御社のMP98が非常に素晴らしい薬であると思っています。理想的な肺癌治療薬と言ってもいい。これを世界の肺癌に苦しむ人にひろげたい。レスクランは日本につづいてアメリカ、ヨーロッパで売り出されました。これに御社のMP98がつづく。場合によっては、レスクランの市場を食うかもしれない。私はそれでもいいと思っています。共同販売の利益は、一部は我が社にも入るわけですから、レスクランが減ったぶんはそれで取り戻せる。もちろん御社にも世界市場での売り上げが入ることになります」

緑川は黙ってルーベックの話を聞いている。

「私は、いい薬を提供するのが、我々の役目と思っています。失礼ながら、御社の力では、世界規模での展開は不可能と思っているのですが。経験のある我々に任せていただけないかと思うわけです」

緑川とて世界展開を考えていないわけではない。ルーベックが指摘するとおり、天下製薬の今の力では、世界展開をしようにも資金がない。何百億いや千億に達するかもしれない世界での開発費は額が大きすぎる。

ルーベックの提案は、一考の余地がある……緑川はそう考えたが、外資系であるカストラワールド社との共同作業は、社内から相当の抵抗が起こることが懸念された。

「条件のことはおいおい詰めていくとして、いかがでしょう？　緑川社長としては、提案にご賛同いただけるでしょうか？」

「いいお話だと思います。私どもでもＭＰ98は非常によい薬なので、ぜひ肺癌の患者さんのお役に立てるために、日本だけではいけないと感じていたところです。ご提案の趣旨はよくわかりました。前向きに検討してみましょう」

緑川の積極的とも取れるある意味日本的な言葉を、ルーベックは額面どおりに捉えた。

「すでにMP98は日本では申請ずみですから、さっそくアメリカ、ヨーロッパでの申請準備にかからねばなりません。早ければ早いほどいいと思います。タイム、イズ、マネーです。いかがでしょう。二、三日の間にご返事いただけないでしょうか?」

ルーベックはぐいぐい押してくる。緑川は閉口した。

「鉄は熱いうちに打て、です」

ことわざの好きなやつだ、と緑川は苦笑した。

「わかりました。さっそく関係者会議を開いて、諮《はか》ってみましょう。返事はそれからということになります」

「いつご返事いただけますか?」

「正確には申し上げられませんが、近日中にということではいかがでしょう?」

「けっこうです。お待ちしております」


場所は変わって、日本藤武製薬の社長室。橋岡専務が渋面《じゅうめん》を壁に向けている。竹下社長も同じような苦虫を噛み潰したような顔をして天井を見上げていた。

広い社長室には、ここにも有名な画家の油絵が飾ってある。白いドレスを身につけた清楚な若い女性が静かに椅子に腰を下ろしている像であった。竹下の趣味なのか。額の中の女性だけが穏やかな微笑をたたえている部屋で、男二人は押し黙ったままである。

その理由は、天下製薬の株買占めがまったく思うように行かないという報告であった。日本藤武製薬が買占めに入っていることを、日本国中いや世界にも気づかせないために、いくつもの会社や個人名義で買いに走っている。個人名は当然何人も連ねており、知っているのはわずかな関係者のみ。よほどうまく関係を辿らないと、日本藤武製薬と関係があるとはわからない会社も使っている。

買い方も、集中しないよう工作している。何しろ、天下製薬株買占めの専任スタッフが特別室にこもって、社内にさえ洩れないよう密かに動いているのである。

「このところ、じわじわと天下製薬の株価は上がっています。間違いなくＭＰ98の成功が寄与しているのでしょう」

橋岡は竹下と目を合わさずに、指を立てて合わせた手を口元に置きながら、くぐもった声でしゃべっている。

「今が買いと一般投資家も動いていますし、当然目をつけている会社も買っているでしょう。たしかにゆっくりと右肩上がりです。通常の動きと見てよいかと」

「我が社もあちこちから買いに入っている。にもかかわらず、株の集まり方が、かつてないほどに遅い。これでは予定していた時期に、天下製薬をいただくに必要な株が手に入らない。君が計画したとおりに行けば、あと数カ月で、一気に天下製薬に乗り込む。もちろん、そのあとにはMP98の上市《じょうし》が待っている。こういうシナリオだったな」

「そのとおりです。でも、これほど株の買収に手間取るとは……。かつてないことです。どうも私の感じでは、どこかが同じような動きをしているのではないかと」

「む、それはどういうことだ？」

竹下が橋岡の横顔を、刺すように見つめている。

「我々と同じやり方で少しずつ株を買占めに走っている。大きく買いに走れば、当然目立ちます。我々はそれがいやだから、このような密かな動きをしているわけです。それが、他に目立った動きが見えるどころか、どこにもないのです。ということは、我々と同じ動きをしているところがあって、そちらでも株が少しずつ、しかし確実に蓄積されていっている、ということです」

「我々と同じように、MP98を狙っているということか？」

「当然そうでしょう。あの会社が今ある魅力といえば、MP98だけです。天下製薬はあれが出なかったら、近いうちに潰れたのではありませんか？　いくら天下り機関といっても、今は有田常務一人ですし」

「海外大手かもしれない。何しろレスクランがあれほど効いて、売り上げを伸ばした。世界に出たら、ますますレスクランの一人舞台だ。それを崩すために、日本だけでなく世界大手がこぞって研究に取り組んでいる。ところが、彼らがいいものを出す前に、天下製薬が化合物を見つけ、予想外の早さで臨床治験をやり遂げてしまった。当然、大手は取り込みにかかるだろう。しかし、私の思うところでは、天下製薬は相変わらず、昔の体質をそのまま引きずっている。危機感がない」

竹下は正確な分析をしている。具体的な情報がこと細かになくとも、人の動きぐらい読むのはたやすいものだ、と言わんばかりのいつもの顔で一気に話した。

「海外から株を操作されたら、動きがつかめないのではないか？」

「おっしゃるとおりです。ですから、我が社の海外支社に探るように命じてあります」

「おおっぴらに指令してはいないだろうな？」

「もちろんです。そこのところは調査目的がわからないよう各大手の株売買について、全体的に報告させるようにしてあります。もっとも、これでは水面下の動きはつかめませんが。せめて表面に現れているものは、把握しておかないと」

「我が社内部の人間でも、ゆめ悟られることのないように。ちょっとした油断で、一気に堤防は崩れるからな」

「承知しています」

「それにしても……」

竹下はまた橋岡から目をそらして、考え込むような仕草に移った。

橋岡もどこが株の買占めに動き出しているのか、推理している。

「やはり、海外か。あるいは……」

独り言が二人の間でぶつかり合った。同時に二人の目が合った。

「カストラワールド」

「うむ。ありうる」

「レスクランの後継品か。なるほど」

日本藤武製薬の上層部二人の意見が一致した。

「こうなると、株に関しては、より力を入れる必要があるな。カストラワールドに持っていかれてみろ。我が社はこの分野ではお手上げだ。自社研究開発品にもまったく期待ができない現状ではな」

「わかりました。さっそく人員と資金を強化して、可能な限り株の取得に努めます。何が何でもやらねばなりません。最優先課題として取り組みます」

「よかろう。カストラワールド社の動きにもぬかるなよ。本社もだが、日本支社もよく注意することだ。あそこの支社長のルーベックとやらは、なかなか切れ者という噂だ」

24 尾行

天下製薬の本社にある豪華な応接室。研究開発担当の取締役である有田は、服部と岩谷という二人の刑事と会っていた。

「このたびは、お二人も研究所の方を亡くされまして、さぞかしご心痛のことでしょう。いかがでしょう？　以前、柳川一夫さんの時にもおうかがいしたかと思いますが、小林所長まで殺されたことについて、何かお心当たりございませんでしょうか？」

服部という刑事が小さな体をいっそう縮めるようにして、出されたお茶を一口すると、落ちついた口調で語りかけてきた。

「特に思い当たることはありませんが……」

首を傾げてそう答えた有田は、二人の顔を代わるがわる見ながら、ひどい組み合せの刑事たちだと思った。片方は、ちんちくりんの薄汚れた背広を着た初老の男、かたや、束ねたまだらの茶髪と、耳たぶが隠れるほど大きなピアスをしたいかれた感じの若い男。よくこの風体で、受付で止められなかったものだと感心していた。

事実、服部のあとにつづいて天下製薬の受付を通り抜けようとした岩谷は、「どちらさまですか?」と呼び止められていた。岩谷は面倒臭そうにズボンのポケットから身分証を取り出すと、受付嬢の鼻先に突き出した。近すぎてのけぞった受付嬢にウインクをしながらそれをポケットにねじり込み、岩谷は飄々《ひょうひょう》と服部のあとを追ったのだった。

服部からの遠まわしな問いかけに、有田は、殺害された二人に共通点があるとは思えない、と強調していた。柳川という研究者は知らない。殺されて初めて名前を知った。小林は研究所長であるから、しばしばこちらに来て研究の進捗状況を知らせていた、つまり、小林とは週に一回木曜日に会っていたと話した。

唐突に岩谷が話しかけた。

「有田さんは、二人の殺害の動機というか原因が、MP98という薬にあると知っておられるのでしょう?」

「は?」

「いえ、ですから」

今度は大きな声で言った。

「MP98の研究をしていたので殺されたのではないのですか、とお訊ねしています」

横でその様子を見ていた服部は、いずまいを正した。

有田は何を言われているのか、まだわからないようだった。岩谷はじれったそうに、有田の返事を、脚をゆすりながら待っている。

　じっと黙ったままでいる有田を見て、岩谷は収集した情報から自分が推理した線が間違っていないことを感じた。何らかの点でこの常務とやらも絡んでいるに違いない、岩谷の鋭い思考回路が、分析結果を次々と弾《はじ》き出していた。


　整理のできない頭で有田は、必死に考えようとしていた。

　こいつは何を言っているんだ。なぜＭＰ98のことを知っている？

　先ほどまで眼鏡の奥で、余裕たっぷりに人を見下すように光っていた有田の目が、今では死んだ魚のようにどろんと濁っていた。

　そうか、小林が言っていた実験ノートを見たという刑事はこいつか。それにしても、こんな刑事にどうしてここまでわかるんだ？

　刑事たちは顔を見合わせている。しばらく部屋に話し声がない。

「あのう、有田さん」

　沈黙をつづける有田に痺れをきらしたのか、服部という刑事が話しかけてきた。

「どうかなさいましたか。ご気分でも」

　また、若いほうの刑事が身を乗り出した。

「じゃ、質問を変えましょう。柳川さんはＭＰ98の研究をされていましたね」

「……そう、聞いております」

「小林所長も当然ご存じでしたよね」

有田はしぶしぶうなずいた。

「ＭＰ98は今おたくにとって、非常に大事な薬だ。開発がうまく行って、販売認可申請中とホームページに書いてありましたよ。よく効くというデータも出してましたね」

たしかに、天下製薬の一般向けの会社案内のホームページには、すでに臨床治験がすんでいるので、有効性については特に強調して書かれている。

このいかれた刑事はそれを調べたようだ。

「早く医療現場に出て、患者さんに使われるといいですね」

岩谷はＭＰ98の上市《じょうし》に期待するような口ぶりで、拍子抜けするようなことを言った。緊張していた有田は、肩透かしを食ったような気がした。

岩谷はまだ一人でぶつぶつ言っている。

「でも、いい薬なんだから、早く認可されるべきですよね。癌の患者さん、山ほどいるんだから」

「はあ、まあそういうことです」

有田は、この風変わりな刑事がＭＰ98に関してどこまで調べているのか知りたかった。が、最後に柳川が行った実験で出たＭＰ98の致命的欠点については、もちろんこちらから話すことではない。なるべくＭＰ98の話題から離れようと考えた。

岩谷もそれっきり、一言も話さなかった。髪をいじくったり、ピアスに手をやったり、壁の絵を見やったり、と落ち着きがない。

年嵩《としかさ》の服部という刑事が引き上げ時と見たのか、岩谷を突っついた。岩谷は勢いよく立ち上がった。早く帰りたいような様子である。

部屋を出る時に、岩谷が振り向いた。

「小林さんが亡くなってから、研究所はどなたが所長さんになられたのですか？」

「副所長の石田という者が代理を務めています。それが何か？」

「石田さんですか。前にお会いしたことがあります」

岩谷は首を傾《かし》げて、つづけた。

「石田さんと小林さんの間に、何か確執めいたものはありませんでしたかね？」

「さあ、そこまでは。そのようなことはなかったと思いますが」

「そうすると、今度は石田さんがこちらに研究報告に来られるのですか？」

「そういうことになります」

「毎週遠いのに大変ですね」

「仕事ですから。刑事さんだって、次から次へと今回のような殺人事件が起こって、それこそ大変でしょう？」

「僕は管轄の中でしか動きませんからね。行動範囲などたかが知れていますよ。おたくのように、研究所からここまで一時間以上も電車に乗って来なければいけないなんて、しかも往復ですよ。それも面倒臭いでしょう」

岩谷はだんだん小声になり、首を振りながら出ていった。

何だ、あいつ。あの歳で埼玉から東京に出てくるのが面倒臭いとは。あんなやつに実験内容がわかるはずもない。小林もずいぶん心配性だったな。それにしても、あれでは刑事も務まるまい……。

有田は少し心配しすぎたと思った。

「帰りまーす」

岩谷からウインクを投げかけられた天下製薬本社の受付嬢は、胡乱《うろん》な目で岩谷と服部を見ている。

「どうです今晩、仕事が終わったらどこかで食事でも」

「こらっ！　仕事中に何を言っとるんだ。おまえは。すみませんね、お嬢さん。気にしないでください」

岩谷はそれでもつづけた。

「あなた、美人ですねえ。こんなところにいるの、もったいない」

　服部は岩谷の腕を取って、無理やり建物の外に引きずり出した。岩谷は服部について行きながら、名残惜しそうに何度も後ろを振り返っては、受付嬢に手を振った。


　一カ月後の埼玉署――。

「今日は五時で上がりですので失礼します」

　壁にかかった薄汚れた時計を見ながら、岩谷が服部に声をかけた。

「珍しいな。どういう風の吹きまわしだい。いつも残って、みんなにチャチャを入れている君が五時に帰るとは。具合でも悪いのか？」

「ええ、ちょっと頭の具合がね。いっこうに治りません。困ったもんだ」

　人差し指でくるくると頭の上で輪をかいて、にやっとして見せた。

「そうか、頭の調子がおかしいか？　そいつはいかんな。早く帰って、休まにゃあな」

　風変わりな経歴を持つ岩谷がこのような表現をする時、何か重要な手がかりをつかみかけていることを服部は知っている。

　岩谷は片目を閉じてちょっと首を傾げると、飄々とした様子で部屋を出ていった。

「相変わらず変なやつだな、あいつは」

　服部は、岩谷の後ろ姿を期待を込めた目で見送った。

岩谷は署を出たあと、ＪＲと地下鉄南北線を乗り継いで東京の中心にやってきた。この近辺は、学生時代、授業をサボって遊びまわったものである。

街の変貌は早い。いくつもの企業が潰れて、跡地に新しい店がオープンしていく。物珍しげにあたりをきょろきょろと見まわしながら、岩谷は足早に天下製薬本社に向かった。有田の動向を密かに探るためである。

すでに岩谷は天下製薬のホームページを見て、肺癌の新薬ＭＰ98などについて、知りうる限りの情報を仕入れていた。

医学部時代、岩谷はわずか一年で、各科の代表的な医学書を読破し、医学部二年生になる頃には、ほとんどの病気についての知識を持っていた。多くの医学生が授業に出て講義を聴き、知識を得ている時、彼はそれらを自力で終了していたのである。

さらに専門的な医学書を読みふけった。医学部の三年生になった時、患者を診る臨床実習に参加してから、急速に医師になる気持ちが薄れてしまった。理由は岩谷自身にもよくわからなかったが、多分に、目の前で死に行く人の姿を見るのがいやだったのであろう。

また、覚えるより考えるほうが好きな岩谷にとって、知識の詰め込みと創造性に欠ける医学部教育に嫌気がさしたこともあった。

岩谷は医師国家試験合格後、未練なく医学部を辞めて、知り合いの医学部教授の研究室に入り、脳神経の解剖で電子顕微鏡を覗きまくった。二年後、当時の常識を覆すような論文を一編書き、また興味が移って、今度は宝石の鑑定士に挑戦した。彼がつけるピアスの一つは、目玉が飛び出すほど高価なダイヤモンドであったが、その宝石は鑑定士の試験に合格した際、ある有名な先輩から贈られたものであった。

次に何をしようかと思っていた矢先、殺人事件が発生した。顔見知りの女子大生が、帰宅の途中何者かに刺殺されたのであった。すでに事件から三年が経とうとしているが、犯人はいまだに挙がっていない。このまま行けば迷宮入りである。

岩谷はその女子大生に別段好意を持っていたわけではない。近所の住人として挨拶をしていただけである。が、彼女が殺されたと知った時、理不尽な殺人に、言いようのない怒りが込み上げてきたのだった。何があろうと、人殺しだけはいけない、岩谷は常にそう思っている。殺人だけはいかなる理由があろうと許せなかった。岩谷には人殺しをする犯人の気持ちが理解できなかった。

その後突然、岩谷は刑事になった。両親は誰にも相談せず奇抜な行動を取る岩谷を、とうの昔に諦めていた。

木曜日の夜、天下製薬本社前、有田が出てくるのを見張ること、すでに一カ月。たしかに副所長の石田はこの間、毎週木曜日に定期報告のため本社に現れていた。本社にいるのはいずれも三十分程度。そのあと、有田が先に退社することもあったし、石田が帰ったあと、しばらくして有田が出てくることもあった。

雑踏の中を、有田はいつも同じ方向に歩いた。同じ地下鉄に乗り、郊外の自宅に向かう。この一カ月、こと木曜日に関して、妙な動きはなかった。

ＭＰ98を口に出した時の有田の異常とも思える態度から、岩谷は今回の二件の殺人がＭＰ98に関係していることを確信した。

血小板ゼロという研究結果が、柳川から小林、小林から有田に報告されていないはずがなかった。ＭＰ98に血小板を完璧に破壊する作用があるとわかったら、認可は下りない。そうなると、天下製薬が大きな痛手をこうむることは明らかだ。

しかし、その確認は取りようがない。すでに柳川の実験ノートは片づけられている。小林が持っているか、あるいは有田が持っているか？　あるいはすでに処分されている可能性もないわけではない。

いざとなれば、ＭＰ98をもう一度実験に使ってみればいい。ＭＰ98はありあまるほどある。柳川の実験ノートにあったように、長期投与実験で証明はできる。もっとも、可能性があるというだけで、実際に実験をする自信はさすがに岩谷にもなかった。実験の提案をしたとしても、予算さえ下りないだろう。警察は大学の研究室ではない。

今夜の有田は、やはり会社を出ていつもと同じ地下鉄口に下りていった。

「やれやれ、またこのままご帰宅か」

今日だめなら曜日を変えなければいけないな、今の勤務形態では難しい……そんなことを考えながら、岩谷は有田の後ろをついて行く。

「おや？」

有田が切符の販売機に小銭を入れている。通勤経路を辿るなら定期を使うはずだ。どこかへ行くようだ。

岩谷は嬉しくなってきた。人ごみに隠れるようにしながら、有田の姿を見失わないよう細心の注意を払う。この混雑では、ともすれば見失いそうになる。岩谷の風体では、あまり近くに寄れない。すぐに、この間来た刑事とばれてしまう。

こんな時困るんだよなあ。僕も今度は変装の術でも勉強するか……。

有田はまわりをあまり気にしていない。吊り革につかまり、地下の暗い壁が流れていく窓を見ている。

三つ目の駅で有田は降りた。二つ隣のドアから出た岩谷は、人の波に乗った。逆に歩いてくる者はいない。流れに沿えばついて行ける。

改札口から、人がばらけはじめた。十メートルほど先に有田の長身の後ろ姿が見えた。岩谷は少し距離を置くことにした。

有田は地上に出て、とあるホテルに入った。岩谷も間を置いて大きな自動ドアの横にあるガラスドアを押した。広いロビーの向こうに見えるエレベーターの前に有田は立っていた。フロントでチェックインした気配はない。そのような時間はなかった。

数人の客とともに有田はエレベーターに乗り込んだ。エレベーター入り口の横に、三階までは会議場で、そこから上は客室と書かれている。

岩谷は近くの階段を大股で駆け上った。

二階と三階を調べてみる。いくつかの会社の会議が催されているようだが、製薬関係はなさそうだ。電機メーカー、教育関係、出版社、いずれの会議も有田に関係があるとは思えなかった。

ということは、客室で誰かと会っている可能性が高いな。

しかたなく、岩谷は一階ロビーで待つことにした。誰かと会うだけなら、いずれ降りてくる。泊まるつもりなら、降りては来ない。泊まるのなら、逢引か?

会社の役員ともなれば一人くらい愛人がいてもおかしくないか……。

岩谷はあちこちで女性に声をかけている自分を棚に上げ、苦笑を浮かべた。

フロント係が、岩谷に胡散臭そうな視線を送ってきているのがわかる。そもそものへんのチンピラと見られても仕方がない格好だ。

人を待っているようなふりをして、ソファに深々と腰を下ろし、ポケットからペーパーバックの小説を取り出して読みはじめた。

すぐには立ちそうにないと判断したのか、フロント係はほかの客の対応に忙しくなり、岩谷のことは忘れてしまったようだった。小説を読みながら、岩谷の視線はロビーを通る客の一人ひとりを観察していた。

一時間がすぎた。有田は降りてこない。知った顔はいない。岩谷は本を横に置いてソファから立ち上がり、思いきり伸びをした。

先ほどのフロントの男がちらりと、こちらを見た。


二時間がすぎた。やっぱり泊まりか？

さすがに二時間も同じところで座っていると、ますますフロントの注意をひくようになっている。視線を何度も感じる。

場所を変えるために、岩谷は腰を上げた。さも待ち人来たらずといった格好で時計を見つめる。まわりに座っている人の顔は、次々と入れ代わっている。

岩谷は有田が誰かと泊まるつもりだと解釈して、帰ろうと思った。その時、エレベーターから有田が出てきた。フロントのほうに一人で歩いていく。岩谷は素早く柱の影に身を隠した。

有田はポケットから財布を取り出して、カードをフロント係に渡している。その後、丁寧なお辞儀を背に受けながら、有田は出口に向かった。十時をまわっているが、ロビーにはまだ人が多い。

岩谷はフロントに近づき、有田がチェックアウトしたと思われる係に声をかける。

「今のお客さん、僕の叔父なんだけど、いつもここを利用するの?」

「申しわけございませんが、お客さまのことはちょっと……」

「いや、叔母さんに頼まれちゃって。どうも叔父さん、ほら……わかるでしょう?」

「申しわけございません」

「困ったなあ」

横で耳をそばだてていた例のフロント係が近づいてきた。

「お客さま、何か?」

「あ、いや、いま出て行った人のことちょっと聞きたいと思って。僕あの人の甥なんです。実は叔母さんに頼まれて、叔父さんの行動を見張ってくれと。どうも、叔父さん不倫してるらしいんだよね。叔母さんかわいそうで。それで今日追いかけていたら、ここに入って、てっきり泊まるのかと思っていたら、出てきちゃったでしょう」

しゃべりながら岩谷は、有田がどのような名前でホテルの部屋を予約したのか、聞き出す術《すべ》を考えている。

「申しわけありませんが、お客さまのことにつきましては、いっさいお話しできない規則になっております」

「じゃ、これだけでも教えてよ。何という名前で予約したのか。だって本人の名前でないなら、やっぱり怪しいじゃない」

「いえ、お名前もちょっと……」

「叔母さんかわいそうだよ。何とかならないかなあ」

岩谷は心底悲しそうな顔をした。フロント係は素知らぬ顔をしている。

「じゃ、いいや。それにしてもあんた方、融通きかないね。出世しないよ」

それにカチンと来たのか、ずっと岩谷を見ていた男のほうが冷たい声で訊いてきた。

「あの、お宅さまのお名前は？」

「あんたが教えてくれないのに、何で僕が名乗らなきゃなんないの」

岩谷はぎろりと一睨みして、出口に急いだ。


「もしもし」

「はい、××ホテルですが」

「あ、いまチェックアウトした有田という者だが」

「有田さま？」

「先ほどチェックアウトしたところなんだが、忘れ物をしたらしい」

「フロントにおつなぎします。このままお待ちくださいı」

すぐにフロントに変わった。

「ありがとうございます。フロントですが」

「十分ほど前にチェックアウトした有田という者だが」

「は？　有田さま。下のお名前は？　はあ？　あの、お間違えじゃありませんか？　こちらは××ホテルですが。こちらには、有田さまという方はご利用なさっておりませんが」

「あれ、○×ホテルではない？」

「いえ、違います」

岩谷はにやにやしながら、携帯を切った。

「偽名か」

それにしても、有田は何の目的でホテルに三時間近くもいたのだろう。偽名で予約した部屋で。誰かと逢っていたのは間違いない。女か？　それならちょうどいい時間だ。そのあと本人だけがチェックアウトしている。入る時には部屋にいたことになる。先に誰かがチェックインの手続きをすませて、すでに部屋にいたことになる。チェックアウトではカードで支払っていた。自分のカードだろうか？　それとも会社名義か？　それはいざとなれば、記録を調べればわかるだろう。まさか偽名のカードを持っているわけでもあるまい。カードを持つにも、本人チェックが厳しいからな。女以外ということも考えられる。何か相談か？　誰と？　ＭＰ98に関することだろうか？　とすると、相手は誰だ？

まだ人通りの多い夜道を歩きながら岩谷は考えた。交通騒音もほとんど耳に入ってこない。

ＭＰ98のことでの相談としてみよう。二件の殺人について、有田は何かを知っているに違いない。逢っている相手は殺人に関係する者たちか？

まさか、あの程度の実験結果で二人を殺害するとは考えにくい。実験結果がもたらす、もっと重大な問題があるに違いない。認可取り消しか？

以前に推理した地点から、岩谷の思考は進展しなかった。どうしてもそこに戻る。

有田の行動をもう少し詳しく知る必要がある、と岩谷は今夜の結論を下した。

25 脳転移

橋本るみ子は副所長の石田に、柳川の実験について知りたいので、小林所長が持っていたと思われる柳川の実験ノートを見せてもらえないかと頼んでいた。

「う〜ん。小林所長が持っていたの？　聞いてないなあ。何しろ突然あんなことになったものだから」

「いま私が手がけているＭＰ１０２の実験を少しだけ一緒にやっていただいたことがあるんです。柳川さんが記録を取っていたので、私のところにはないのです」

岩谷が見たという実験ノートがあれば、彼は喜ぶに違いない。岩谷からはこの件にこれ以上深入りするなと言われたものの、るみ子自身もＭＰ98と二つの殺人事件の関係について深い興味が湧いている。

「小林さんの使っていたものはまだそのままだから、探してみればあるかもしれない。見てみようか？」

石田はまったく警戒せず、るみ子を所長室に入れた。左右の壁の書棚を、さまざまな書類が埋め尽くしている。るみ子は石田と二人で端から見ていったが、ＭＰ98と書かれた実験ノートは見当たらなかった。もちろんＭＰ１０２というノートもない。

「なさそうだね」

「ないようですね」

　これ以上は調べようがなかった。

　午後、るみ子は岩谷に電話を入れた。所長室まで調べたけれど、柳川のノートはなかった。もっとも完璧に調べたわけではないのですが、と告げると、岩谷は納得したようだった。最後にまた、これ以上は決して関わらないようにと強く念を押された。


　永山は何となく頭が重たかった。ＭＰ98を飲みはじめてから、腕の痺れが日増しによくなってきた。薬が効いて、脳の転移が抑えられているという実感があった。

　咳のほうは相変わらずであった。しかしひどくはなっていない。大きな原発巣が簡単に治るとは思えなかったが、永山はそれもしだいに効いてくることに期待していた。

　調子がよいので、佐治川教授に断りを入れて、ほとんどの時間を研究室ですごしていた。寝ている時以外は、何かしら研究に関係する仕事をした。寝ていても頭は研究のことを考えていたに違いない。肺癌細胞に侵されていても、永山の優れた正常脳細胞には、従来の働きを維持する力が残っていた。

　今日も永山は研究室で、教室の研究員が出した実験結果を見ている。癌遺伝子の発現と、機能についての複雑な実験結果が、ようやくまとまってきた。

これが最後の研究になるかもしれない……。

たしかにいま飲んでいる新薬は効果があるようだ。症状が見るみるうちによくなってきている。だが、根治は無理だろう、と永山は悟りきっていた。

複雑なデータを眺めている時、文字がゆらゆらと揺れた。目の焦点を合わせようとして、瞳を凝らした。ますます文字が揺れた。耳の中で急にゴーンという大音響が響いた。

次の瞬間、急激な頭痛が永山を襲った。思わず頭にやろうとした手が麻痺《まひ》して動かなかった。

永山はわけのわからない言葉をわめきながら、立ち上がると大きくよろめいた。無意識に支えようとした手が空を切った。次の瞬間、実験台の器具を跳ね飛ばしながら、永山の体は床に激しく叩きつけられていた。

大きな物音に、隣で実験をしていた研究員が駆けつけてきた。永山が激しく痙攣しながら、床を転がっていた。まわりには、書物や壊れた器具が散乱していた。

「病院に電話しろ」

「先生。どうしたのですか？」

何人かが集まって来た。

「おい、担架だ」

「やばいぜ、これは」

永山の痙攣《けいれん》が鎮まりつつあった。ぐったりとしていて顔色がない。やがて、担架が運ばれてきた。

「そっとだ」

永山の体は、ていねいに担架に乗せられた。

「すぐに運んできてくれ、とのことです」

病院からの返事であった。

「急げ！」

「おい！　息してないんじゃないか？」

「大変だ」

口々に叫びながら、担架を担ぐ二人が走る。廊下ですれ違った他の研究員が、何事かと目を剝いて道を開けた。

「すぐさま心肺蘇生《しんぱいそせい》だ」

運よく外出の用がなかった佐治川は、病棟からの連絡で永山が倒れたと聞き、すぐに教授室から病室に走った。薬が効いているとはいえ、不測の事態が起こってもおかしくない病状である。

永山の症状を見た佐治川は、ただちに蘇生処置《しょち》を命じた。病棟にいた医師が全員集まってきた。血管に点滴ルートを入れる者、血圧モニターを取りつける者、尿道にバルーンを入れる者、胸には心電図、気管は挿管《そうかん》されて人工呼吸器につながれ、永山の反応のない体が、多くの手で一気に管理状態に置かれた。

心電図は横一線で、一拍の心臓の動きも記録しない。呼吸は完全に止まり、人工呼吸器の動きに合わせて胸郭が動くのみである。

まぶたを開けると、力なくぽっかりと開いた瞳孔《どうこう》が真ん中にとどまったままだ。何も見えていない虚ろな目が、覗き込む医師の目を見ている。光を当てても光彩《こうさい》は動かず、瞳孔《どうこう》は散大していた。必死の心臓マッサージがつづけられた。手の動きに呼応して、心電図が少し盛り上がる。しかし本来の心臓の動きはまったく出てこない。

「家族に報《しら》せたか？」

「病室に着かれた時に連絡いたしました。奥さんが来られるそうです」

「何が起こったんだ。誰か先生が倒れた時に見ていたか？」

ついてきた研究員が答えた。

「大きな音がしたので行ってみると、先生が倒れておられたのです」

「見た時にはもう意識がなくて、呼んでも返事がありませんでした。……体中が痙攣して……」

もう一人の若い女性研究者が涙声で話した。

佐治川が沈痛な声で絞り出すように呻《うめ》いた。

「頭の中か……」

「そのように思えます。症状からして、転移した腫瘍が大きくなって脳のヘルニアを起こしたのではないでしょうか？」

赤井も駆けつけていた。

「その可能性が高いな」

「出血が起こったとは考えられませんか？」

澄んだ女性の声が響いた。祥子であった。

「それも考えられるな。いずれにせよ、突然に発症したことは間違いない」

「肺梗塞《はいこうそく》はないでしょうか」

「まあ、よく動いておられたから、血栓が飛ぶなんてことはまずないだろう」

「肺癌の原発巣のほうは大丈夫でしょうね」

佐治川は、間もなく来るであろう永山教授夫人につらい宣言をした上に、病理解剖のお願いをしなければならないだろう、と気持ちが落ち込んだ。

永山のはだけた胸の上では、若い医師が代わるがわる心臓マッサージをつづけていたが、いずれも絶望的な目を佐治川のほうに向けていた。

四方を殺風景なコンクリートの壁で囲まれた病理解剖室の中、永山は永久にすべてが停止した体を冷たい金属製解剖台の上に横たえていた。

今の永山には、その冷たさを感じることもできない。

三人の病理解剖医が、永山の血の気が失せた全裸遺体に向かって、深々と頭を下げた。

メスが首から下腹部まで一気に切り下げられた。どす黒い血液がじわっと滲み出る。生きていれば噴き出すであろう血液も、死んでしまえばどろりと力なくこぼれ出る。

メスは腹部に深く切り込み、腹腔《ふくくうない》内の臓器があらわになった。胸部の皮膚が肋骨から剝がされ、骨切りばさみが一本一本肋骨を切っていった。

ごきっ！　ごき！

鈍い音が解剖室に響く。肋骨の前半分が上部だけを残して切り離され、前面に持ち上げられた。心臓や肺があらわになった。左肺上部が白く固まっており、そこに肺癌の原発巣があることを示していた。一部が胸郭と癒着している。

「これはひどい！」

肺の表面は、左はもちろんのこと、右にも細かい癌の塊がばらばらと飛び散っていた。肺癌の転移による癌性胸膜炎である。幸いにも胸水はほとんど見られない。肉眼的に見る限り、肺に急変が起こって、死に至ったとは考えられなかった。心臓の外膜にも転移がある。横隔膜《おうかくまく》より下の内臓には著変《ちょへん》はなかった。肝臓も見る限りでは転移はなかったし、腸も胃も、特別な異変は認められていない。

一人の解剖医が頭蓋骨の切断にかかっている。頭皮を剝ぎ、真横に全周性の形で電気のこぎりで切れ目を入れていく。脳の様子を見るために、頭蓋骨の上半分をはずすのである。元に戻す時にずれないよう、一部に鉤形《かぎがた》の切れ目を入れる。

切れ目の入った頭蓋骨の隙間から、どす黒い液体が流れ出した。脳脊髄液《のうせきずいえき》に血が混じっている証拠である。解剖医が思わず声をあげた。

「脳内出血です」

頭蓋骨が切り取られる頃には、血で赤黒くなった脳脊髄液はほとんど流れ出ていた。試験管に一部が採取されている。頭蓋骨が持ち上げられて、脳が現れた。

脳の表面もどす黒く、血液で汚れていた。あちこちに大小さまざまな腫瘍が点在している。肺癌の脳および脳膜転移であった。表面に出ている腫瘍のいずれもが、脳から盛り上がっている。

少しずつていねいに、脳膜を剝がしながら浮かしていく。頭蓋骨の底部で、首から下に出て行く脊髄や種々の脳神経を切断すると、脳がごぼりと頭蓋骨からはずれた。

脳底部も出血で真っ黒である。脳漿《のうしょう》を半分にすべくメスが入った。割面《かつめん》を見て、病理医は息を呑んだ。すべての腫瘍が出血し、普段は白く見える転移巣が真っ黒であった。これは腫瘍内で一気に出血したことを物語っている。一部は脳室内に顔を出し、出血が脳室にも及んだことを示していた。

一つの腫瘍に出血しても症状が出るであろうに、こともあろうにすべての腫瘍が同時に出血したと考えられた。

脳の全部、肺の全部、および他臓器の必要部分を採集して、残った臓器は元に納められた。胸郭《きょうかく》を戻し、皮膚を太い糸で縫い合わせる。頭蓋骨が嵌《は》め込まれ、縫われた頭皮で覆われた。体中がていねいに水で洗われ、白い着物が着せられた。外見上は、解剖前と何も変わりがなく、遺体は霊安室に安置された。ほのかな線香の煙が細く立ち昇り、死者の霊を慰めている。

永山は五十五年の人生を学問に捧げつくして、この世に突然の別れを告げて逝《い》った。

採取した血液、わずかな胸水、脳脊髄液を解析器にかけていた病理検査医が、「何これ？」と素《す》っ頓狂《とんきょう》な声をあげた。

「変だな」

血小板の測定値が、検出限界以下となっている。

器械がおかしいのか？　たまにしか使わないからなあ。

病理学教室にある検査機器は、死体解剖がない限り使用されることがない。小まめに整備をしておかないと、しばしば測定値が乱れる。教室では担当を決めて、定期的な機器整備を行っていた。

再度測定をしてみた。やはり血液中の血小板が測定限界以下と記録された。測定限界以下とは五〇〇以下ということである。器械の調整がおかしいのか。調整には時間がかかる。面倒だと思いながら、念のため健常人の血液を測ってみよう、と自分の血液を採ってもらった。それを器械にかける。

血小板数二〇・一万。何だ、正常に働くじゃないか。

検査医は驚いた。脳内出血で亡くなった永山教授の血液には血小板がほとんどない。これでは出血するはずだ。しかし、急な出血というのも変だ。血小板が徐々に減っていれば、体の各所で出血が起こるだろう。青痣ができたり、歯茎から出血したり、さまざまな症状が出るはずだ。が、遺体を見てもそのような所見はなかった。

血小板が検出限界以下、ほとんどゼロなんて聞いたことがない。病理検査医にとって初めての経験であった。

何が起こったんだ？

二週間後、病理解剖の結果が、佐治川教授室に伝えられた。

〈頭蓋内出血。原因は肺癌脳転移からの同時多発出血。起因として無血小板症。無血小板症の原因は不明。原発性肺癌。肺内転移。胸膜転移。心外膜転移。他臓器異常なし〉

報告を見た佐治川教授は、同時多発出血、無血小板症という、あまり聞きなれない診断名に戸惑っている。

肺癌の脳転移巣から出血を起こして死に至った患者は、これまでにも何人も見ている。永山教授の突然死も、同じ現象が起こったものと思っていた。MP98の服用で、いくらか症状が軽減していた矢先の悲劇と諦めざるを得なかった。しばしば起こることだけに、何の疑問も抱かなかった。

それが無血小板症だという。念のために、添付されている他の検査値も見てみたが、ほかの血球には異常がなかった。血小板のみが激減している。まるで抗血小板抗体が突然体中に出現して、血小板だけを壊したような印象を受ける。

まさか、MP98が……。

今までのMP98の研究会では、このような副作用の報告はなかった。

何が永山教授の無血小板症を引き起こしたのか、佐治川には理解不可能であった。

永川の病理報告は、医局会で佐治川から披露された。

「無血小板症ですか？　あまり聞いたことがないな」

佐治川の報告を聞いて、医局員がざわめいている。

「同時多発出血？　まるでテロみたいだな」

祥子が手を挙げた。

「ん？　何だね？　倉石君」

「あのう、前から気になっていたのですが」

医局員の視線が祥子に集中し、部屋が静かになった。

「私が以前に担当していた患者さんで、肺癌の脳転移の方がおられたのですが、やはり転移巣からと思われる脳出血で突然亡くなられました。もう一人、肺転移の患者さんで、肺内出血で死亡された方に、すべての微小転移巣からも出血が認められた症例がありました。お二人の患者さんはレスクランを投与していたのですが、私としては薬が効いている矢先のことだったので、非常に驚いたことを覚えています」

赤井が口を挟んだ。

「肺癌の脳転移から出血を起こして死亡する例は、いくらでもあるじゃないか」

「そうなんですが、そんな症例があったので、ＭＰ98の治験でも気をつけていたのです。学会でも質問をしました」

皆じっと祥子を見つめて、話を聞いている。

「ＭＰ98の教室での治験例はたしか十八例だったと思います」

「そうだ、十八例だよ。第三相試験では」

「永山先生を入れると合計十九例だな。うちでＭＰ98を投与したのは」

「ほとんどの患者さんは、病気の悪化で死亡されています。現在の生存は三例です。治験は終わりましたが、この方たちには患者さん自身の利益を考えて、まだＭＰ98を継続して投与しています」

佐治川が赤井に命じて、ＭＰ98の登録症例の一覧表をコンピュータで出させた。

「一覧表を映していただけますか？」

祥子は赤井に要求した。コンピュータからプロジェクターに接続され、前の壁に〈ＭＰ98投与患者一覧表〉と書かれた画像が映し出された。窓際の医局員が立ち上がって、カーテンを引く。部屋が薄暗くなった。

「転移の部分と、死亡原因のところを見てください」

ほとんどの患者が、脳転移、肺転移、肝転移、骨転移、胸膜転移のいずれかを持っていた。

「死因はもちろん肺癌によるものですが、もう少し詳しく見ると、脳転移が直接の死亡原因である方が八例。肺転移によるものが五例。肝転移が二例。永山先生を加えると、脳転移は九例。骨転移が直接の死因になった方はいらっしゃいません」

祥子の声だけが部屋に響く。

「もっと詳しく見てみます。各患者さんを思い出してください。肺転移の五例のうち純粋な呼吸不全で亡くなった方は二例で、あとの三人は喀血とそれを吸引して起こった窒息、あるいは失血死です」

「うっ！」

佐治川には、祥子が言わんとするところがおぼろげに見えてきた。

「肝転移では、二例とも腹腔内出血。転移巣が大きく、破裂したものと考えられました。大量出血により、お二方ともほぼ即死状態だったと記憶しております」

ざわめきが起こった。それぞれの症例が担当医も違うし、時間も異なっているので、一例一例は記憶していても、全体を把握している者はいなかった。

「脳転移ですが……」

祥子はいったん言葉を切り、教授をはじめとする医局の医師たちの顔を、薄暗い中で見渡した。

「永山先生以外の八症例で、急に亡くなった方は五例。脳転移がそれなりの大きさでしたから、すべての症例が脳ヘルニアと診断されました。いずれの症例も、急な呼吸停止、心停止、あるいは錯乱から心停止といった、きわめて急激な転帰を辿っていますから、肺癌の脳転移では当たり前のことですから、誰も診断には異論はないでしょう。しかし、永山先生のような症例が加わると、脳ヘルニアと診断された症例の中には、先生のような急激な出血が起こった症例もあったのではないでしょうか？」

　教室内はシーンとしている。

「脳転移の方の、死亡時の脳のＣＴあるいはＭＲＩは撮ってありますでしょうか？　また剖検例は一例もないのではありませんか？」

　新薬が試されて間もなく死亡したとすると、死因に薬剤が関与していることが強く疑われるため、患者の家族が強く拒否しない限り、病理解剖が行われる。

　しかしＭＰ98のように、長期にわたって目立った副作用が出ない薬で、しかも進行した肺癌という患者では、死亡時の原因や病態が経験上わかっていることが多いため、無理に解剖を家族に要求することはない。家族も、進行肺癌、末期肺癌では半ば諦めており、薬が少しでも効いたことに感謝こそすれ、死因に疑問を抱くことはまずない。

　佐治川は唸った。

「言われてみれば、脳転移の死亡例は脳ヘルニアで方《かた》がつくし。そうか、肝転移も出血だったたな。肺でも喀血か……」

　佐治川は、はっと顔を上げて祥子を見た。祥子はうなずいた。

「おい、それらの患者の血小板はどうだ？」

　赤井が、一例ずつコンピュータに入っている検査データを調べている。

「うーん。別に減ってませんがねえ」

「ゼロなんてことはないな」

「ありません。あったら大変ですよ。すぐに血小板輸血です」

「そうだろうな。肺癌の転移巣は血流も豊富だし、出血してもおかしくはない。倉石君、こりゃあたぶん偶然だよ」

「そんなことないと思います」

祥子は語気を強めた。

「永山先生の血液データでも、亡くなる前日のデータに異常はなかったでしょう？」

「おっ！　赤井君、どうだった？」

赤井が膝を叩いて答えた。

「そういえば、何もなかったですよ。その徴候すら」

「確認しよう。永山先生のデータを出してくれ」

全員の目が血液データの細かい字を追っている。ほとんど異常がない。日付を確認した佐治川は白衣の前で腕を組んだ。

「ふーむ。たしかに倉石君の言うとおりだ。それが次の日には血小板ゼロ。直接の原因かどうかはわからないが、いや、たぶん直接の原因だろう、脳転移の多発性同時出血か。こんなこと初めてだ」

入道頭に手をやっていた佐治川の顔が、しだいに緊張の面持ちに変わってきた。

「おい、永山先生の血液はまだ残っているか？」

「はい、病理には保存してあると思いますが」

「ＭＰ98の濃度を測れないだろうか？」

「可能だと思いますが、保存状態が悪いと、無理かもしれません」

「すぐに病理に連絡しろ」

　赤井が部屋の隅にある院内電話に飛びついた。病理を呼び出して、先日の永山教授の病理解剖の際に採取した血液が保管してあるかを訊いている。電話口の向こうでは確認しているのだろう。返事を待って、赤井が受話器を握りしめたまま口を閉じている。

「祥子君、とんでもないことに気がついたな。ほかの大学の症例も詳しく調べてみる必要がありそうだ。たしかにああいう死に方は、肺癌患者ではしばしばある。気にもとめなかったが、もしこれがＭＰ98の副作用だとしたら、効いているどころか、患者の命を縮めていることにもなりかねない。最初は腫瘍も縮小し、効いたようには見える。だが一方で、血小板にも何らかの毒性があったのかもしれない。たとえば血中濃度がある程度以上になると、一気に血小板が壊れるといったような反応が起こる可能性も考えられる。徐々に血小板を壊すのなら、出血傾向が出てくるから、症状でわかる。だが、急にとなると、予防も治療もしようがない。今回の永山教授のようなことが起こりうるということだ。しかし……」

本当にこのようなことが起こるのだろうか？　長く医師をやっている佐治川にとっても初めての経験だけに納得がいかなかった。

「先生。永山先生の血液は、冷蔵、凍結いずれも保存してあるそうです」

「さすが病理だな。あとあと何があるかわからないから、きちんと採っておいてくれたか。よし、こちらがもらいに行くまで、そのまま保存しておくよう頼んでおいてくれ」

赤井が病理と話している間、佐治川は祥子のほうを向いて言った。

「よく気がついたな。まだはっきりとはわからんが、ＭＰ98の重大な副作用の可能性がある。これから私が山辺教授と天下製薬に連絡を取って、永山教授の血液中のＭＰ98の濃度を測定してもらうよう依頼する。どうかね、倉石君。これからのＭＰ98関係のことは、君が窓口になって進めてくれんかね。逐一《ちくいち》私に報告してくれ。相手の連絡先はあとで教える。赤井君それでいいかね？　わからないところは君が補佐してやってくれ」

まだ若い祥子が、教授直々《じきじき》に重要な役目を与えられたことに、教室内はざわめいた。

赤井は首を縦に振っている。

「わかりました。おい、倉石、しっかりやれよ。大変なことだからな、これが事実だとすると。よく確認しなければ」

「私が、ですか？　こんな大事なこと、私でいいのでしょうか？　受け持ちの患者さんもいますし」

「君がこの重要な現象に気づいたんだ。恥ずかしながら、私もＭＰ98の効果に気を取られていて、気づかなかった。ここにいる全員がそうだ。いや、日本全国皆同じだ。一番よくわかっている君が適任だ」

佐治川は祥子に期待している。

「君は学会でもよく質問し、勉強熱心と評判だ。がんばってやってくれ」

祥子は、それならと引き受けた。患者もたくさん担当しているが、がんばればできるだろう。持ち前の強気と勉強心がますます祥子の中で大きくなって来た。

26　拒絶

Ｋ医科大学教授山辺年男は、胸部疾患内科が専門である。特に肺癌では内外に名を知られていた。今回のＭＰ98の臨床治験では、治験総括を勤めている。癌に関係する薬剤の治験には、まず彼の名前が出てくる。どこの製薬会社も、山辺の意見は丁重に扱った。寡黙でなかなか意見を言わない代わり、いざ言葉を発すると、反対する者はことごとく叩かれた。

陰で、山辺は薬剤医務管理局の上層部と深くつながっており、山辺が認めれば薬は認可される、とまで言われていた。官僚の間にも顔が利《き》くらしい。そのせいなのか、彼の所属する大学の研究室には、研究費が潤沢《じゅんたく》に流れていた。彼に反駁《はんばく》すると、いつの間にか研究費申請が却下されていた。額はわずかでも、塵《ちり》が積もると巨大な額になった。

これでは各大学はたまらない。いきおいおべんちゃらを使うようになって、山辺はますます増長した。

佐治川とて、山辺を恐れるわけではないが、無用な軋轢《あつれき》は避けたほうが賢明と、形式上でもおうかがいを立てることにしている。

「山辺先生でいらっしゃいますか」

「これは佐治川教授。何かご用ですか？」

「実は先生には、お耳に入れておこうと思いまして」

「何でしょうか？」

妙に耳に障《さわ》る甲高い声である。

「これは先生のお手を煩《わずら》わすほどのことではないのですが、いま申請中のＭＰ98の血中濃度を、天下製薬に依頼して測定していただくようお願いしたいのですが」

「何！　ＭＰ98……ですか？」

「はい。ちょっと気になることがありまして」

「はあ？　今さら気になることとは何ですか？　ご承知のとおり、ＭＰ98はほぼ完璧な第三相試験であったではないですか」

「承知しております。申請がどうのこうのというわけではありません。以前、先生にもお願いして特別にＭＰ98の投与許可をいただきました患者が、先日亡くなりまして」

「ああ、あの進行した肺癌の患者さんね。たしかおたくのところの教授でしたね。死亡記事が新聞にも出ていた」

「そうなんです。気になるというのは、脳転移で出血しまして」

「それはよくあることでしょう？」

「はぁ、そうなんですが」

「何かMP98が悪さでもしたと？」

「あ、いえ、そういうわけでもないのですが……」

「それならば特に問題ないでしょう。今さら血中濃度を測っても、何も出てきませんよ。第一、臨床治験中に、薬物動態のデータもきちんと取ってある。それで申請してあるのはご存じのはずでしょう？」

「もちろんです」

「これ以上余分なデータは要りませんよ。一人患者が死んだくらいで、多くの患者に有益なMP98の認可が遅れても困る。それこそ、この薬を首を長くして待っている患者のためになりません」

甲高い声は、佐治川の要求をぴしゃりと跳ねつけた。容赦のない山辺の拒絶であった。

佐治川は引き下がらざるをえなかった。

山辺に拒否された以上、天下製薬に依頼しても血中濃度の測定は不可能であった。MP98担当は常務の有田である。彼に直接依頼することも考えたが、有田はいいとしても、測定依頼が必ず山辺の耳に入る。山辺はますます立腹するに違いない。

これはまずいと佐治川は感じている。もしMP98が医局会で話したように無血小板症の原因であれば、多くの犠牲者が出ることは目に見えている。

進行した肺癌である。いずれは死ぬ。薬の副作用で、しかも副作用かどうかすら定かでないような症状での死亡である。五十歩百歩だとも考えられよう。

しかし……と佐治川は首を横に振った。いくら死ぬとわかっていても、それまでの生きている時間を縮める行為は医療とはいえない。それどころか死期を早める、明らかに致命的な副作用だ。許されるものではない。

隣の部屋から秘書が顔を出した。

「先生、倉石先生が来られていますが」

「通したまえ」

祥子が勢いよく入ってきた。佐治川の相好《そうごう》がとたんに崩れた。

「先生。先日は大役を承り、びっくりしました。でも、やらせていただきますから、よろしくお願いします」

「うーん。K医大の山辺教授、彼がMP98の治験を取りまとめているんだが、いま連絡したら、血中濃度測定の必要はないと、拒絶されてしまったよ」

「ええ！　そんな」

祥子は大声をあげた。秘書がドアをわずかに開けて、中を覗いた。

「どうしてですか？　大事なことなのに」

「もう申請してしまったから、今さら変なデータが出ても困るんだろう？」

「そんなこと……。もしＭＰ98の副作用だったら、大変なことになりますよ。せめて血中濃度だけでも確認して、もし血小板をことごとく壊してしまうのなら、もう一度臨床治験はやり直さなければいけないのではないですか？」

「そのとおりだ。いや、むしろ中止の命令が出るかもしれない」

「濃度測定は、大学ではできないのですか？」

「できないこともない。ＭＰ98があれば、クロマトで測定できるだろう。だがＭＰ98はないよ。治験終了時に完全に回収された。使用量と残量の確認が必要なんだ。それに残った薬で不正なことをされても困るしね」

「もうないんですか……」

祥子はがっかりして、ため息をついた。

「まあ、こちらに来てかけたまえ。いい方法がないか、考えてみよう」

佐治川は初めて祥子を、山積みになった学術雑誌の奥に置かれたソファに招いた。親しい人物が来た時、佐治川は自分の机の横にあるこのソファにまで招き入れて、本の山の中で話をするのを習慣にしていた。彼自身は教授の椅子に座ったままである。

「はい、ありがとうございます」

祥子は本の山を興味深そうに眺めながら、ソファに腰を下ろした。形のいい膝をそろえ、長い脚を窮屈そうに曲げた。祥子の様子を見ながら佐治川は言った。

「脚を伸ばしたまえ。君は背が高いから、窮屈だろう。すまんね」

佐治川は祥子の健康的な脚を眺め、久しぶりに軽いときめきに似た気持ちを覚えた。

そんな佐治川の気持ちを知ってか知らずか、祥子は無邪気な質問をした。

「先生。これだけよく本を読まれますね。どこに何があるのか、おわかりになるのですか？」

「ははは。わからん。いや、大事なのは後ろにとってある。まあこれはと思ったところはマークして、コピーを取ってまとめるのさ。これ全部頭に入ってたら、俺の頭はコンピュータだよ。ははは」

若い医員の話を、時間を割いて聞いてくれる教授はあまりいない。ただでさえ忙しいのに、経験のない若造の話は何の役にも立たないと思っている教授が多い。いつの時代でも、教授とは、若い者には近寄りがたい存在である。

もっとも昨今の科学の進歩は、若いほうが、歳を取った教授を凌駕《りようが》する場面を数多くつくり出している。内視鏡手術にしても、経験のない教授のほうが多いかもしれない。

佐治川はそのような手術は若い者に任せていた。彼らのほうが技術も知識も経験も上であると割りきっていた。自分ができないことで下の者ができることは、彼らに積極的にやらせるようにした。監督責任は負うとしても、現場は若手に完全に任せた。お陰で、医局の医師たちは、のびのびと診療に励むことができている。もちろん、相談をされれば、佐治川は彼らの立場になって一緒に考えた。そうすることで彼らのレベルも把握できるし、自分の勉強にもなる。

祥子にＭＰ98の解析を任せたのも、若者に対する佐治川の思惑からであった。

医師には年齢も関係ないと思っている。国家試験を通った医師なら、合格した時点で一人前の医師でなければならない。経験不足は否めないにしても、医師としての責任感、自覚は医師免許を得て患者を実際に診ることを許された時点で、完成されていなければならない。その気持ちがあれば、何事にも前向きに心をこめて向かえるはずだ。風邪一つ、小さな傷一つ、おろそかにできない。人の命を扱う仕事である。

「先生、どうしましょうか？　血中濃度を測ってくれないとすると」

「少しでもＭＰ98があればなあ。濃度を測れるうえに、うまくいけば、血小板に対する作用が直接見られるかもしれないよ」

「どうするのですか？」

「そりゃ、血を採って、直接ＭＰ98を入れればいいさ」

「そうなると、ＭＰ98があれば、こちらで調べることができますね？」

「だけどなあ、全部回収されているしな」

また話は元に戻る。

「どこかにちょっとでも残っていませんかねえ」

佐治川と祥子の目が会った。二人の頭に同時に答えが閃《ひらめ》いた。

「おっと！」

「まだ三人の患者さんがＭＰ98を飲んでおられます」

「そうだ、倉石君。まだ三人に継続投与していたな。管理は、うちの医局でやっているんだな」

「そうです。治験薬なので薬剤部は関与していません。教室で管理しています。患者さんが来られるたびに、必要量を渡しています」

「何だ、あるんじゃないか」

佐治川は喜んだが、

「しかし、処方した数と残量の合計が、支給された薬の数と合わないと、厄介なことになるぞ。余分にはないからな。患者への投与量を減らすわけにはいかない」

言いながら、入道頭を撫でた。

「一個でも別の目的では使えないということですか？」

「そうだ」

「困りましたね」

一進一退であった。

「よし。わしが責任を取る。二、三個くすねて来い」

佐治川がにやっと笑って、祥子の目を悪戯《いたずら》っぽく見つめた。

「はあ？　先生。いいんですか？」

「かまわん。それに、絶対にはっきりさせなくてはいかん。もしこれが本当ならば、この薬は世に出てはいけない」

祥子は目を丸くして、佐治川の入道頭を眺めている。

「どこにあるのか、君は知っているのかね」

「ええ、赤井先生が医局で保管されています。以前、私の患者さんに使う時に出していただきました」

「赤井君に話して、出してもらおう。彼も事情が事情だけに、納得してくれるだろう」

「先生、これからもらって来ます。ここに持ってくればいいですか？」

「そうだな。うちでクロマトを使えるのは？」

「私、やったことありますけど」

「へ、君が？」

「ええ、学生の時に基礎研修で、蛋白分析をとりましたから」

「こりゃ都合がいい。だが誰か専門家もいるといいな。基礎の誰かに手伝ってもらおう。僕から頼んでおくよ。いっしょにやりたまえ」

「お願いします」

「あと、血小板に対する直接の作用は赤井君に頼もう。彼も実験は達者だからな」

「それも、私にも見せてください」

「いいよ、赤井君に頼んでおいてあげよう」

若さあふれる上に、この旺盛な好奇心はどうだ。まったく素晴らしい。倉石は立派な医師に育つだろう。また育て上げなければ……。

佐治川は自分の教授としての責任がさらに重くなるのを感じた、が、それはまた嬉しい重みであった。

27
追跡

「このところ、よく出かけるな」

会社を出た有田のあとを追いながら、岩谷はつぶやいた。

最初の尾行に成功してから、岩谷は服部に許可をもらって、毎夕天下製薬から出てくる有田を待った。

肩透かしを食って、待ちぼうけになることがほとんどであったが、すでに三回尾行に成功している。毎回ホテルは異なっていたが、フロントを通らず客室に上がり、何時間かしてからチェックアウトして帰る有田の行動は同じであった。

岩谷は二回目から、入ってくる客、出てくる客にも気をつけるようになった。エレベーターで客室に上がる客と下りてくる客を、ロビーで本を読むふりをしながらちらちらと観察した。

三回目に、おやっと思える顔が二つあることに気づいた。エレベーターから出てきた顔の二つに、過去の張り込みで見たのと同じ顔が混じっていたのである。

いつもは派手な格好の岩谷も、この尾行に関しては容貌を変えていた。茶髪もやめ、目立つピアスもしていない。署内では岩谷の変貌に驚く顔があちこちに見られた。今日追跡して、再びあの顔が現れるとすると、有田の密会の相手は間違いなくこの二人ということになる。岩谷は今夜その確認を取るつもりだ。

有田は地下鉄に乗った。見え隠れする有田の後ろ姿を、注意深く追跡する。

今日もまた別のホテルだ。よくこれだけの警戒をするものだ。よほど重要なことを話し合っているのだろう。それにしても、あの二人いったい誰だろう……。

岩谷にはある程度想像はついている。まずMP98に関係がある人物、会社の人間かもしれない。社内ではしゃべれないことを、密会の場で話しているのかもしれない。あるいは、今回の申請に関係がある臨床治験関係者か？　厳重な密会の場所の設定から、決してつながりがばれてはいけない人物、当局の人間か？　天下製薬は、天下りの会社としても有名だ。

すでに二人も犠牲者が出ている。人殺しをしてまでも守らなければいけない秘密があるということだ。MP98に関する秘密――たぶんそれは無血小板症だろう、と岩谷は確信に近いものを持っていた。だがその事実は外部に出てはいけない。出れば、MP98の認可に支障をきたす。

MP98が世に出なくなって困る人間といえば、天下製薬、有田常務自身、他に誰がいる？　有田と密会を繰り返す人物はおそらくこの二人。

岩谷は手のひらサイズの最新型デジカメを持ってきている。昨日、買い求めた。暗いところでもフラッシュなしで、鮮明な画像を撮影できるという。

有田は例のごとくフロントを通らずに客室に上っていった。注意深く見ているが、目標にしている二人の顔はない。

「おっと、出てきたぞ」

岩谷は素早くデジカメのシャッターを切った。

「間違いない。いいぞ」

一人目の男はエレベーターを出ると、まわりをちょっと見る仕草をして、そのままホテルの玄関に向かった。いつものように、フロントで料金を支払う様子もない。

岩谷のカメラには、何枚かの男の姿が写っている。そのあと待つこと五分。いつもどおりだ。彼らは同じパターンで行動する。岩谷は次の被写体に向かってシャッターを切った。エレベーターからは十メートルほど距離があるので、顔の詳細まで入るか心配であったが、少なくとも写っている人物の体型、輪郭《りんかく》などははっきりと捉えられているのが確認できた。拡大像もカメラに納まった。この照明でもフラッシュはいらない。顔の部分だけ明るく撮影できる機能を内蔵している。

次の男の顔もカメラの中に納まった。男は何の躊躇もなくフロントを素通りして出ていった。先ほどの男と同年配か、もう少し年がいっているようだ。あとは有田が出てくるのが、いつものパターンだ。彼が支払いをすませる。ここまでは今までの尾行で、すでに確認ずみであった。岩谷の興味は、いま出て行った男の追跡に移っていた。

男はホテルを出ると、両側が木立に囲まれた道を大通りに向かって進んでいった。しばらく歩いて交通量の多い通りに出た。騒音が大きくなってきた。

しばらくきょろきょろしていた男は、すっと右手を挙げた。

タクシーに乗るのか……。

男は急停車したタクシーに乗り込んでいる。

ナンバープレートが、四車線の道路に走り出た岩谷の目にかろうじて読めた。振り向くと、後続のタクシーが都合よくこちらに向かってきた。

「一台前のタクシーをつけてくれ。会社名が△タクシー、ナンバーは……」

運転手が驚いた目を、ミラーから岩谷のほうに向けている。

「お客さん、刑事さんで?」

「まあそんなところ。よろしくね」

岩谷は深々と座席シートに体を沈めた。岩谷の頭が車の天井に当たる。脚が窮屈だ。

岩谷の視線はじっと前を走るタクシーに注がれている。

「お客さん。後ろについてもいいですかね？　このあたりは交通量が多くて、割り込まれたら見失うかもしれません」

「任せますよ。よろしく」

タクシーがスピードを上げた。

後部座席に座る男の頭が、時おりヘッドライトの光で輝く。電話をしているようだ。

車が大きく曲がって、木立の多い道路を走る。

東京は緑が豊かである。幹線道路から少しそれただけで、これが同じ東京かと思うほど静かな住宅街に入る。まわりは高級なマンションが立ち並んでいた。

「いいところに住んでるなあ」

車は住宅街を通り越し、また大通りに出た。

「何だ？」

「お客さん、この方向だと、×○国際ホテルじゃないですかねえ」

何も知らないタクシー運転手がつぶやいている。

「どうして？」

「いやあ、私らもあそこから×○国際ホテルに行く時には、あの近道を通るんですよ」

「なるほど」

たしかに前のタクシーは、間もなく×○国際ホテルに入った。

「すごいね、運転手さん」

岩谷が感心して唸《うな》る。

「どうします？　一緒に入りますか？」

スピードを落としながら、運転手が訊いている。

「いや、その先で停めてください。ありがとうね」

時計を見ると、九時半。これからホテルで何の用事だ？

その後、遅れてホテルに入った岩谷はロビーで男の姿を探したが、フロントには見当たらなかった。奥のエレベーターにまわってみると、男は今しも乗り込むところであった。

「またフロント不通過か。まったく何てやつらだ」

部屋は誰かが取っているということである。鍵も受け取った様子がない。誰かがすでに部屋にいるということになる。

「やれやれ、おっさんの恋愛ごっこにまでつき合っていられんわ」

岩谷は、男が今度は女と密会していると考えた。まさかホテルに住んでいるわけでもあるまい。尾行して、せめて名前と住所だけでも確認しようと思ったが、空振りに終わった。

しばらくロビーで待ってはみたが、男が現れる様子はなかった。

「泊まるつもりかな？」

とつぶやいた岩谷は、家に帰ってコンピュータにデジカメの画像を落とし、有田の密会相手二人の顔写真を、明日の捜査会議の土産にしようと思った。

28 血中濃度

ルーベックは毎朝、秘書に天下製薬から連絡がなかったかを尋ねていた。天下製薬を訪ねてから二週間が経っていた。

近いうちに返事をすると言った緑川からは何の連絡もない。薬剤医務管理局対策班からは、MP98の認可作業は大詰めを迎え、間もなく認可が下りるところまで来ているという報告を受けている。

今朝、ようやくのことで緑川から連絡があった。

「先日はわざわざお越しいただき、ありがとうございました。なかなか重大な提案でしたので、社内での検討に時間がかかりました」

「それはそうでしょう。御社としても、期待の新薬を部分的とはいえ、見ず知らずの他人の手に委ねるわけですから。で、結論は出ましたでしょうか？」

「ええ、そのことなのですが、詳細な権利関係のことは、これから詰めていくとして、世界展開はカストラワールド社さんにお願いしようかという意見が大半を占めました」

「それは何よりのお返事です。ありがとうございます」

ルーベックは期待どおりの展開に、ほっと胸を撫で下ろした。まだ契約書を交わしたわけではないが、ひとまず前に進める展開になったわけである。

「それでは、今後の検討項目を吟味《ぎんみ》いたしまして、近日中に一度合同会議を行いたいと思いますが、いかがでしょう？」

「その方向でお願いいたします」

ＭＰ98が将来多額の収入を産むことは間違いない。日本以外の国での販売権を持たない天下製薬としては、願ったり叶ったりの話であった。大手製薬会社との世界販売契約を結ぶことで、売り上げの数パーセントが天下製薬に入ってくることになる。数パーセントといっても年間で百億単位の金になる。契約の内容が天下製薬に有利に運べば、さらに巨額の金になる。他社に売らせておくだけで数百億という金が懐《ふところ》に入り込むのである。

オリジナルの薬剤を持つ会社の強みであった。緑川は天下製薬に可能な限りの好条件での契約締結に向けて、準備をはじめた。

一方、ルーベックの報告を受けたカストラワールド社も、最大限の収益を産む契約を取り交わすべく、準備を進めていた。同時に、進行中の天下製薬株買占めを強化した。すでに、表面化しない形で天下製薬株三十八パーセントを入手している。日本藤武製薬の二十六パーセントを大きく上まわっていた。

それほどの株が買い占められつつあるのを、当の天下製薬は、単なる株の売買が進んでいるとしか受け止めていなかった。株価上昇は、ＭＰ98の成功も手伝って企業価値が上がっているとしか考えていなかった。株価上昇に天下製薬全体が浮かれており、水面下で驚愕するような工作が進んでいることなど、まったく認識していなかった。

「山崎さん、ＭＰ98は使えないことになりました」

外来診察に来た山崎は、赤井と祥子の前に座っていた。祥子は最近、佐治川と赤井の診察日には、記録者兼見習い診察医として診察室に入っていた。

祥子は山崎のがっかりする顔を正視できず、珍しく目を見ずに話した。

「そんな……。じゃあ、私の癌はどないなるんですか!?」

山崎の大きな声に、祥子は赤井と目を合わせた。ＭＰ98の副作用については、まだ迂闊なことは言えなかった。

「やはりルール違反はできないのです。まだお薬の認可が下りていませんし。でも、間もなくということですから、しばらく待ってください」

「しばらくって、いつまでですか？　薬を飲んでいないと、毎日が不安で不安で」

「この間、退院される時、認可まであと一年くらいと申し上げましたが、あれからスピードが上がったらしくて、間もなく認可だそうです」

祥子が同意を求めるように、視線を赤井に移した。

「ええ、そう聞いていますよ、山崎さん」

「いつでしょうか？」

たたみかける山崎に、赤井が答える。

「私が聞いたところでは、あと半年以内ということです」

「それ以外に薬はありませんか？」

「注射ならばありますが」

「ほんなら、その薬が出るまで、注射でも何でもかましませんから、お願いできませんか？」

山崎は必死であった。よほどの不安が彼の心を占めているのであろう。

手術後、何度も痛い目に遭ってこれで治ったと思っていた矢先のことであった。肺や骨に多数の癌転移巣が見つかり、手術では取り切れず、体中に肺癌細胞が飛び散ったのである。それがレスクランのお陰で、ぐんぐんよくなった。山崎にとってレスクランは命の恩人であった。何十年も生きてきた中で、これほど薬に感謝したことはなかったと言っていた。レスクランがなかったなら、今頃、山崎はこの世にいなかったかもしれない。

まさかレスクランの副作用が自分に出るとは思ってもいなかったのだろう。そのために二度とレスクランを飲むことができなくなってしまった。今までの効果が、今後期待できなくなった。

さらに山崎が心配する理由がある。今はCT画像で病巣は捉えられていないが、血液中の腫瘍マーカーが若干正常値よりも高いのだ。完全に正常化したわけではなかった。目に見えない癌細胞が体のどこかに潜んでいる可能性を示していた。

「注射だと副作用が多岐にわたりますが、いいですか？」

赤井が、副作用の話をはじめている。

祥子には、山崎が赤井の説明を理解して聞いているとは思えなかった。何かに必死である人に、通り一遍の説明を理解してもらうのは無理である。事実、山崎の目は虚ろであった。ともあれ、山崎は抗癌剤の注射を今日から受けるべく、赤井が書いた注射処方箋の写しを持って、点滴室へと向かっていった。


次の患者が入ってくる間のわずかな時間に、祥子は赤井と話をした。

「山崎さん気の毒ですね。ＭＰ98も永山先生のことがなかったら、無理にでも佐治川先生に頼んで、使えるようにしたかったんですけれど。佐治川先生からお願いしてもらう理由がなくなりました」

「そうだな。まだ無血小板症がＭＰ98のせいと決まったわけではないが、あの感じでは可能性は高いと思う。今日、ＭＰ98の血小板に対する作用を見てみるから、つき合えよ」

「はい、お願いします」

「血中濃度のほうはどうなっている」

「ＭＰ98そのものをクロマトにかけてもらっています。診察が終わったら、データを見せてもらい、結果を見て、病理に保管してある永山先生の血液を測る予定です」

「結果はいつ？」

「たぶん明日の午後には出ると思います」

「楽しみだな。どういう結果が出るか。しかし、これで悪いほうの結果が出たら、ＭＰ98は薬にはならないな……」

「血中濃度をモニターしながら投与はできるのではないですか？」

「煩雑《はんざつ》だな。実際に外来で投与するのに、いちいち血液内の薬の濃度を測りながら、匙《さじ》加減しなければならないとなると、誰も使わないよ。しかもある時突然、無血小板症を起こして大出血で頓死《とんし》なんて、怖くて誰が使ってほしいと思う？」

「そうですね。でもよく効くのに」

「おいおい、それも死亡した患者をよく解析してからのことだろう。君がそう提案したんじゃないか」

「そうでした。本当に効いていたのか、有効期間がどれほどだったのか、亡くなった患者さんが本当は出血死でなかったかどうか、ちゃんと見てみなければいけませんね」

「次の患者さん呼んで」

二人はそれから午後遅くまで、外来患者を診察した。昼食は患者を呼ぶ間のわずかな時間に朝から持ち込んである菓子パンとミルクを喉に流し込んだだけであった。

「先生、クロマトの結果です。MP98は分子量千二百のところに、きれいなピークを描いています。純粋な物質です。これだと測り間違いはないでしょう」

祥子が、佐治川と赤井にクロマトグラフィーの結果を見せている。鋭く尖った細い山が一つ、祥子が示したグラフで際立っている。MP98を示すものであった。

「明日、永山先生の血液で、この山が出るか、出ればどのくらいの濃度か測定します」

「よし、やってくれ」

佐治川は赤井のほうを向いて尋ねた。

「血小板はどうだ？」

「今から倉石君とやります。とりあえずは、クロマトでいけることをご報告しようと思いまして」

「結果が楽しみだな。いや、何もないほうがいいのだが……」

言いながらも、佐治川はＭＰ98の毒性を強く疑っていた。

「測定方法はどうするんだ？」

「血液を採取して、何段階かに分けたＭＰ98をぶっかけるだけです。もっとも作用時間をどれくらいに設定したらいいのか、よくわかりませんが」

佐治川が提案した。

「永山先生の前日の血液検査データは正常だった。突然の出血から見ても、長くとも二十四時間でいいだろう。もっと急速に血小板を壊すのではないか？」

「ありえますすね。では、反応時間を一時間ぐらいから取ってみましょうか？」

「それでいいだろう。しかし、今からやったら」

佐治川は時計を見ながら言った。

「もう夜だ。徹夜になるよ」

「いいえ、かまいません。倉石はどうする？」

赤井が祥子に問いかけた。

「もちろん手伝います」

祥子はすぐさま答えた。

「じゃ、夜中にかかるようだったら、交替でやろうか？」

「でも大丈夫です。当直の時なんか、眠れないこともざらですから」

その日の診察がすべて終了して午後九時をすぎた頃、祥子と赤井は研究室に入った。

「私の血でやりましょうか？」

祥子が腕をまくっている。

「おう、もらおうか。でも一人だけだと、偶然という可能性があるから、僕のも採るよ」

赤井も腕まくりをしている。

「まず僕のを採ってくれ。20ccもあれば充分だろう」

赤井は祥子に、血液が入っても固まらないようにヘパリンをわずかに入れた注射器を渡した。

「失礼します」

祥子は赤井の右の上腕に駆血帯《くけつたい》を巻くと、皮膚をアルコール綿で拭き、浮かび上がった静脈に注射針を差し込んだ。赤黒い血液が太い注射器の中に勢いよく入ってくる。

「おいおい、あんまり強く引くなよ。それだけでも血小板が壊れるぞ」

祥子のシリンジを引く手が遅くなった。

「はい、20cc」

駆血帯をはずしながら、針の刺入部をアルコール綿で押さえて、そっと引き抜いた。

赤井の左手が綿を押さえる。祥子はヘパリンが血液とよく混ざるように、赤井の血液が入った注射器をゆっくりと振った。

血液を用意した細く小さな試験管に、1ccずつ入れていく。二十本に入れ終わった時、赤井が祥子用の注射器に手を伸ばした。

「じゃあ、君のほう」

祥子の透き通るような白い腕に浮かんだ青い血管に、針を差し込んだ。祥子の血管は、盛り上がっていた。

20ccの祥子の血液が二十分割されたあと、赤井はあらかじめ用意しておいた、何段階かに濃度を分けたMP98を溶かした液を加えていく。MP98が入った血液を順番に祥子は振り混ぜた。そのまま静置する。

「一時間後に、血球測定器にかけよう」

二人は四十本の試験管を三十七度の保温器に入れた。

「おい、飯でも食うか」

「そうですね。じゃ、出前でも取りましょうか」

その後、二人は病院の近くの中華料理店から取った夕食を医局の机に並べた。

「ちょっと塩入れすぎ」

昼の菓子パン二個以外何も口にしていない祥子は、中華料理に食いついた。赤井が思わず吹き出した。

「おいおい、君の姿を見ていると、百年の恋も醒めるな」

「すいません。おなかがすいちゃって、もうだめです」

祥子はおかまいなく、八宝菜と天津飯を平らげた。

赤井もチャーハン、ニラ炒め、えびチリソース煮をぺろりとおなかに納めている。

「おう、食った食った。腹が減っては戦ができぬ。おい、時間だぞ」

祥子を促して、赤井は研究室に戻った。

「さあ、測るぞ。鬼が出るか蛇が出るか……」

保温器から試験管を取り出した。

「まずは、コントロール」

ＭＰ98の加えられていない血液を測定器にかけた。結果を示すデータが、紙に印字されて打ち出されてくる。祥子がデータを赤井に差し出した。

「白血球７８００。赤血球４８５万。ヘモグロビン16・7ｇ／dl。さすがに男の人ですねえ。血が濃いわ。血小板27・５万。正常ですね」

「当たり前だろ。君のはどうだ」

祥子のデータがカチカチと打ち出された。

「白血球６７００。赤血球４６５万。ヘモグロビン15・５ｇ／dl。血小板18・９万。正常です」

「自分で言ってちゃ、世話ないな。それにしても君も健康そのものだね。普通、君ぐらいの年齢層の女性は、貧血気味の人が多いんだけどね」

それじゃ、と言って、赤井は10ng／mlと書いた試験管を検査器にかけた。器械が血液を吸い上げる。何回か洗浄液も吸い上げられる。結果が打ち出されはじめた。二人の目がデータ用紙に集中する。

「うえっ！」

赤井が覗き込む。赤井も息を呑んだ。

「何だって⁉　血小板ゼロ⁉」

血小板ＰＬＴと書かれた用紙の横には、０という数字が打ち込まれていた。赤井と祥子は目を見合わせた。

「先生。私のは？」

赤井は慌てて、祥子の血液が入った10ng／mlと書かれた試験管を測定器にかける。

測定時間が長い。器械が動いている間、二人は無言で何度も赤井の血液データを見ていた。何度見ても、血小板は〈０〉である。

カチカチと音をたててデータが出てきた。二人の目が数字を追う。白血球、赤血球、ヘモグロビン、ヘマトクリット。そして……。

血小板ゼロ。

言葉が出なかった。赤井は再度、血小板ゼロと出た二人の検体を測定器にかけた。結果は当然同じであった。血小板がない。

「先生。もっと濃度の低いところは！」

10pg／mlと書かれた千倍薄いMP98が入った血液が測定された。二検体の血小板は、それぞれに25・8万、17・6万と正常である。

「とすると、この濃度の間で、血小板を壊す限界濃度があるということですね」

「そういうことだな。それに時間も関係があるかもしれない。よし、とりあえずこの間の濃度のものを測ろう」

十倍間隔で薄められたMP98の血液に対する結果がそろった。データから、一時間の反応では100pg／mlでも、血小板が完全に破壊されることがわかった。

二人の興奮はいやが上にも高まった。

「先生。直接見てみたいのですが」

「よし。スメアは引けるか」

スメアとは、血液などの液体の中の細胞を顕微鏡で観察するため、プレパラート上に、その液体を薄くひろげることである。一滴垂らして、カバーグラスの縁などですっと表面をなぞる。

「じゃ、僕はこちらのほうを測っておくから、倉石はスメアを染めてみてくれ」

祥子はプレパラートを取り出し、染色液の中につける。しばらくして、血液の載ったところが、染色液で紫色に染まった。祥子が顕微鏡の標本台にプレパラートを載せ、焦点を調整している。

「先生。血小板なんか見えませんよ」

赤血球や白血球、リンパ球が、うようよと丸い顕微鏡の視野の中に見える。普通はこれらの細胞の間に、細かい屑のような血小板が散らばっているのが観察される。それがまったく見えなかった。

「ひどいです。赤血球や白血球は何ともないのに、血小板だけが破壊されたとしか考えられません」

「どれどれ、僕にも見せてくれ」

祥子は赤井に席を譲った。

「なるほど。測定結果とまったく同じだな。血小板の完全破壊か」

血小板だけに選択的な毒性を示す薬は、今までに経験がなかった。

「相当危ないな。ある濃度になると一気に血小板がゼロになる。短時間で、出血傾向が強くなる。強くなるというより、今までに人類が経験したことがないような激しい出血を誘発するのだろう」

赤井がぶるっと震えた。

「いま投与している人も危ないぞ」

祥子はあまりにひどい結果に黙ってしまった。

「おい、倉石。写真を撮っておいてくれ。明日、教授に見せよう」

ふと我に返った祥子は、少しばかり震える指で撮影カメラのついた顕微鏡のスイッチを入れた。カメラからは直接画像をコンピュータに取り込むことができる。祥子は映像取り込みのセットをして、血小板が残っていない血液を何枚か写真に納めた。

そのあとの測定は夜中から明け方に及んだが、二人はまったく眠気を感じなかった。予想していた以上の成果であった。あまりにも恐ろしい現実に、二人はほとんどしゃべることなく作業した。時々視線が合わさるのみであった。


翌朝、佐治川教授が教授室に入るのを待っていたように、机の電話が鳴った。赤井からであった。

「ご苦労さん。で、どうだった?」

「思った以上に恐ろしい結果です。今から持って行きますが、よろしいでしょうか?」

五分後には、赤井と化粧をしていない祥子が現れた。

「お早う。夕べはご苦労さんだったね。眠れたの?」

ねぎらいの言葉をかけた佐治川は、祥子の顔を見てすぐに、徹夜か、と思った。いつもはきれいに束ねてある祥子の髪が、ところどころ飛び跳ねている。

素顔の祥子は、疲れた素振りも見せず答えた。

「徹夜しました。でも大変なことが」

「まあ、こちらに来てかけたまえ」

赤井と祥子が並んで、ソファに腰を沈めた。赤井が、時間ごとの測定データを並べ、祥子がプリントアウトした血球の写真を、佐治川の前に出した。

「1pg／mlで十二時間、10pg／mlで六時間、100pg／ml以上では一時間以内で血小板が完全に破壊されます」

慎重にデータを見比べていたが佐治川が質問した。

「体外に出した血液だ。空気などの影響はないかね」

「ないと思います。事実、コントロールの血液は、何ともありません」

「そうだな。そうすると、やはりMP98には極端な血小板毒性がある」

「そう考えて間違いないと思います」

「あとは、永山教授の血液中のMP98の濃度だな」

佐治川は祥子を見て尋ねた。

「昨日、MP98のクロマトを見せてもらったが、予定どおり今日測るのかい？」

祥子はうなずいた。

「ええ、今日、私は外来の仕事はありませんし、病棟で患者さんを診るだけですから。時間が空きしだい、基礎の先生と一緒に測定にかかります」

「ご苦労だな。じゃ、夕方には結果が出るかな？」

「大丈夫だと思います。今日、先生はずっとおられますか？」

「これから外科学会の幹事会に出かけるから、帰りは午後になると思う。でも帰ってくるから、データが出たら連絡をくれたまえ。もし僕がいなければ、その旨秘書に伝えておいてくれ。帰ったら君たちに連絡するから」

佐治川も血小板破壊現象に、多大の興味を示していた。

「肺癌患者の死亡時の様子が今までと変わらなかったから、誰も気がつかなかった。それにしても、本当によく気がついた。なあ、祥子君」

祥子は嬉しそうににこっと笑って、今度は下を向いた。

「おや、君でも恥ずかしそうにすることもあるんだ」

「先生、倉石は女性ですよ。君でもなんて言ったら、それこそセクハラで訴えられますよ」

赤井が笑いながら、佐治川に注意をした。

「これは失礼」

佐治川もおどけている。恥ずかしそうに顔に手を当てていた祥子は「あら。私、さっき顔を洗ったまま、すっぴん」と叫んで、ますます顔をうつむけた。

「倉石、少し休んで、病棟に戻るといい。そのまま行ったら、患者さんたち驚くぞ」

「はい、そうさせていただきます」

「なあに、祥子君はすっぴんでも、とびっきりの美人だよ。なあ、赤井君」

「そうです。それは異論がありません」

祥子と一緒に立ち上がった赤井が答えた。

祥子は逃げるようにして、教授室のドアを開けた。

「じゃまた、夕方に」

佐治川は教授室を出ていく赤井と倉石祥子の後ろ姿に声をかけた。

29 薬剤医務管理局

朝から捜査会議が開かれた。眠い目をこすりながら岩谷が差し出した有田と密会する二人の男の顔写真が、捜査員の間にまわされている。

岩谷は、天下製薬研究所員二人の殺害に、MP98という抗癌剤が強く関与しているであろうことを、先日の捜査会議で披露していた。

難しい化学的なことは、捜査員たちに説明しても、理解できているとはとうてい思えなかった。それでも、岩谷が言わんとするMP98なる薬が致命的な欠点を持っていること、それを知っていたのが殺された研究員の柳川一夫と小林研二であること、データは少なくとも今までには見つかっていないこと、上司である有田常務もそのことを承知しているであろうこと、有田とたびたび密会をしていたのが、今まわしている写真の二人であることは、ようやく捜査員たちの頭の中でも、形ができつつあった。

「MP98の欠点が知られてはまずいことがある、そのことは理解できた。しかし」

一人の捜査員が疑問を投げかけた。

「それにしても、その薬の欠点が公《おおやけ》になるだけで、薬がだめになるものでしょうか？」

服部が岩谷を見て、返答を促がしている。

「お話ししていますように、この欠点が本当だとすると、薬を飲まされた人間は間違いなく大出血を起こして死にます。即死もあるかもしれません。歩いていて突然に、です」

医学部出身の岩谷の、こと科学に関する説明にはそれなりに説得力がある。

「天下製薬はＭＰ98が認可されないと、潰れる可能性がありますす」

「それでも君、前回の会議で言ったじゃないか。天下製薬の経営は困難が予想されるにもかかわらず、研究費などの資金は潤沢で、どこかから密かに補塡《ほてん》されているに違いないと。……ということは、この薬がだめでも、別に天下製薬にはダメージはないんではないの？」

「それも考えました。大丈夫かもしれません。そうすると、それとは別にＭＰ98の欠点が表面化して困る人物がいる、ということです。会社ではなく個人的に」

「それが有田常務だと言いたいのか？」

「ご指摘のとおりです」

岩谷は居並ぶ経験豊かな刑事たちにていねいな態度で接している。

医者になれるほどの頭を持ったエリートである。いきおい、たかが警察官、たかが刑事と見下す態度になりかねない。事実、岩谷が警察に入った時には、医学部に行っていたようなやつが、何で今さら警察にと、白い目で見られた。しかも人を馬鹿にしたような、ちゃらちゃらした格好をしている。いかにも面倒臭そうな話しぶりは、横柄なやつと取られた。こいつは俺たちを馬鹿にしている、と警察の誰もが感じた。

ところが接してみると、少しずつ岩谷のことがわかってきた。特に、最初から組んでいる服部は、当初は何でこんなやつの面倒を、と嘆いたものだが、嘆きがすぐにこいつは凄いという畏敬《いけい》の念に変わった。普段のしゃべり方はぞんざいでも、一緒に仕事をする際の態度は素直な上に熱心であった。誰も考えないようなところまで考えを巡らせて推理をし、行動をする。服部はすぐに岩谷が好きになった。

「私は有田常務が、二人の殺害に何らかの関係があると思っています。それであとをつけまわしたら、そんな副産物が出てきたのです」

岩谷は、捜査員の間をまわっている写真を指差した。

「おい、岩谷！」

まわってきた写真を見た一人が大きな声をあげた。

「こいつは、薬剤医務管理局の関本光一《せきもとこういち》じゃないか！」

「えっ！ご存じなんですか？」

刑事は写真に目を近づけて確認したあと、首を大きく縦に振った。

「間違いない。ご存じも何も、こいつは今、例のウイルス混入薬剤事件の最大の容疑者だ。別の大学教授とともに、まもなく逮捕状が請求されると聞いている。捜査本部では、容疑を確実にする証拠の収集がつい最近終わったはずだ」

「薬剤医務管理局の……」

岩谷は質問した。

「もう一人のほうはわかりませんか？」

「うーん。こいつは見たことがないな」

「ほかの皆さんは、心当たりはありませんか？」

全員が首を振っている。

「ありがとうございます。すごい収穫です」

「君の努力の結果だよ」

別のところから声があがった。

「こんなやつが絡んでいるとなると、岩谷の考えもますます信憑性《しんぴょうせい》を増してきたな。天下製薬と薬剤医務管理局の役人か、それも別件の最重要容疑者」

「やはりＭＰ98の認可に関係がありませんか？」

「ありうるな。関本がＭＰ98の認可に力添えをしていることは充分に考えられる」

「当然それに対する報酬が支払われるということでしょうか？」

「そうだろう。前の時と同じだ。何てやつだ、この関本は。こともあろうに、人命にかかわる薬で」

「有田、関本、そしてもう一人。よし、この二人の今後の行動をマークしよう。それと、第三の人物の特定だ」

　捜査主任が指令を出した。

「あのう、その第三の人物ですが」

「ん、何だね、岩谷君」

「私の想像では、やはり大学の関係者じゃないかと思うんです」

　出席者が怪訝そうな顔で岩谷を見ている。

「薬の治験というものは、患者がいないと成立しません。多くは大学病院で行われます。ＭＰ98もそうだと思います。ＭＰ98で今回行った第三相試験で、ちょっと気になることがあるのです。第三相試験とは、肺癌の患者さんに投与して、有効性を確認する試験です。重大な副作用が出ないことは、第二相試験まででわかっていますので、今度は本当の効き目を調べるんです。効かない薬を売っても仕方がありませんからね」

　何が気になるのか、皆は早く知りたがっている。

「第三相試験というのは、患者さんの数が相当に必要です。私が調べた情報では、レスクランとの対比で二百例ずつ。普通二年から三年かかります。ですが……」

岩谷は言葉を切ってぐるりと捜査員たちを眺めまわしたあと、唇を舐めて話を継いだ。

「このMP98はわずか一年も経たないうちに、これだけの症例を集めたようです。一年の間に試験は終わって、認可に向けての申請がなされていますから」

「ということは、非常に早くすんだということ？」

「そうです。そうしようと思うと、薬を使う患者の数を増やすしかありません。臨床検査に登録されていた病院は、ネットで調べたところでは二十です。一つの病院平均二十例。大学病院でも、一年足らずで二十例はきついです。いろんなほかの薬の臨床治験とだぶっていますから」

会議室はシーンとしている。

「ですから、他の薬の試験を止めてまでも、こちらに振り分けなければならない。そんなことをしたら、他の薬で試験をしている別の製薬会社が黙ってはいないです。平等にやらなければいけませんからね。製薬会社の文句を封じ込めることのできる人物。製薬業界が恐れている人物。臍を曲げると、相当の被害をこうむる可能性のある人物……。製薬の試験を担当している医師、それも権威のある大学病院の教授。日本には各疾患分野で、それぞれ何人かの、ボスのような存在の大学教授がいると聞いています」

岩谷はそこでパチッと指を鳴らした。

「そういえば、さっきのウイルス混入製剤の時には、本州Ｊ大学の虻島《あぶしま》教授でしたか、彼もその分野では大ボスですよ」

「この写真の人物が、そのような中の一人と君は言いたいのか?」

「そうです。あくまで可能性が高いということだけですが」

「よし、それでは第三の人物の特定は、各大学の教授から当たってみよう。なあに、全員の名前はすぐに調べられるから、今日明日中には割り出せるだろう。それでだめでも、二人の行動を見張っていれば、すぐにこの第三の人物も引っかかるさ」


「お手柄だな、岩谷」

薄い茶をすすりながら、服部は岩谷の労をねぎらった。

「別にたいしたことないですよ。二人の命がかかっていますから。私利私欲のために人命を奪うなど許せません。誰がやったかわかりませんが、三人の線から何か出てくるといいですね」

「まったく殺人に関しては、五里霧中だな」

岩谷も茶をすすりながら考え込み、しばらくして口を開いた。

「第三の人物が大学関係者とすると、小林が殺された時に出席していた学会にも関係があるかもしれませんね」

「その人物も学会に出ていた可能性が高いというわけだな」

「ええ。当然小林の動向にも注意を払っているでしょう」

「大学の医者が小林のあとをつけて、空港で殺ったというのかね？」

「可能性だけです。でも別に医者だから、大学の先生だからといって、殺人を犯さないという保証はありませんからね」

相槌《あいづち》を打ちながら、服部は釈然としないものを感じている。

何しろ二つの殺人事件の被害者は、いずれも喉を斬り裂かれて殺害されている。即死だ。声を出す暇もない。いや、気管まで切り裂かれていては、声など出やしない……。

この二つの殺人事件の犯人はプロの殺し屋としか思えなかった。

「今回の事件では、君がいてくれて本当に助かるよ。薬のことなど、わしらにはさっぱりわからん」

「偶然ですが、天下製薬の研究所で、柳川さんの研究記録を見たのがきっかけでした。柳川さんの魂が引き合わせてくれたのでしょう」

若いのに古めかしいことを言う、と服部は岩谷の新たな面を見た気がした。

不思議な若者だ。もともと、頭はいいのだろう。だが、刑事の感覚にも優れている。人は見かけによらない。自分たちも普段から気をつけてはいるのだが、どうしても風体に引きずられてしまう。

それにしても、何ときらきらしたピアスだ……。

岩谷の耳元で揺れる大粒のダイアモンドの輝きを見ながら、服部はそう思った。

第三の男の正体は、岩谷の予想どおり、簡単に割れた。

——K医科大学教授、山辺年男。五十六歳。

次の捜査会議で、鮮明な顔写真が、関本、有田の写真とともに映し出された。プリントアウトした写真もボードに貼りつけられている。横には、殺害された小林と柳川の顔写真が並んでいた。

山辺について調べた捜査員が、メモを見ながら報告をしている。

「岩谷君の想像どおり、山辺は抗癌剤の世界では大ボス的存在で、多くの抗癌剤の臨床治験に、代表的な立場として参画しています。調べただけでも、彼の名前は百を下らない抗癌剤の治験で見つかりました。そのうち半分は治験総括責任医師、あるいはそれに準じた立場となっています。要は一番偉いわけですな。情報では、抗癌剤の治験は初めから終わりまでやると、短くても数年はかかるそうです。半年に一回くらいは、まとめと称して研究会が開かれます。だいたいは、東京の大きなホテルです。集まった医師には、研究会参加費として五万から十万が支払われるそうです。山辺教授は総括医師ですから、一回の参加費が二十万から五十万。一回の会議一時間でですよ。薬の値段が高くなるはずだ」

報告している捜査員が渋面をつくった。

「それに、遠くから参加する人のためのホテルの確保。これもみな会社持ちで、一人でツインルームに泊まるのが常識のようです。研究会が終わると、懇親会と称してお食事会、多くがコンパニオンつき。いったい一回の研究会でいくらかかるんでしょうな？」

　どう思うというように、捜査員は聞いている者たちの顔を眺めた。

「これほどまでに医師を大事にしないと、薬の開発がスムーズに行かないのが実態のようです。調べれば調べるほど腹が立ってきます」

　山辺教授の調査報告が、いつの間にか薬事業界、医学会の批判になっている。それに気づいたのか、捜査員は一つ咳払いをした。

「大学教授の割り出しから、山辺が浮上したのですが、このところ三者が会った形跡はありません。山辺にも現在捜査員を貼りつけています」

　関係はないかもしれないが、と捜査員はつづけた。

「山辺年男。今は第一線を退いていますが、かつては拳法で相当名を轟《とどろ》かせた人物だそうで、もちろん有段者です。今回の二件の殺人と直接結びつくわけではないのですが」

　K医大山辺か……。

　岩谷の脳は、捜査員の報告とはほど遠いところを模索していた。

　山辺という教授の名前は、たしか医学生の時に耳にしたことがある。そうだ、当時の教授がぼやいていた。はるか昔の記憶であった。

思いどおりに行かないと、気に入らない相手をはずすので有名だった。うちの教授も何かからはずされた。そうだ、そのうえ研究費まで割り当てが減ったとこぼしていた。思い出したぞ。そうか。そんなやつが絡んでいるのか。こいつは面白くなってきた……。

出所不明の資金が流れていると思われる天下製薬。薬の開発に関わっているのが、いわくつきの薬剤医務管理局薬務課の関本と抗癌剤の大ボスの山辺教授、さらに薬剤医務管理局から天下りした有田常務。

大きな利権が絡んでいる匂いが、ぷんぷんする。こいつらがMP98でひと儲けを企んでいる、と岩谷は結論を出した。

それでは、殺人犯はどこにいるんだ？

こんな男たちに、確実な致命傷を負わせる技術があるとも思えない。いや、しかしわからない。山辺は拳法の達人というし……。

三名のアリバイ確認が必要になりそうだと岩谷は思った。

だが、あの殺害方法は素人ではない。そうなると、雇い主がいるとするならこの三人の中の誰かだとみていいだろう。

30　大阪行

「あのう」

岩谷から声をかけられて、服部は振り向いた。

「何だね」

「いや、二件の殺人のことですが」

何か気がついたのかと、服部は岩谷に期待した。

三人の男の行動に関しては、新しい情報がない。殺人事件についても、暗礁に乗り上げた状態であった。捜査本部では、三人が何か動きを見せてくれることを期待していたが、それも毎日空振りであった。

「一度大阪に行かせてもらえませんかね。伊丹空港での状況を、私なりに分析してみたいのです」

「あちらでは、乗客名簿に載っているほとんどの人物について、裏を取ったそうだ。ただしか、何人かだけが、どうしても判別できないらしい。偽名ならどうしようもない。違反だといっても、いちいち確認するわけにもいかないしな」

「そのへんのところを見たいのですが」

「そうだな。こちらは手分けして張り込んでいるし、今さし当たって緊急を要することもないから、行ってみるか。小林が殺された時には、向こうから二人刑事が来たしな。こちらの柳川と、殺しの手口だけは同じだった」

進展もないのに関西まで出張することは、基本的には困難であった。他の事件もある。全員手一杯で働いている。おまけに、今回の事件では服部と岩谷だけではなく、追加で相当の人数が注ぎ込まれている。

それが服部の申請で、簡単に許可が下りた。服部が署長に、岩谷が殺しのことで何か気づいたらしい、確認に伊丹に行きたいと申し出たのである。

岩谷の非凡な才能を買っている署長は、躊躇せず出張申請書に判を押した。


しょぼくれた猫背の服部に、ピアスを耳につけた派手な岩谷の姿は、二人が東京発新大阪行きのぞみに乗り込むまで、ホームの客たちの目を引いた。

岩谷は、初めて新幹線に乗った子供のようにきょろきょろしている。

「ええと、席は？　あ、ここだ、服部さん。BとC」

「私が中に入るよ」

服部はA席にすでに腰をかけている老女に小さく頭を下げて、座席に体を沈めた。岩谷は通路側に座る。長い脚でも、のぞみの座席はゆったりとしていた。ほぼ満席である。

——次は品川。

ええっ、と岩谷が驚いている。

「品川に停まるんですか？　こんなに近いのに」

「おいおい、品川にも停まるようになったの知らないのか」

「へへへ」

頭を掻いている。

「新幹線に乗るの何年ぶりかな」

「あのな、子供じゃないんだから、きょろきょろするな」

岩谷は聞いていない。

おっ！

斜め前に座っている女性の、すらりとした脚が座席の下から見えるのに気づいた岩谷は、しきりと体を起こして女性の顔を確認しようとしている。

「こそこそするな」

服部に叱られているうちに、列車は新横浜に停まった。

「また停まるんですか？　何だ、まだ十五分しか経っていないじゃないですか。これじゃ、いつになったら大阪に着くことか」

「あとは名古屋と京都しか停まらん。安心しろ」

岩谷は長い脚を組み替えた。目はじっと前を見ている。何かを考えている顔つきで、急に静かになった。

服部は岩谷の思考を妨げないようにと、持ってきた愛読書の『眠狂四郎』を読みはじめた。柴田錬三郎《しばたれんざぶろう》のストーリー展開に感心しながら、服部は読書にのめり込んだ。

「ひゃあ」

突然の素っ頓狂な声に、乗客が振り向いた。服部もびっくりして、愛読書を取り落としそうになった。心臓が停まりそうだ。斜め前に座った女性も振り返っている。鼻の高い、切れ長の目をした岩谷好みの美人だ。

岩谷の顔は右手の窓のほうに向いている。

快晴の真っ青な空に、白一色の富士山が、鮮やかに浮かんでいた。陽の光を強烈に反射して、見ている者まで弾き返されるような無垢《むく》の白影であった。

美人女性も、窓の外を眺めている。

後ろに遠のいていく山影を、岩谷は体をよじって見つづけた。まわりの乗客は、その姿を珍しそうに見ている。

何事かと驚いた服部も、富士の霊峰にしばし見惚《みと》れたあと、『眠狂四郎』に戻った。狂四郎もまた、その昔、かくのごとき美峰を楽しみながら、東海道に歩を運んだのであろうか……。

　岩谷が急に静かになった。目を開けたまま身じろぎもしない。『眠狂四郎』から時々目を上げて岩谷を見るが、じっとしたままである。

　通路をひっきりなしに人が通る。まったく電車の中でなぜみなじっと座っていられないのだろう。見ていると、人によっては車両を通り抜けていく。どこに何をしに行くのかよくわからない。しばらくして手ぶらでそのまま戻ってくる。何をしにどこに行ってきたのか？

　一度機会があったら、誰かをつけてみるのも面白いかもしれない、と刑事根性が出る。案外、列車の端から端まで歩いているのか。有名人でも乗っているかと思って、見ているのか。何かを探しているのか。こんな列車の中で探す物といえば、金目のものか？刑事の感覚は、すぐに一般人を犯罪者にしてしまう。

　突然、岩谷が服部の横腹を小突いた。

「いま前から来る男。東京を出てから、電車の中を往ったり来たりしてますよ」

　男が横を通りすぎた。岩谷はちょっと口を閉ざしたが、男が行ってしまうと、服部に囁いた。

「見ていてください。あと十分もしたら、またやって来ますから」

　服部は席越しに首をまわして、遠ざかる男の姿を見た。男は車両を出て行くところだった。

「それにしても人がよく通りますねえ。みんなトイレが近いのかな？」

何だ、こいつ。何かを考えているのかと思っていたら、通路を通る客の顔を見ていたのか。また、きれいな女でも通らないかと、楽しみにしているんだろう……。

前から子供を抱いた女性が近づいてきた。子供が甲高い声をあげて、むずかっている。耳に不快なキーキー声だ。母親は声をあげる我が子を叱ろうともしない。子供がぎゃーぎゃー言いながら、岩谷の横を通り抜けた。

「うるさいなあ」

岩谷は聞こえるようにつぶやいた。女は知らん顔で遠ざかって行った。子供の不快な声が、不愉快な母親とともに次の車両に入っていった。

「まったく、近頃の若いもんは、公衆道徳というものを知らん」

服部は小言をため息とともに吐き出した。

「でも昔は昔で、今の若い者は、と年寄りが言っていたのでしょう？　歴史は繰り返す、ですよ」

年寄り臭いことを、若い岩谷のほうが口にした。

「ほら、いま通って行った男」

今度は二人の後方から来た男が、前方へ歩いていく。先ほどの男だ。時々列車の揺れに足を止めながら、通路を泳いでいく。

「ずーと、ああやって歩いているんです。席がないのかな？」

「私服の警備員じゃないのか。さもなくば無賃乗車か？」

「そんなことができるんですかね？　改札を通らないで、駅に入れるんですか？」

「どうかな？　しかし、入場券で入って、列車に乗ることは可能だろう」

「降りる時はどうします？　切符がないんですよ」

「うーむ」

「あ、でもできるか。着いたところで、入場券を受け取ればいいんだ。誰かから」

「それは可能だな。改札は目立つから、誰かが二枚入場券を買って入っていればいいんだ」

「それ、改札の機械で見破られませんか？」

「いや、よくは知らん」

　二人は無賃乗車の方法について、ひとしきり議論した。ふと口をつぐんだ岩谷が顎をしゃくる。前から件《くだん》の男が歩いてきた。服部と岩谷は、ほらほらと目を合わせた。

「今度来たら、ついて行ってみましょうか？」

「よせ、どうせ出口のない空間だ。行き止まりになったら、また引き返してくるしかない。つまらん。頭のおかしいやつかもしれん」

「痔でお尻が痛くて、長く座っていれないのかもしれませんよ」

「そんな、馬鹿な!」

服部は手の中にある『眠狂四郎』を開けたり閉じたりしている。

気にしなければ、横を通る人物が同じ人間だとは気づかない。よほど観察をしていないとわからないだろう。岩谷も暇なやつだ。

服部は、しかしこの時間をかけた観察力が、関本と山辺、有田の関係を洗い出した原動力なのだと、改めて気づいた。

何かを考えているのかと思えば、通行人の観察。富士山には素っ頓狂な声をあげる。美人にはすぐに声をかけたがる。まったくわからん。

服部は異星人でも見るような目で、岩谷の横顔を眺めた。その顔に眠狂四郎の顔が重なった。

岩谷の斜め前に座っていた美人は、名古屋で降りていった。立ち上がって棚の荷物を取る時、伸び上がった脚が、さらに長い大腿部の美景をのぞかせた。岩谷の目が釘づけになっている。

うつむき加減で、降りる仕度をしている女性の短い髪が、列車の揺れに合わせて風に吹かれたようにそよぐ。くっきりと描かれたアイシャドウが、素顔でも美しいであろう目を縁取っている。美貌を損《そこ》なわない程度の慎ましやかなイヤリングが、時々髪の中で小さな光を放つ。

岩谷の目は、女性がプラットホームを歩いている時も、その姿を追っていた。階段を下りて、頭が消えると、岩谷はいかにも悲しそうなため息をついた。

そんな岩谷の顔を見て、服部はやれやれと首を振った。

新大阪駅からは、ＪＲ宝塚《たからづか》線で尼崎《あまがさき》を通りすぎるともう伊丹である。数年前に起きた大事故の記憶がまだ新しい。飛行機の離着陸する音が、思ったより遠くでしか聞こえて来ない。伊丹署では、亀山刑事が迎えてくれた。

以前の礼を述べたあと、亀山は、残念ながら、と前置きして、捜査にまったく進展がないことを告げた。日々起きるさまざまな事件に手を取られて、小林研二の殺害事件を追いかけることがしだいに困難になってきていることを詫びた。

「あのう」

服部のほうを向いていた亀山の目が、いかにも頼りなさそうな、うわついたなりをした岩谷にゆっくりと動いた。

「小林研二さんが殺害された当時の、乗客名簿があるとお聞きしていますが」

「ありますよ。でもあれは、ほとんど全員が身元も確認されて、容疑者は、どうしてもわからない二名に絞ってよいかと思っています」

「二名が何もわからないということでしょうか？」

「そうです。住所もデタラメだし、もちろん名前も偽名じゃないですか？」

「ふーん……」

岩谷は何かを考え込んでいる。最初から亀井に進展がないと言われて、服部は何を訊こうかと言葉を捜している。

「とりあえず、乗客名簿を見せていただけませんか？」

「見ても何もないですよ」

すでに自分たちが隅々《すみずみ》まで捜査したのだから、と口の中でもぐもぐ言いながら、亀井は「よっこらしょ」と声を出して立ち上がった。部屋の隅に行き、書棚の中から薄い書類を取り出して、ぽんぽんと表紙を叩いている。

白い埃が、捜査に進展がないことを示していた。

服部は遠くから亀井の顔を眺めた。岩谷は岩谷で、ここも例にもれず、コンピュータ化が遅れているな、と嘆いていた。

亀井が差し出した乗客名簿を受け取った岩谷は、長い指でぱらぱらとページをめくった。あちこちに赤や青で、名前に印がついている。

「印がついている者は、すべて確認ずみの乗客です。一部は住所不明の者もありましたが、航空券の購入先から追跡して、何とか本人を確認するに至っています」

岩谷は何事かを考えながら、一人ひとり指で名前をなぞっていた。うつむいて名簿を眺めている耳に、ダイヤがきらめいている。亀山は不思議な気持ちで、風変わりな刑事を見つめていた。顔を上げた岩谷が亀山に訊ねる。

「そうしますと、伊丹発東京羽田行きJAL一五二二便の乗客ヤマゼキミツトシという人物と、札幌行きJAL二〇一九便モトベカズオという人物の二人が、特定できなかったということですか？」

「そうなんです。結局は偽名なんでしょう」

「ふーん……」

岩谷は頭を下げてしきりに唸っている。住所が特定できなかった二人の乗客名簿の上を、岩谷の指が行ったり来たりしている。服部は興味深そうに岩谷を眺めていた。

亀山は、うんざりしたような顔つきである。

「何かありますか？」

亀山がじれて、沈黙を破った。

飲み残された、たった一杯の茶がほとんど乾いて、粗末な茶碗の底にへばりついている。岩谷は空の茶碗に手を伸ばしてすすった。何も喉に入ってこないことに気づくと、一瞬茶碗の中に視線を移してそのまま湯呑み茶碗を置くと、「すみませんが、何か書くものを」と、亀山に要求した。

亀山が立ち上がり、自分の机の上からメモ用紙を手にして岩谷に渡した。岩谷はポケットからボールペンを取り出して、二人の乗客名を書き写した。

〈ヤマゼキミツトシ〉

〈モトベカズオ〉

そのつづきに、漢字を当てはめた。

〈ヤマゼキミツトシ　山関光年〉

〈モトベカズオ　本辺一男〉

岩谷はメモを服部に渡した。岩谷の手元を覗き込んでいた服部は、メモを受け取る。

亀山は眉をひそめて訝しげにじっと二人の様子を見ている。

岩谷が顔を上げて、相好を崩した。大粒のダイヤが七色の虹を放った。

「お、おいっ。これ！」

メモを見つめていた服部は、突然、大声をあげて岩谷の顔を見つめた。視線を受けた岩谷はまた、にこっと微笑んだ。

「ねっ！」

「ちくしょう。馬鹿にしてやがる」

服部の口から、感嘆とも嫌悪とも思えない声が絞り出された。亀山には二人の会話の意味がわからず、目がうろうろしている。

「あ、いえ。すみません。この二人はたぶん実在する人物です」

「ええっ！」

亀山は渡されたメモ用紙に目を落として、首を傾《かし》げていた。

服部が岩谷を見た。岩谷が服部に、どうぞ、と促している。

「おわかりにならなかったのは無理もありません。私も今この岩谷から見せてもらっても、すぐにはわからなかったのですから」

服部が身を乗り出して、亀山の手にあるメモを指差した。

「この山関光年と本辺一男の名前ですが、我々が割り出した三人の容疑者、といっても別件ですが、そのうちの二人の名前を並べ替えたものなのです。別件といっても、おそらくは二つの殺人事件と重大な関わりがあると思われますが」

岩谷がしきりにうなずいている。

「二人の名前とは、関本光一、薬剤医務管理局薬務課長と、山辺年男、K医科大学教授です。おわかりですか？」

服部が「ちょっと失礼」と言って、亀山の手からメモを取り上げた。二人の乗客名の下に、さらに、関本光一、山辺年男と書き加えたメモを返す。亀山の目が大きく見開かれた。

「な、なるほど。これは……」

説明を服部に任せていた岩谷が口を開いた。

「これで、二つの殺人に、この二人が何らかの関係を持つことも明らかになりましたね。山辺は小林と同じ学会に出ていた可能性も残っています。直接手を下したことも考えられなくはない。関本のほうは勤務票から、小林殺害の時には薬剤医務管理局にいたことになっていますが、裏は取れていません。ただ、本物の殺人犯ならこんな幼稚な方法で逃れようとは思わないはずなので、やはり、プロを雇ったということになると考えられます。そして、その動機は新薬のＭＰ98にある」

大発見に驕《おご》るでもなく、岩谷がさらっと流した。

「な、何ですか。そのＭＰというのは？」

「天下製薬という製薬会社が販売間近にしている肺癌の特効薬です」

岩谷は時々服部に補足を求めながら、柳川一夫殺害にはじまる、天下製薬関係の捜査について説明をした。亀山は強い興味を示しながら、じっと異様な風体の若い刑事の話を聞いていた。

岩谷の長いレクチャーが、現在は有田幹郎、関本光一、山辺年男の三人を二十四時間監視しているところでやっと終わった。

「いやー、これは大変なことになりましたな」

亀山が、官僚まで巻き込んだ医学界、薬剤界の汚職に当惑したような表情をしている。

「二人の命を奪ったことはもちろん許せませんが、先ほどの岩谷君の説明でもわかるように、薬が世に出たら下手をすると、とんでもない薬禍をもたらすかもしれません」

「こ、これからどうしますか？」

亀山の声がかすれていた。

「あとは、この三人がどう動くか？　おそらくはＭＰ98の認可とともに、大きな金が動くに違いない。これを捕まえる」

服部が力をこめて言い放った。

「それでは遅すぎます。ＭＰ98の認可そのものを食い止めるべきだと思います」

岩谷が答えた。

「しかし、ＭＰ98が本当に大出血といった最悪の欠点を持っているかどうか、今のところはまだわからんぞ」

「考えたのですが、もう一度ＭＰ98の臨床試験の結果を見直すことはできないのでしょうか？」

「たしか天下製薬のホームページでは、治験が終了して半年近く経つ。認可は間もなく、と書いてあったように思うが」

認可を下ろさせないためには、薬事審議会の審査員の判定を覆すほどの万人が納得する理由が必要である。

今からで、間に合うだろうか？　そんな科学的な根拠がどこにある？

岩谷は悩んでいた。以前、柳川一夫のデータが見つからなければ、こちらが実験を組んでＭＰ98の毒性を証明すればいいとまで考えたが、現実には不可能であった。実験をする設備も予算もない。

それが今、短期間で絶対にやらなければならない事態に陥《おちい》っている。

どうする？　どうするか……？


急に静かになってしまった岩谷に、服部と亀山は気づいた。

「どうしたね、岩谷君」

今では、この風変わりな若い刑事が相当の力量を持っていることを認識した亀山が声をかけた。気がつかないのか、岩谷はじっと考え込んでいる。服部が気を利かして、亀山に囁いた。

「主任。すみません。こいつ、時々こうなるんです。どこかに思考が飛んでいっています。何を言っても答えませんから。こんな時は放っておくんです。そのうちこいつはまた何かとんでもないことを見つけてくるんですよ」

服部が頼もしそうに岩谷のぼんやりした顔を見ている。

「変わった方ですな」

亀山が本人の前であるにもかかわらず、少し声を潜めて服部に話している。

「今回のことも、柳川一夫の実験結果を見ただけでよく気づいたものですね。普通じゃわからんでしょう？」

「我々には、いまだに何度説明されても理解不能ですわ。頭の構造が違うみたいですなあ。何しろ彼はT大医学部出身ですから」

亀山はますます異星人を見るような目つきになった。岩谷の唇がわずかに動いた。

「医学部……」

考えごとに没頭していても、耳はまわりの音を捉える能力を維持しているようである。服部が囁いた医学部という言葉に、岩谷の聴覚は敏感に反応していた。

「うん、医学部なら実験をしてもらえる。そうだ、僕がいた研究室に持っていけばできるかもしれない。何でもっと早く気がつかなかったんだ。いや、しかし、MP98をどうやって手に入れる？　天下製薬から手に入れるのは難しいぞ。臨床試験は終わっている。さあ、どうする……」

岩谷は宙を見つめたまま、つぶやきつづけている。

「この近くに、医学部？　大学病院は？　おっと、O大学はこの近くかな？　たしかMP98の臨床試験に参加していたはず。協力病院の中に名前があったぞ。薬を持っているかもしれない。天下製薬に直接当たってもらってもいいけど、下手をすると、有田幹郎に怪しまれる。う-ん、せっかく来たんだ、O大学に行ってみるのもいいかもしれない。なければ、東京に帰ってからほかの協力病院に当たってみてもいい。よし、これからO大学病院に行ってみよう」

岩谷はおもむろに立ち上がった。

長い脚で机の角を蹴った岩谷に驚いた服部が、「おい、どうしたね？」と、自分も立ち上がりながら声をかけた。

「O大学へ行きましょう」

二人が同時に疑惑の目を岩谷に向けた。

「O大学。大阪のか？」

「ええ、せっかく来たのですから、大学病院に行ってみましょうよ」

「何でだ？」

「MP98をもらいにです」

「天下製薬ではだめなのか？」

岩谷は手短に自分がいま考えついたことを二人に話した。

服部はやれやれと首を振りながら、亀山のほうを見て片目をつぶった。

ほら、おわかりでしょう？

亀山もふんふんとうなずき返している。

署の車で送ろうという亀山の申し出を断って、暇《いとま》を告げようとした時、岩谷が情けなそうな顔を二人に向けた。

「柳川一夫殺害、我々は初めから単独犯だと決めつけていましたが、こうして小林研二殺害犯の名前を見てみると」

服部がギョッとして顔を引きつらせた。亀山も気がついたようだ。

「二人……」

「あ、いや。犯行の手口からみて、一人の犯行とは思いますが。一人ならわざわざ別便とはいえ、二名分の航空券を取りますかね？」

「岩谷。何を考えている？　二人ということは、関本と山辺か!?」

岩谷は答えなかった。

服部は、ともかく二人、いやいま追いかけている三名のアリバイを再度確かめねばならない……と頭に刻み込んだ。

31 おかしな二人

二人はＪＲ大阪駅で地下鉄御堂筋《みどうすじ》線に乗り換えた。北に向かって、北大阪急行に江坂《えさか》でつながり、一九七〇年の大阪万国博覧会を契機に開かれた千里《せんり》ニュータウンの中心、千里中央に入る。

陽の光が強い。こくりこくりと居眠りをはじめた岩谷の脇腹を服部がつついた。

服部に顔を向けると、前に座っている二人のほうに、顎をしゃくっている。

若い男が目の前の床を見つめて、ごそごそと動いていた。隣には、若い女性が電車の揺れに身を任せて、気持ちよさそうに眠っている。眠りが深いのか、膝が割れて、スカートの奥まで見えそうな気配である。

女性の体が少しよじれた。目はつむったまま、まだ眠っている。胸の前で組んだ男の腕が、女性のほうに伸びていた。隠すように手を伸ばして、女性の乳房のあたりを探っている。触れられるたびに女性は身を少しよじるが、起きてはこない。

女性の体が動くたびに、男の手が戻る。しかしまたすぐに伸びていく。

男の手は、前で刑事が見ているのを知ってか知らずか、ますますエスカレートして、女性の乳房をまさぐっている。男の顔には無精髭が伸びていた。着衣は見すぼらしく、必死の形相《ぎょうそう》である。

女性のほうは、こざっぱりとしている。ヴィトンの鞄から覗く教科書から判断して、女子大生であろう。どう見ても、彼氏と彼女ではない。

しばらく見ていた服部が、「こらっ、そこの男！」と一喝した。大きな声にびっくりした乗客がこちらを見ている。前にいる貧相な男は、肩をすくめて手を引っ込めた。

「何をしとるか！」

大慌てで立ち上がった男の腕を、素早く近づいた服部がつかんだ。

男は貧相な風体にもかかわらず、強い力で服部を振りほどこうとした。折しも電車が大きく揺れ、千里中央駅に滑り込んだ。

服部は揺れに脚を取られ、男をつかんだ腕が緩んだ。男は逃げようとして、服部の腹に拳を叩き込んだ。服部が呻いて体を曲げる。

この騒ぎにも、当の被害女性は、ぼんやりとした寝ぼけ眼《まなこ》である。

岩谷は女性を一瞥《いちべつ》すると「あんたも隙がありすぎる」と一言つぶやき、首を振りながら逃げようとする男の顔に強烈なパンチを見舞った。

口から血飛沫を撒き散らしながら、男の体が吹き飛んだ。男を避けて乗客が、わめきながら飛びのく。

「な、何をするんだ」

床に潰れた男が被害者面をして、岩谷を見上げた。

「痴漢の現行犯だ。何か文句があるか？」

もう一発お見舞いしようかと威圧をかけた時、電車が停止し、ドアが開いた。一番に飛び出した乗客が駅員を連れてきた。

鼻血を流し、口が切れて醜《みにく》く歪んだ顔の男が、ドアから転がり出た。走ってきた駅員に哀願の目を向ける。そのあとを茶髪にピアスの岩谷がつづいた。顔をしかめた駅員が男に尋ねた。

「どうかしたんですか？」

男は岩谷を指差して、「この男がいきなり殴りかかってきたんです」と、顔に手を当てた。

「あんた、何をするんですか？」

駅員が岩谷に詰め寄る。

「痴漢の現行犯だ」

「えっ！　誰が？」

「こいつがだよ。ほかに誰がいる」

駅員はあんたのほうがよほど胡散臭いという表情で、頭のてっぺんから足の先まで岩谷を眺めた。殴られて顔を腫らしている男に同情して、岩谷を疑っている。

「私たちは、東京から来た刑事だ」

服部が一歩前に出て身分証を開いた。

「こ、これは、ご苦労さまです」

駅員が慌てて姿勢を正した。自然に敬礼体勢になった。

男はギョッとしたように飛び上がり、再び逃げようとした。そこにまた岩谷の鉄拳が炸裂し、男は床に倒れた。

「あと、お願いします。急ぎますので。被害女性はこの方です。我々が目撃者です」

ぼーっとしている女性と簡単に所属を書いたメモを残して、岩谷は二段飛ばしに階段を駆け上った。

「おい、待ってくれ」

腹を押さえながら、服部が荒い息であとにつづいた。


千里中央からはモノレールで万博公園まで行き、さらに乗り換えて二駅、O大学病院にようやく辿り着く。

万国博覧会当時は、千里中央を迂回《うかい》して会場までレールが延びていたが、博覧会終了後、千里中央以東は取りはずされ、今では中央環状線道路が中国自動車道を挟むように走っている。モノレールは高速自動車道の上に新たに建設された。これが万博公園でO大学附属病院前に行くモノレールと連絡するのだが、本数が少ないので連絡が悪い。待たされた岩谷は、きょろきょろしながら顔をしかめた。

病院に行く線だから、病人がたくさん利用するだろう、運が悪ければ、長い時間駅で待たされるに違いない。冬などは、病身を長時間寒風吹きすさぶプラットホームにさらすことになる。その人たちのことなどこれっぽっちも考えていない、せめて駅に寒さを防ぐ待合室でもつくればどうか、と服部に話している。

わけのわからない風体をしているのに、案外心の温かいやつだ。

服部は、岩谷のまた新しい面を発見したような気持ちになった。岩谷がどうして医者への道を途中で外れたのか、と不思議なものでも見るように岩谷の横顔を覗き込んだ。

O大学病院前は二つ目であった。北の方角に大きくひろがる彩都学園都市の建設が進んでおり、さらにモノレールが延びていく計画になっている。

大学病院は白い巨塔を真っ青な空に誇っていた。

「これがO大学か。すごいなあ」

服部が建物の大きさと、ぞろぞろと歩いている患者の多さに驚いている。

あんまりこのような病院にはお世話になりたくない……。

最近、あちこちが軋《きし》んですぐに痛みが出る服部は、かなり歳を感じている。

「へえ。すごいといえばすごいですが」

岩谷は服部に相槌は打ったものの、「富士山に比べると、しょせん人間のつくったもの、小さい小さい」と、しきりにそんなことをつぶやいている。

「こんな中で、さまざまな思いが入り乱れて、けちな連中の私利私欲を満足させるような危ないことが起こるんだよな」

以前、医学部に通っていた岩谷は、いかにも感慨深そうであった。服部には、そんな岩谷の心中まではわからない。

すでに外来診療の受付は終わっている時間であった。しかし、会計と薬剤部の前にはまだ大勢の人がいた。いくつものソファに何人もの患者が待っている。

カウンターに近寄り、中を歩いていた事務員らしい者に視線を投げると、こちらに近づいてきた。岩谷がいきなり口を開いた。

「あの、肺癌の権威にお目にかかりたいのですが？」

「はあ？」

事務員は、何のことかと訝っている。

「お約束はありますか？」

「約束していれば、直接そちらに行きます。約束がないから、こうしてここにいるんじゃないですか？」

事務員は横柄《おうへい》な岩谷に、むっとしたようだった。

「あ、いえ、ちょっとご意見をおうかがいしたくて」

服部が岩谷の前に出て、説明をした。

「どちらの方、あんた方？」

事務員の口調が急にぞんざいになった。相手は不思議な組み合わせの二人である。

「いえ、ある事件のことで」

「はっ！　刑事さん？」

「ええ」

「証明書は？」

服部は身分証を示した。岩谷はまた、いつものこととポケットに手を突っ込んだままである。

それなら早く言えばいいのにという調子で、事務員は口調だけ急にていねいになった。

「どの先生がよろしいでしょうか？」

「お薬の治験《ちけん》というんですか、臨床試験か肺癌についてお詳しい先生でしたら、どなたでもけっこうなんですが？」

「でしたら、今日は胸部疾患専門外来がまだやっていますから、ええっと」

外来一覧表を見ていたが、

「そうですね、赤井先生がよろしいんではないでしょうか。三階です」

事務員は道筋を教えてくれた。


「先生。刑事さんという二人連れがお話を訊《き》きたいとかで、外で待ってらっしゃいますが」

「はあ？　刑事？　何のこと？」

赤井は次の患者を呼ぶべくマイクに手を伸ばした時、外来受付の看護師からメモを渡された。

「お断りしましょうか？　まだ患者さん何人か待ってらっしゃいますし」

「何だろう？」

赤井にはもちろん心当たりはなかった。

「何の用件か訊いてきてくれる？　その間、患者さん診てるから」

看護師が診察室を出ていくと、赤井は自分でマイクを取り、次の患者を呼んだ。患者を診察しているうちに、看護師が戻ってきた。

「先生。何でも薬の治験と肺癌について、お聞きになりたいそうです。東京からやってきたとおっしゃっていました」

「東京から？　僕にかい？　わからんな」

「案内で、先生を紹介されたそうです」

「そうなの」

「診察が終わるまで待つとおっしゃってますが」

「じゃあ、いいよ。予約はあと四人だから、それからなら。でもあんまり長いと困ると言っておいてくれる」

「わかりました」


「お忙しいところを突然お邪魔して申しわけありません」

服部はていねいに赤井に頭を下げた。後ろにつづく岩谷も長い体を折った。

実は、と前置きをして、いま自分たちは二件の殺人事件を捜査している、どうもその動機が、新しい肺癌の特効薬と関係しているらしい、ちょうど伊丹まで捜査に来たのだが、O大学でもその薬に関係していることを思い出したので何か情報が取れないか、あるいは測定用にMP98をもらえないかと思ってやって来たことを、手際よく服部が話した。

赤井の顔が、話を聞いているうちに驚いた顔つきになった。服部の話が終わると同時に赤井は言った。

「MP98ですね。これは大変なことになった」

赤井は立ち上がった。

「お役に立つかどうかわかりませんが、MP98については、我々も重大な情報を持っています。つい最近わかったことです」

言いながら赤井は受話器に手を伸ばして、四桁の内線番号をプッシュした。

「ああ、赤井ですが、佐治川教授は？」

お待ちくださいという女性の声が、受話器から洩れるのが聞こえた。

「いや、今からおうかがいすると伝えてくれ」

赤井は電話の相手にそう告げると、どうぞこちらへ、と二人を連れて外来を出た。岩谷が囁く。

「ぴったしかんかん！　どうやら我々は生涯に一度かもしれない幸運に恵まれたようですよ」

ちらっと岩谷を見た赤井は、黙ったまま基礎研究棟につづく廊下を歩いていく。服部は長い距離を歩いて、また白い巨塔だと感じた。

「おう、何だい？」

教授室に入ってきた赤井を見て、佐治川が顔を上げた。

「はい。MP98のことで、東京から刑事さんが二人見えられました。今よろしいでしょうか？」

「えっ！　ＭＰ98!?」

佐治川は驚いている。

服部は恐縮して、小さな声で自己紹介をした。岩谷はいつものごとく、ぶっきらぼうにちょこんと頭を下げた。

赤井が、二人が自分のところに現れた経緯を手短に語った。

「これはこれは。どうぞこちらへ。狭いところですが」

部屋は広いのだが、ところ狭しと書物が積んであり、歩くのにも不自由である。案の定、岩谷はきょろきょろしているうちに、堆《うずたか》く積んである本の山を崩してしまった。慌てて崩れた書物や書類を戻しにかかる。さらに横の山が崩れた。

「何をしとる！」

服部が叱る。岩谷は積み上げようとするが、うまく行かず大慌てである。

「ああ、かまいませんよ。歩くスペースさえあれば」

佐治川がこともなげに、岩谷に声をかけた。

「すみません。どうも」

ようやく何とか形を整えて岩谷がソファに腰を下ろすと、佐治川教授が口を開いた。

「いやあ、どうもすみませんねえ。こんなに積んどくほうが悪いんですわ。ははは」

入道頭に手をやって、秘書に声をかける。

「お客さんにお茶を」

すでに用意していたのか、直後にほんのりと湯気が上がるお茶がきれいな器に運ばれてきた。口元に運ぶと、ほのかな香が鼻腔から脳に沁みるようである。一口含むと、香がさらに体の隅々にまでひろがった。

「うまい！」

おもわず岩谷が喉を鳴らした。伊丹署の茶とは、雲泥《うんでい》の差である。

「それはよかった。私は日本茶が好きでしてねえ。いつも一日三杯はここで飲むんですよ。時々は暇ができると、秘書と一緒に一服やるんです」

大学の教授といえば、もっと近寄りがたい人物だと思っていた。今もこちらへ着くまでの間、服部はずーっと緊張のしどおしであった。

「そうだ、赤井君。倉石君もここに呼びたまえ」

「はい、連絡してみます」

赤井が座ったまま携帯電話を取り出し、倉石先生を、と呼び出している。

「いま来るそうです。データ持って」

「データならここにもあるよ」

ごそごそと机の上を探っていた佐治川が、何枚かのデータ用紙が入ったファイルを取り出した。机の横にあるコンピュータでも同じデータをモニター画面に出している。

「うちで亡くなられた患者さんのデータです」

佐治川は永山教授関係のデータを指し示した。

「ここにいる赤井君と倉石君が出したものです。そのデータもお役に立つでしょう。倉石君が来たら説明させますが、その前に、赤井君を訪ねられた経緯について、もう一度詳しくお話しいただけますか？」

秘書が顔を出した。

「先生。倉石先生が来られましたけど」

「おう、待ってたよ。入りたまえ」

スタイルのいい女医が入ってきて、部屋がぱっと明るくなった。

岩谷は、佐治川が渡したデータに見入っている。脳細胞が叫んでいた。

「これは大変な資料だ。想像どおりの結果。僕が見た柳川一夫さんのデータが、人間でも当てはまる。大変だ。ＭＰ98は絶対世に出ちゃいけない！」

ふっと岩谷の目の端に、白衣の中からすらりと出た二本の美しい脚が映った。慌てて頭を上げて女医の顔を見た瞬間、岩谷は固まった。これまで速やかに回転していた脳細胞が突然沸騰した。

「倉石君、こちらの方たちは、東京から来られた刑事さんたちだ。天下製薬の研究者が二人殺された事件とMP98について調べておられるそうだ」

「倉石祥子といいます。MP98とは偶然ですね。それに殺人だなんて」

「そうなんだ。私もびっくりしたよ」

赤井も相槌を打っている。

「あのぅ、どういうことでしょうか？」

服部が質問を発した。

「祥子君。そのへんに……」

腰をかけてくれ、と言おうとして、座るスペースがないことに佐治川が気づいた。

岩谷が慌てて立ち上がる。目は祥子の顔を見つめたままである。

「ど、どうぞ……」

岩谷はぼーっとした顔で、自分が腰をかけていたソファを祥子に譲ろうとした。

狭い中、体を祥子に触れないように避けて、自分が今まで座っていた場所を手で示している。

本の山が音をたてて崩れた。岩谷と祥子のまわりに書物が散らばった。

しゃがみ込んで本を拾おうとした岩谷と、腰をかがめて床に手を伸ばした祥子の頭と頭が、ゴツンと、そこにいる皆に聞こえるような音をたててぶつかった。

「あたっ!」

祥子が一歩後ろによろめきながら、ようやく踏ん張った。岩谷はぶざまな格好で、本の山の中に倒れ込んだ。

「わわっ」

さらに本の山が崩れ落ち、そこに埋もれた岩谷は埃の中で咳き込んだ。

「ほら」

祥子が岩谷に手を伸ばした。岩谷を書物地獄から助け出すためである。

岩谷の目が点になり、ごそごそと体をよじりながら身を起こそうとしたが、崩れる本の中で思うようにならない。手脚が長く泳ぎ、まるで蜘蛛《くも》がもがいているようだ。

「さあ」

祥子がさらに前にかがんだ。白衣の胸元が大きく開いて豊かな乳房の谷間が岩谷の見開かれた目に否応なく影を落とした。それでも、祥子はいっこうに気にしている様子はない。

祥子は岩谷を力強く引き上げると、大丈夫ですかと声をかけた。

情けないやつだ……。

服部がやれやれと、首を振っている。服部の岩谷への評価は、いつも岩谷のその時の状況に応じて変化する。それほどに、岩谷はつかみどころがない。

「あ、もう本はそのままでいいから」

「すみません。何度も」

岩谷は頭を掻いている。祥子はそのたびに小突かれそうになる岩谷の肘をよけるようにして立っていた。

岩谷という男の耳元には大きなダイヤモンドが揺れている。

変な刑事さん……。

自分より二十センチ近くは高いであろう岩谷を見て、祥子は興味が湧いてきた。

ようやく静かになった教授室で、佐治川が話を戻した。

「ところで、ＭＰ98のことですが、どのようなことをお聞きに」

なりたいですか、という佐治川の言葉が中断された。

「あのぅ」

祥子の横に突っ立った岩谷が切り出した。二十センチ上空からのいきなりのバリトン
に、祥子は驚いた。

「先ほど先生からいただいたデータを見ましたが、どう見てもＭＰ98はある濃度以上、
あるいは、ある暴露時間以上で、血小板に回復不能な不可逆性の致命傷を与えるという
ことですね」

佐治川教授、赤井准教授、倉石祥子医員の目が一斉に驚いたように見開かれ、岩谷の顔を見上げた。服部はしてやったりという顔をしている。自分のことのように鼻が高い。

「お、おっしゃるとおりだが……。岩谷さんといったかな。どうしてそんなことがわかる?」

佐治川が岩谷を見つめている。

「どうしてって、先生がいまデータをくださったじゃないですか」

「そりゃあそうだが、君はこのデータがわかるのかね」

「先生、いただいてもわからないんじゃ、紙の無駄遣いってもんですよ」

「おいおい、こら。失礼じゃないか」

服部が慌てて口を挟む。

「いや、いい。そのとおりだ。わからんやつにデータを渡しても意味がない。それにしても、君、すごいね。この短い時間でデータが完全に解釈できるとは」

赤井も祥子も、目を丸くしたまま岩谷を眺めている。

「こいつ、医学部出身なんですよ」

服部が微笑する岩谷の顔を眺めながら、おわかりでしょう、と三人に視線を移した。

「へえーっ」

三人から、感嘆とも驚きとも取れる声が洩れた。

「どこの医学部？」

佐治川が興味深げに質問する。

「はあ。いいえ、その、某ポンコツ大学です」

「それにしても……。そこまでおわかりなら、説明は要らないでしょう？」

佐治川が、やれやれとさらに椅子に深く腰かけ直した。

岩谷は横に立っている祥子が気になって仕方がないという様子だったが、服部に促されて、自分の推理を話しはじめた。

捜査上の秘密なので、実名は出せないがと断ったうえで、研究所で見たデータが気になったこと、天下製薬を洗ううちに責任者と薬剤医務管理局の人物、ある大学のＭＰ98治験に大きく絡んでいる教授との関係が明らかになったこと、途中で天下製薬研究所長も殺害され、二つの殺人事件の犯人とこの三人に接点があるであろうこと、今日Ｏ大学を訪れたのはＭＰ98の欠点を実験的に証明するためで、偶然にもこちらの先生方に会うことができたこと、などをていねいに話した。

佐治川も赤井も祥子も皆、信じられないような顔つきで岩谷の説明を黙って聞いていた。話し終わった岩谷が、佐治川に向かって言いかけた。

「あのぅ」

「ん？　何？」

「お願いがあります」

岩谷のバリトンの声がかすれた。

難しいことを言われるのかと、佐治川は身構えた。

「喉渇いちゃって。先ほどのお茶、もう一杯いただけませんか？」

教授室に、ほっとした空気が戻った。


赤井は患者の回診が残っていると言って、病棟に戻っていった。

「ＭＰ98の欠陥を、彼らが必死で隠そうとしていることはたぶん事実に近いとしても、殺人がどう絡むのか、まだ確証がありません。殺人事件の解決にはほど遠いものがあります。彼らがＭＰ98の認可後に大きな利益を得るらしいというのも将来の話であって、何も起こらないかもしれないのです。そうなると、彼らと殺人者のつながりさえ、つかめないかもしれない」

服部がこれからの捜査が困難であることを嘆いた。岩谷が話を継ぐ。

「もちろん殺人は許せません。必ず解決してみせます。ですが、差し迫ったＭＰ98の認可をいかにして中止させるかが重大な問題です。患者さんが大変なことになる」

ＭＰ98の治験に深く関わっている佐治川にしてみれば、刑事たちの話から、天下製薬の責任者とその大学教授が誰であるか、簡単に想像がついていた。

「そうか、それであの時、山辺、あ、いやその教授がＭＰ98の血中濃度測定を断ったのか。天下製薬の研究所に頼めば簡単にできるのに、頑固に断ってきたから、変な気がしたんだが……」

「あの」

　岩谷がのっそりと口を挟んだ。

「おそらくその教授も無血小板症の件は、動物実験データで知っていたのだと思います」

「そういうことか」

「彼らにはどうしても、ＭＰ98の認可にこぎつけたい理由があるのだと思います。ですから、万が一、患者の血液で妙な結果が出たら、申請中のＭＰ98の審査が滞る可能性がある。ＭＰ98の臨床試験は副作用なしで進んだのでしょう？　事実、先生方も、先ほどのデータの患者さんの一件がなかったら、おわかりにならなかったのではないですか？」

　痛いところを突かれて、佐治川は口をつぐんだ。佐治川の視線に促がされたように、祥子は口を開いた。

「岩谷さんとおっしゃいましたわね。ご指摘のとおりです。うちでもＭＰ98の臨床試験には、十八例登録されています」

話してもいいでしょうか、というふうに祥子は佐治川の目を見た。佐治川がうなずいている。

「脳転移の方は、九例中六例が急死です。脳転移は脳ヘルニアを起こすこともあり、ほとんどの症例がそのとおり診断されました。今回の……」

固有名詞を出してもかまいませんか、というように佐治川に視線を送った祥子に、佐治川はまた小さくうなずいた。

「亡くなられた永山教授の解剖がなかったら、診断名も疑われもせず、そのままだったと思いますが。五例のうちには急激な脳内出血があったものも含まれている、それも高い確率で、と想像されます」

岩谷がうんうんとうなずいている。

「肺転移の患者さんは、五例中三例が喀血によって死亡、肝転移の患者さんは……」

「腹腔内大出血ですか」

岩谷の言葉に、また祥子と佐治川は目を丸くした。

「そのとおりです。すごいですね、岩谷さん」

「へへへっ」

祥子に誉められて、岩谷は嬉しそうに頭を掻いている。ピアスが不釣合いだが、祥子は気にしないことにして説明をつづける。

「臨床試験中は、他の治療がほとんど効かない患者さんが対象になります。亡くなっても、原疾患の悪化と取られて、出血が副作用だとは誰も気づかなかったのです」

「恥ずかしながら、私も気づかなかった。ＭＰ98は副作用のない肺癌の特効薬という振れ込みだった。中間検討会でも、出血を指摘した者は一人もいない。そんな状況だから、とんでもない出血を促す薬だとは誰一人考えなかった。それを、この祥子君が気づいたんだ」

「へえーっ。すごいですね。祥子先生」

岩谷は祥子を名前で呼んだ。祥子は少し赤くなった。

「いいえ。でも気がついてよかったです。そのあとに調べたのがお手元のデータです」

「うーん」

岩谷がデータ用紙にまた目を落として、素晴らしい、とつぶやいている。

「ということは、やはり誰も気がついていない」

「危険だな」

「危険ですね」

佐治川が呻いた。

岩谷と祥子が同時に答えた。

「佐治川先生。我々は殺人事件のほうを追います。先生のほうからは、何とかＭＰ98の申請取り下げをお願いできませんか?」

岩谷は佐治川をじっと見つめた。祥子も、先生お願いします、と大きな目を見開いて、佐治川を見つめている。

若い二人に見つめられた佐治川は、厳しい顔つきに変わった。どうすればうまくいくか、何かよい方策はないか、すでに思案を練りはじめていた。

32　乱気流

Ｏ大学では、臨床治験が終わったあともＭＰ98を服用しつづけていた三名の患者が、担当医から説明を受けていた。天下製薬で薬剤の製造に問題が出て、しばらくは薬の供給がないため、ＭＰ98の中断とレスクランへの薬剤変更が告げられていた。副作用の危険性については、この時点では話せることではなかった。

山崎は不安を抱えながらも定期的に外来にやってきて、抗癌剤の点滴を受けていた。頭の毛がほとんど抜け落ち、顔色も冴えなかった。常に吐き気がすると訴えていた。時々、白血球が減少し、高熱が出て短期間の入院も余儀なくされた。

ある日の外来で、赤井は山崎から尋ねられた。

「先生。例の新しい薬はまだ出てませんか？」

赤井は説明に困った。

「山崎さん、もう少し待ってください。認可が下りしだい、使いますから」

赤井も重大な副作用があるとは話せなかった。手をつくしてＭＰ98の認可阻止に動くことが、佐治川教授から医局に伝えられていた。

薬が認可されないとなれば、山崎は納得せざるをえないだろう。

一方、もし認可阻止工作が失敗してＭＰ98が世に出た場合は、どのようにして山崎を説得し、この危険な薬を諦めさせるか……。赤井は頭が痛かった。何とか薬の上市《じょうし》は阻止しなければならない。

通常なら、あと三カ月で認可が下りる予定であった。

今から、各大学のＭＰ98治験に参加した症例の死因について、一つひとつ調べていくことは、日常業務の忙しい医師の身では不可能であった。もちろん、天下製薬が調査を改めて行うはずもない。すでに最終検討会と評価会が終了した新薬に、再度症例調査を行うのは、申請書類に不備がある場合か、申請後に重大な副作用が判明した場合に限る。当局が命令しなければ、製薬会社自らが再調査に取り組むことはない。

祥子も気になりながら、日常の診療の激務に、ＭＰ98のことは忘れがちになった。時々、はっと気になることもあったが、時間だけがいたずらにすぎていくにもかかわらず、認可阻止の工作がいかに進行しているのかは、まったくわからなかった。

祥子にはもう一つ気になることが増えた。あの風変わりな刑事のことであった。

祥子は小学校の頃から美人で有名であった。しかも優等生である。同級生や上級生からデートを申し込まれたことが何度となくある。机や下駄箱、鞄には、しばしばラブレターが入っていた。若い男性教師までもが、祥子に言い寄ったことがあった。

祥子には好きな男の子がいた。その男の子は祥子の気持ちとは裏腹に、祥子を遠くから眺めているだけであった。

中学、高校へ行っても状況は変わらなかった。体はますます女らしくなり、合気道もさらに実力を増していった。近づいた痴漢は、ことごとく大恥をかいて、撃退された。男は皆、祥子にとってものたりなかった。祥子は自分がどのような男性を好いているのか、よくわからなかった。医学部に入り、忙しくなって、男性に対する自分の心がさらにわからないまま医師になった。

誘われて遊びに行ったこともある。映画を見たこともある。食事を一緒にしたこともある。何時間かつき合って話をしているうちに、相手に対する評価が決まってしまう。いずれも、「次はないわ……」であった。デートの相手はその日のうちに、祥子の頭から消去された。ところが、岩谷刑事だけは、なぜか祥子の脳細胞に新しい神経回路をつくった。

「名前も訊かなかったなあ」

彼は私の名前を知っているのに。祥子先生と呼ばれた時は、すごく自然に受け止めることができた。不格好に本の山の中で尻もちをついた岩谷に手を差し伸べた時、彼の手はひんやりとしていたが、私の手に心地よかった。あの時の感触を、今でも覚えている。

こんなこと初めてだわ……。

祥子はMP98のことを思い出すたび、一緒に蘇ってくる岩谷の姿を思い浮かべた。MP98のことを思い出すよりも、岩谷のことを思い出す回数のほうが多いかもしれない。

あの飄々とした背高のっぽの刑事にまた会いたい、と思った。

「岩谷の様子が変なんです」

服部が署長に話している。

「どこが変なんだ。元々変なやつじゃないか」

署長が笑っている。

「ちゃんと仕事はしているんですが。何を今さら、といった顔である。

「それなら、いいじゃないか」

「はあ、それはそれでいいんですが。相変わらず鋭い洞察力です」

「大阪では、見事に名前のトリックを見破ったんだろう。しかも殺人犯が二人の可能性さえ出てきた。さすがだよ。あいつの頭は特別な神経回路になっている」

いわゆるキャリア組エリートである署長も、歳の離れた後輩となる岩谷の特殊な能力に一目置いている。

「なかなか見破れることではないと思う。だいたいことの発端は、彼が見た実験ノートだったしな。しかも、大きな薬禍事件になりそうな気配がするんだろう」

「はあ。あれからも三人を見張ってはいますが、認可間近で安心しているのか、動く気配もありません。殺人に関して、有田はシロ。関本は柳川の件では、可能性を残しています。小林殺害時に、小林の時には、管理局内にいたことがわかりました。山辺のはうはわかりません。小林殺害時に、小林が出席していた肺癌学会に山辺も出ていたことが判明しました。山辺の顔写真を伊丹署に照会して、搭乗客の中に、山辺の顔を見た者がないか捜査中です。柳川の時は夜遅くで、当日夜の山辺の行動はまったく不明です」

「だが、大学医学部の教授だろ。あれだけの致命傷を負わせる力があるだろうか？」

「経歴を調べたところ、山辺は拳法の有段者だそうです。ありうることです」

「うーむ」

「山辺の身辺を洗ったところ、今は拳法をやっている様子は見えませんが、それでも相当の使い手かと」

「プロを雇った可能性の方が高いのではないのか？」

「たしかに、プロの手口で単独犯という気がします。そうすると、誰が雇ったか？　また雇われたのはどんなやつか？　このあたりは、事件直後に当たった搭乗客で不審なことに気づいた者がいない。よほど手馴れた人物でしょう、この手の殺しに。いずれにせよ、三人の監視をつづける以外ないと思います」

「薬のほうは大丈夫なのか？ 人で使われたら、とんでもないことになるんだろ？」

署長も、無血小板症については、まったくの畑違いであった。

「薬の認可取り消しについては、O大学の佐治川教授がやってくれるそうです」

「大丈夫なのか、その教授は？ だいたい医学部の教授といえば、職業がら善人面をしているが、問題のあるやつもいる。その証拠に、例のウイルス混入非加熱血液製剤の件。それに今回の容疑者の中にも山辺教授がいる」

「佐治川教授は私の見たところ、信用がおけると思います。とても気さくな方ですし、私もかまえて行ったのですが、捜査にも協力的でしたから」

「君がそう言うなら任せよう。私らには薬のことなど皆目わからん」

署長は、両手を上げる仕草をした。

「本の中に埋もれた大黒様か入道といった感じの、本当に親しみやすい先生でした。准教授の赤井先生も、飛び込みで行ったうえに、外来が長引いて夕方近かったのに会っていただけました。あと、女医さん、これがまた絶世の美女でして……」

服部はふと言葉を切った。何の話をしていたんだ。

そうだ、いつもと違う岩谷のことだった……。

「大阪を出る時に、岩谷はすでに変でした。いやに黙りこくって、時々ため息をついて。やつとは何年か一緒に仕事をしていますが、あんな姿を見たのは初めてです」

そうか、あの女医さんだ。大阪の大学を出てから、岩谷はずーと考え込んでいるので、また新しいことにでも気がついたのかと思っていたが、岩谷の変貌は、あの美人女医と関係があるかもしれない。そうか、そうか……と、服部の顔がほころんだ。

「絶世の美女とは、また古めかしい言い草だね。そんなにきれいなのか？」

「保証つきですわ。その先生が、今回の薬の欠点を見破ったそうです」

「ほーっ。こちらも凄いね。頭も切れるというわけだな」

「そのとおりです。この先生も気さくな方で、美人なのにお高くとまっている様子がまったくないんです。お三方とも、いい方たちでした」

「岩谷君が変だというのは、その美人先生のせいなのか？　何しろきれいな女の人といえば、目がないからなあ」

「女性は好きでしょうが、あれでなかなか固いところもあります。ちゃらちゃらしたなりはしていますがね。浮いた話がこれまた全然ありませんから」

「まあ、奇人だな」

　当の奇人と呼ばれている岩谷乱風の頭の中では、風が吹き乱れていた。その風は、祥子祥子と音をたてながら、忘れられない顔を運んできた。

　祥子の顔が消えるのは、短い時間、事件のことに集中している時だけであった。

街ですれ違う美人を見ると、岩谷にはすべて祥子の顔に見えた。すらりとした後ろ姿が祥子の白衣姿に重なって、慌てて前にまわっていつも失望していた。そのうちに今まで興味を示していた美女たちには、まったく興味がなくなっていた。

温かく包み込むような祥子の手のひらが、いつまでも手にとどまったままであった。岩谷を引き上げる時に、目に大きく飛び込んできた豊かな乳房はなぜか遠い影となって、記憶にはっきりとどまってはいない。脳細胞が、祥子という女性全体を偶像のようにそっくりそのまま新しい神経回路として組み込んでしまったようだ。

「はあっ！」

机に肘をつき、長い腕で顎を抱えたまま、岩谷は大きくため息をついた。部屋にいる同僚たちが、怪訝な顔をして振り向いた。

目の前に清楚な祥子の白衣姿が浮かぶ。岩谷に白い手を差し伸べている。

あの天使のような祥子にまた会いたい。岩谷はそう思った。

33　認可差止請求

　佐治川は、赤井と祥子が出したデータを基に、薬剤医務管理局薬事審議会宛てに、〈ＭＰ98の危険性〉と題する長いレポートを書いていた。

　ＭＰ98が人体の中である濃度以上になると、あるいは低濃度でもある期間以上血液内にあると、急激な血小板破壊をきたし、大出血に陥《おちい》る危険性があることを述べた。臨床治験ではそのような副作用は認められないとしているが、肺癌という原疾患に隠されて、認識されないままに見逃されている可能性が高いことも追記した。さらに、臨床治験中に死亡した症例について、死亡の直接の原因を再度洗い直すよう要望した。

　この手紙は、分厚い封筒に閉じ込められて、ＭＰ98認可に関する審議会に届いた。

　ＭＰ98はすでに審議会で臨床治験内容が詳細に吟味され、優れた臨床効果と副作用の少なさが大きく評価された。手続き書類にも過不足はなかった。

　しかし、以前にレスクランを異常なまでの短期間の審議で認可した結果、致命的な間質性肺炎にあまり注意を払わなかった苦い経験から、薬剤医務管理局は慎重にならざるをえなかった。

何度も審議会が開かれ、微に入り細を穿《うが》ってデータの解析が行われた。にもかかわらず、審議官の中でＭＰ98の副作用に疑問を持った者は一人としていなかった。

基礎的な異常なデータもなく、臨床上も目立った副作用がない状況で、裏に潜む致命的な欠陥を見逃すな、というほうが酷である。いよいよ認可に向けて、手続きが開始されようとした矢先、佐治川から、ＭＰ98認可中止願いが届いた。かろうじて間に合ったのである。

内容を目にした審議官の一人が仰天した。間もなく認可という時期に、審議差し戻しが検討された。

認可延期の噂は、関本の耳にも届いた。関本はＭＰ98の認可に向けて、審議会の内容を逐一把握していた。進捗状況は、天下製薬有田常務とＫ医科大学山辺教授に、電話でそれとなく伝えられていた。

「安心しろ。すべて順調」

「そうか。けっこう、けっこう」

「もう少しだな」

三人三様に嬉しさを噛み殺した声で、短く電話を切った。

ところが、一通の手紙から審議のやり直しの可能性が出てきて、関本の顔は青ざめた。

脇を冷や汗が流れた。

「どういうことだ？」

手紙の内容を確かめるべく、関本はＭＰ98担当審議官のところへ走った。

「何か不都合があったのか？　ＭＰ98の審査は順調と聞いていたが」

審議官は、関本の身辺にウイルス混入非加熱血液製剤販売の件で、司法の手が入ろうとしていることを知っていた。が、相手は課長であった。見せろと命じられれば、審議内容を見せないわけにいかない。

「何だ？　このＯ大学のデータというのは？」

コピーが審議記録に添付されていた。

内容を見た関本の顔色が見るみるうちに変わった。かつて有田から聞かされた、天下製薬主任研究員が示した実験記録の内容と一致する言葉がそこに書かれていた。

無血小板症から起こるであろう大出血に対する危惧と、それが臨床治験で見逃されていることが記載されていた。症例の再検討の可否云々と提言もされている。

「こんなことをやられては、認可がいつになるかわからん」

関本は聞こえないようにつぶやいた。怒りで顔が真っ赤になっている。

どうするか？

さすがに審議会に口を挟む立場にはなかった。

審議官の中には、関本に従う息のかかった者が何人かいた。関本は彼らに、O大学からのMP98に対する異議申し立てを無視するよう伝えなければならないと考えた。理由は何とでもなる。臨床症例に副作用と思えるような症状がない。たかが実験データにすぎない。認可を否定するような材料ではないと。同時に、この一件を緊急事態として、山辺と有田にも伝えなければならなかった。

「おい。関本、有田、山辺が動いたぞ」

服部が、ぼんやりと窓の外を眺めていた岩谷に声をかけた。瞬間、岩谷は現実に引き戻された。脳裏から祥子の顔がすっと消えた。

「おっ！ ついに動きましたか？ しばらくぶりだ。ところでMP98の認可について何か情報は？」

「薬剤医務管理局に問い合わせてみたが、いっさい答えられないとのことだ。署長にもお願いしてみたが、ほとんど情報はない。ただ、君が予想していた認可の時期から、すでに二カ月遅れている。佐治川先生が手を打ってくれたのではないだろうか？」

佐治川の名前が出た時、岩谷の頭に祥子の笑顔が蘇ったが、すぐに消えた。

「うまく行っているといいのですが……。僕も時々は天下製薬と薬剤医務管理局のホームページを覗いているのですが、MP98の認可発売に関しては何も発表されていません。

まだ審査が行われているのだと思っていました。佐治川教授が……」

また祥子の顔が浮かんだ。

「何かやってくれたのだと思います。こちらには連絡はありませんが」

服部の机にある電話が鳴った。ふんふん、と聞いていた服部が言った。

「三人がホテルに入ったそうだ。一人ずつ相前後して客室に集合している。いつものパターンだ」

「何を話しているか、聞けませんかね？」

「それは難しいだろう」

「あらかじめ部屋がわかっているなら、盗聴という手も」

「そりゃいかん。容疑が固まった犯罪者なら別だが。関本はともかく、他の二人はまだ何の罪も犯していない。盗聴する理由がない」

「残念だなあ。たぶんＭＰ98の話には違いないのに」

「ともかく我々も行ってみよう。何かつかめるかもしれない」

二人は署を飛び出した。

「ご苦労さんです。三人が入って一時間。部屋はヤマゼキミツトシという名前で取られています。字は……」

張り込んでいた刑事が、メモを見せた。

「はあ？」

岩谷が、どこまでもふざけたやつらだ、とエレベーターのほうを眺めた。

「どこかで聞いた名前だな」

「伊丹空港での身元不明乗客の偽名ですよ。ほら、この前伊丹署で見た」

「おお、あの」

「どうやら、共通の名前を使用しているようですね。殺人が行われた時と同じ名前を使うなんて。大胆なやつらだ」

髪の毛に指を突っ込んで掻《か》きまわしながら、岩谷はしきりに考え込んでいる。

「有田はシロだったですよね」

「そうだ。以前に二人の研究所員の件で行った時、アリバイは調べてある。関本は小林の件ではシロ。山辺だが、いちいち勤怠を大学では記録していない。搭乗客の聞き込みは、収穫なしだ。誰も山辺を見ていない。それでも、変装して犯行後、飛行機に乗った可能性はまだ残る。柳川の時は、アリバイなしだ」

「山辺以外の可能性のほうが高いとは思いますがね、あの手口では」

言いながら、岩谷は、山辺の猫背ぎみの体がむくむく伸び上がり、手に鋭いナイフが握られているさまを想像していた。見かけによらず、とんでもない技を持った拳法の達人が活躍する映画の一シーンが目の前に浮かんだ。

何とか彼らの話を聞けないものか……。

岩谷はすでに三人が入ってから二時間近くが経っているにもかかわらず、まだそのことに固執していた。

服部が岩谷を小突いた。

「おい、関本だ」

エレベーターから男が一人出てきた。薬剤医務管理局薬務課長関本光一であった。待機していた刑事がこちらに向かって小さくうなずきながら、関本のあとをつけていった。

「次は、山辺年男が出てきますよ」

山辺が目立たない服装で降りてきた。時々ちらちらとあたりを覗うような視線を配っている。これも刑事があとにつづいた。

「そして、有田が支払いをする」

十分後、有田がフロントのカウンターの前に立った。

「おやっ？」

岩谷が小さく声をあげた。有田は以前にもあの銀色の物を手にしていた。手のひらに入りそうな大きさである。うん。たしかに前にも持っていたぞ。間違いない。小さな物だ。瞬間、頭に閃いた。

あれは録音用の小型レコーダーだ。有田は三人の会話を録音している。たぶん他の二人にはわからないように。なぜか？　何かあった時のための証拠保全だ。それはとりもなおさず、有田自身がやましいことをしている事実を物語っているようなものであった。自分の身に何かあったら、関本、山辺も一連托生《いちれんたくしよう》、もろともに滅びるようにとの工作に違いない。

服部が「つけるか？」と、岩谷に目で合図を送っている。だが岩谷は待機している刑事に任せることにした。刑事が有田を尾行して出ていった。

「帰ります」

「へっ!?」

服部が目を丸くする。

「おい、何でつけないんだ？」

「前に尾行していますし、僕の顔、ばれていますから。このあとはお任せしますよ」

おい、こら、と止める服部の声を無視して、これまでの態度を一変した岩谷は、お休みなさい、と手を振らひらと振ってホテルを出ていった。

34　薬事法違反

岩谷は帰途にはつかず、有田を追跡している刑事を追った。

残った服部は、ホテルのフロント従業員に身分証を示して、有田の支払いと部屋を借りた名義を確認した。フロントは興味深そうに答えた。

「事件ですか？　いえ、初めてのお客さまです」

支払いのカードは、有田幹郎本人のものであった。ホテル側としてみれば、部屋を借りた人間と部屋代を払ってくれる人物が違っていても別段追及はしない。宿泊料さえ入れば、誰が払おうと関係ない。

有田自身も、自分が警察からマークされていると思っていないようだ。その証拠に、自分のカードを堂々と使っている。もっとも、他人名義のカードを使うほうが危ない、と考えたのかもしれなかった。

山関光年名義で借りられていた部屋が、服部と残った一人の刑事で捜索された。捜査令状はないが協力してくれないか、と頼まれたフロントマンが支配人と相談して、要求に応じたのである。

部屋はシングルルームであった。狭い部屋にバスルームがユニットで嵌め込まれていた。風呂が使われた様子はない。小さなベッドが一つ。横の壁には、安っぽい版画が傾いてかかっていた。ベッドには、人が腰を下ろしたらしいくぼみが二つ、少しへこんでまわりのカバーが乱れていた。小さな机にあつらえられた、小さな椅子が横を向いている。屑カゴは空のままで、飲み食いをした様子はまったくなかった。

話をするだけのために部屋を借りた、といった風情であった。

「これじゃ、何も出ませんね」

盛んに机の引き出しを開けたり、テレビの裏側を見たり、はたまたベッドの下を覗き込んだりしていたしていた服部が、「何もないな」と力のない声でつぶやいた。

「一応鑑識さんに来てもらって、指紋など採りましょうか?」

「そうだな。しかし、我々が顔を確認しているし、まだ水面下の捜査で負担はかけられまい。それに、連中は何も残さないように気を配っている」

「そうですね。いざとなったら、我々が証人になればいいのですから」

服部たちは、事件について聞きたそうにしている従業員にていねいに挨拶をすると、ホテルをあとにして夜の闇に溶けていった。

さて、岩谷のほうはというと、前方を時にゆっくりと時に足早に歩く同僚刑事と歩調を合わせ、一定の間隔を保ったまま追跡していた。

有田はいつもなら帰途につく。予想どおり、有田は最寄り駅から地下鉄に乗り込むと、乗り換えながら、家の方角に向かう電車を最終的に選んだ。

有田が降りる駅はわかっている。そこからいつも、比較的通行量の多い道を歩く。しばらくして急に閑静な住宅街に入る。木立が深い奥まったところにある一戸建てが、有田の住居であった。

立派な門構えで、左右に塀が伸びた大きな家であった。暗くて家の全貌はわからなかった。どこかで犬の遠吠えが、さらに静けさを深めていた。

岩谷は電車が止まると、飛び出すように駅を出た。周辺の地図は頭に入っている。別の道を通って、先まわりをするためである。記憶にある有田の家に向かって駆け出した。

有田の邸宅は門の灯りが、そこだけぼーっと空間を闇から浮かび上がらせている。岩谷は門から三十メートルほど離れた電信柱の影に身を潜めた。

これからの行動に備えて指を鳴らしていたが、問題は尾行の刑事がまだついているかどうかであった。ここまでついて来ているとすると、岩谷自身が暴行で現行犯逮捕される可能性がある。そうなれば、何もかもが水泡に帰してしまう。

岩谷はやめようか、と何度も考えた。ちょっと乱暴すぎる。

考えを巡らしているうちに、コツコツと靴音が闇の中に響いてきた。有田であった。

じっと耳を澄ます。ほかの靴音は聞こえない。

闇に潜む岩谷の前を有田の影が通りすぎ、彼は何も疑わずに自宅の門に辿り着いた。岩谷は有田の後ろをすかすように見つめたが、誰もつづいてくる様子はなかった。住宅街の静けさが、刑事の尾行を断念させたようである。近づけば靴音が耳に入る。

岩谷は靴を脱いだ。背後を確認して、足を有田のほうに出そうとした時に、近くで犬が吠えた。

一瞬のためらいが、岩谷の粗暴な行為を阻んだ。有田はすでに自宅の門に差しかかっている。そのまま有田が闇夜に光を落とす門の中にゆっくりと入っていくのを、岩谷は力なくぼんやりと眺めていた。

翌朝、有田、関本と山辺を尾行した刑事から、三人がどこにも寄らず自宅に帰り、特別なことは何もなかったと報告された。

日本藤武製薬には、栗山から一報が入っていた。順調だったMP98認可に向けての動きが、ある投書によって審議差戻しの可能性があるということであった。

天下製薬の株式買収が思いどおりにいかない日本藤武製薬では、考えられる限りの方策を講じたが、思うように展開しなかった。竹下、橋岡コンビが詳細な調査を命じた結果、カストラワールド社の名前が浮上してきた。

「また、あいつらか」

かつて日本藤武製薬は胃潰瘍治療薬で、カストラワールド社から苦汁《くじゅう》を飲まされた経験があった。今度もレスクランという先行品を持ちながらの介入であった。

「これは、やられるな」

率直な感想であった。研究所からはいっこうに開発候補品が出てこない。

「このうえ、ＭＰ98もカストラワールド社に取られると、今後十年、市場はカストラワールド社の独占だ。どうするかね、橋岡君？」

竹下は手の打ちようがない、と両手を差し上げた。

「撤退しますか。ひとまず」

竹下の胸のうちを探るように、橋岡が悔しそうに言った。

「それが賢明かな。いずれにせよ、これからの莫大な費用を考えると、このへんが潮時かもしれん」

「引きますか？　残念ですが、レスクランやＭＰ98を凌駕する物は、うちでは見つからないでしょう。今後の希望がきわめて少ないなら、思いきってやめましょう」

「よし！　中止だ」

こうと決めたら、竹下は過去を嘆かない性格であった。すでに研究費、株買収工作費で、何百億できかない金が注ぎ込まれていた。日本藤武製薬の収益からしても、相当の率を占める金額であった。こうして日本藤武製薬の、MP98獲得工作は終了した。

「しかし、何でMP98の認可が遅れるようなことになったのですかね？」

橋岡が栗山から聞いた話を、竹下に説明している。

「審議を止めるほどにまずい状況が、MP98に生じたのだろうか？　あれほどうまく行っていたのに」

「投書はO大学からで、栗山も詳細はつかめていないのですが、MP98に致命的な欠陥が見つかったから、認可を見送ってくれという内容だったそうです」

「致命的な欠陥？　あんなに順調に行っていてか？　だいたい山辺教授が手綱を引いていたんだろう。患者の登録が速く進んだのも彼の力だ。我々の時もそうだったからな。教授に臍を曲げられると、研究費の割り振りもやりにくくなる。彼が必ずといっていいほど介入してくるからな。機嫌を損ねると、困った相手になるが、味方につけると、利用価値は計り知れないものがある」

「彼の力でしょう、あれほど速く進んだのは。普通の半分以下の時間ですよ。しかも副作用がなかったから、さらにうまくいった。それが、致命的な欠陥？　考えもつきませんね」

「営業にO大学を探らせてみるか？　何かわかるかもしれん。O大学もMP98の臨床治験にたしか参加していたな」

「そうだったはずです」

「ある意味どうでもいいかもしれないが、知っていて損はない。わかる範囲でいい。調べるよう伝えておいてくれ」

「わかりました。想像もつきませんが、もしＭＰ98に致命的な欠点が見つかったとすると、我が社が天下製薬獲得から手を引くことは、のちのち、非常によい判断だったということになりますね」

「そのとおりだ。我々が手に入れられなかったＭＰ98が使い物にならないとすれば、ざまあみろだ」

竹下は製薬会社社長という自分の立場も忘れ、優良な肺癌の治療薬が世に出なくなった時のことを考えて溜飲を下げていた。


カストラワールド社薬剤医務管理局調査グループも、妙な動きを敏感に察知していた。それがＭＰ98審議差戻しであることに気づくまでに、さして時間はかからなかった。

「なぜだ？」

同社でも、ニュースは驚きを持って伝えられた。

「何かの間違いではないのか？」

ルーベックは信じられなかった。審議差戻しは、下手をすると認可取り消しになる。

天下製薬の株式買収は順調であった。

同時進行中のMP98の世界展開も、具体的な交渉が進んでいる。日本と同時発売というわけにはいかないが、海外での臨床治験の準備も着々と進んでいた。

MP98が認可されない、というシナリオは今の時点ではまったくなかったのである。

「もっと情報は取れないのか？」

確実かつ詳細な至近の情報が、次に打つ手を確実なものにする。それがなかった。ルーベックは切歯扼腕《せっしやくわん》、手に入るだけの情報から判断せざるをえず、ひとまず成り行きを見ながら、今の作業をつづけることを決心した。

明日はどうなるかわからない。「進め」と「止まれ」の両方の指示を、事態の変化に応じて出せるよう、あらゆる場合を想定しながら準備をはじめた。

「MP98なしでは、天下製薬の吸収は価値がなかろう？」

カストラワールド社の最高経営責任者マックスは、衛星テレビ会議でルーベックの同意を求めた。

「そのとおりです。一方で、天下製薬は収支が吊り合っており、健全な会社と考えています。研究所では今回のMP98のような優れた薬を見つけ」

そこまで言って、ルーベックは言いよどんだ。本当に優れた薬なのか？　マックスは言った。

「まったく副作用がないというのが、実は気になっていたのだ。普通何かあるだろう。細胞を壊すんだからな。それが何もない。一応、第三相試験で安全となったわけだから、大丈夫なんだろうがね」

「ＭＰ98の欠点については調査中ですが、うまく情報が集まりません。仮にＭＰ98がだめだった場合、天下製薬の買収については、どう考えられますか？」

「君が言うように、本当に研究所の研究者が優秀であれば、いい買い物にはなるだろう。日本人は頭もいいし、真面目によく働くからな。それにあまり文句も言わない」

マックスは、最後の「文句を言わない」というところに力を込めた。

「会社経営も健全ですし。あまりこれといった大型商品は持っていませんが」

「なのに、経営収支は安定しているのか？　従業員は何人いる？」

「ざっと、四、五千人ですか」

「そんなに大きな会社なのか？　すまんが、天下製薬の資料をこちらに送ってくれないか？　ちょっと気がついたことがある」

ルーベックにはマックスが言っている意味がよくわからなかった。しかし、最高経営責任者の指示には従わなければならなかった。

ＭＰ98認可審議会。

会議室に、手に分厚い資料を抱えた十人ほどの男たちが入っていく。薬剤医務管理局の一室で、これからMP98の許認可に関する検討会が開かれる予定であった。

すでに部屋には数人が入っており、隅のほうに固まってひそひそと話をしていた。

ごそごそどたどたと締まりのないざわめきの中、各人がそれぞれの名前を記した名札を確かめながら、重い腰を下ろした。

審議官の中には若い官僚もいたが、大半はそろそろ定年に手が届く、現代の進歩にはまったくついていけない老人たちであった。彼らには、今回のMP98認可取り消しの申請をうっとうしく思っているような表情が、過去の審議でもしばしば見受けられた。間もなく認可が下りれば、何人かは天下製薬から相当の謝礼が送られるはずであった。それがいつまでも現実にしがみついていたい理由でもあった。

若い連中は、このような何人かの老人たちの様子を苦々しい目で追っていた。彼らは真剣に物事を判断しようとした。それがことごとく一部の老人たちが動かす審議会では否定された。

これまでの慣習が色濃く残っていて、結局最後の責任は絶対に取らない。いや、取らなくてもよい構造になっている。

まともに実験データが理解できるのか？　臨床治験の結果が正しく認識できているのか？　もし不備があったら、それをきちんと指摘できるのか？

何を見ようとしているのか、ぱらぱらと資料のページを指先で弾いている連中を見ていると、こんな輩は必要ない、と思うことしばしばであった。

司会者の声が、皆の意識を審議会に集中させた。

「これより、MP98の許認可につき審議をいたしますが、前回の審議内容を確認いたします」

司会者は、O大学から提出された実験データとそれに基づく副作用の可能性について、再度簡単に説明した。

「そう言いましても」

一人の審議官が発言を求めるでもなくしゃべりだした。

「臨床第三相試験が完璧な内容ではありませんか？　どこにも出血によって問題が起こった症例がないではないですか？　通常、実験データがよくても、臨床に入ると思いもかけなかった副作用が出る。しばしば経験するところです。ところが、これは逆です。要するに、人ではまったく問題がない」

人ではまったく問題がない、というところに力を入れて、年老いた審議官は勝手な発言を終えた。

別の審議官がよろけながら立ち上がった。どこか病気でもありそうな老体である。文句は言わさんといった雰囲気を押しつけながら、話しはじめた。

「今頃このような投書は迷惑ですなあ」

真剣に科学的な議論をするつもりはないらしい。というより、科学的な議論をする能力が本来備わっていない、にもかかわらず、この世界で生きてきたのは、味方をうまく選びながら、弱きを徹底してくじいてきた処世術のみであった。

そんな連中が、純粋な科学の世界に土足で入り込んでいる。

「だいたい、この、ええ、何と言いましたかな、この薬、ああ、NP98ね」

薬の名前さえ正確に覚えていない。

こいつ、薬の名前もわかっていないのか……。

ある審議官は舌打ちをして、話をよろよろと進める老人を睨《にら》んだ。

しかし、いっさい頓着《とんちゃく》することもなく、ご老体は話をつづけた。

「よく効きますなあ。肺癌の患者さんにとって福音ではないですか。だいたいがレスクランにしてもそうでしょう。間質性肺炎という副作用があっても、売り上げは順調だ。あれほどにマスコミに叩かれたのにね。それはとりも直さず、今までの薬より格段に効くからだ。MP98にしても、もしO大学のデータが事実だとしても、大したことはないでしょう。誰も大出血で死んではいませんでしょう。よく効きますしねえ」

ねちねちした言い草であった。「よく効く」と二回繰り返した。

さらに、別の一人が司会者の許しを得ず、前者の発言をそのまま引き継ぐようにしゃべりだした。

「よく効く、これが第一でしょう。しょせん抗癌剤には副作用はつきものだ。ＭＰ98はその点、優秀きわまりない。それに……」

審議官は咳払いを一つした。

「……どうせ肺癌の末期の患者だ。いずれ助からない。万が一、副作用があったとして死んだとしても、五十歩百歩でしょう。ちょっと死ぬのが早いか遅いかの違いだけだよ」

会場中がざわめいた。そうだよ、どうせ助からない肺癌の末期だ。効けばこれ以上の幸運はない。奇跡に近い。臨床症例に何ごともなかった。いいだろう。という声が会議室のあちこちで聞こえた。

「待ってください」

心ない言葉に反発するように、若い審議官が声を張りあげた。視線がそちらに集まる。

「Ｏ大学佐治川教授からの手紙では、あるところを境に、ＭＰ98は血小板をことごとく、それも一気に壊すと言っています。私にはこのデータはよくわかりませんが、親戚の医学部の准教授にデータを見せたら、もちろんＭＰ98の名前は出してはいませんが、これは強い血小板毒性だと言っていました。何かの化学実験なのかと問われましたが、それはごまかしておきました」

「内部情報を外に持ち出しちゃ困るじゃないか！」

先ほど発言した老審議官が声を荒げた。それを無視して、若い審議官はつづけた。

「したがって、この薬はある時あっという間に血小板を壊して、大出血につながる恐れを持っているということです。佐治川教授によれば、O大学で薬を使っている途中、肺癌で死亡した症例の何割かに出血が起こっているということです。もちろん、薬を使わなければ肺癌がよくなることもないのですから、先ほどの発言にもありましたように、効果という点では私も認めます。が、やはり危険だ。せめて死亡症例だけでも、死因について、肺癌そのものなのか、それとも出血死なのか、再検討すべきです」

何人かがうなずいた。

「そんなことをしていたら、今この薬を必要としている患者が大勢いるのに、どうするんだ？」

「従来の治療法でやっていただく以外ありません。それはいつの時代でも一緒のはずです。レスクランもあるではないですか？」

レスクランの副作用である間質性肺炎について、マスコミを使ってさんざん非難したにもかかわらず、薬剤医務管理局審議官は、今度はレスクランの肩を持った。

なかなか結論は出なかった。

再審査が必要という者、不要と主張する者、議論は熱を帯びていたが、しだいに審議官たちにも疲労の色が濃くなってきた。老年の審議官などは、居眠りすらしている者が出てきた。

結論は、次に持ち越すことはできなかった。

「いかがでしょう。このへんで結論を出しては？　皆さんのご記憶にも新しいと思いますが、何年か前、糖尿病の治療薬が発売されましたね。新しいメカニズムということで、ずいぶん注目されました。発売一年目で年商六百億と、国内市場一年目では一、二を争う期待の薬剤となりました。それが、発売して一年も経たないうちに、重篤な副作用が認められるようになりました。例の劇症型の腎炎です。何人も亡くなりました。結果、この薬剤は市場から撤退しております。あとから見れば、腎障害については基礎実験から、予測可能といえば可能でした。しかし、認可されております」

司会者がぐるっと審議官たちを見渡しながら、重みのある声でつづけた。

「ですから、時間も労力も無駄に使う再審査などはやめませんか？　仮にＭＰ98上市《じょうし》後撤退という事態が起こっても、責任は天下製薬にあります。本審議会では、天下製薬から提出された資料に基づき審査をした。多少の出血の危険性があるとしても、それを確実なものとして認定することは困難であると結論づけてよいかと判断いたします。したがって、ＭＰ98は認可いたしたいと存じます」

原病が原病であるだけに、有効性のほうが優先された形となった。佐治川たちの努力は報いられなかった。大きな危険をはらんだまま、MP98は「サラバストン」という商品名で、市場に出ることが許可された。

MP98認可の報は、その直後に関本の耳に入った。関本は自室でほっと胸を撫で下ろし、すぐさま有田と山辺に連絡を取った。二人は焦りを押し隠して吉報を心待ちにしていた。電話の横で待機していた有田と山辺は、関本の電話をベルの音が鳴るや否や自らの手で直接取った。

「認可されたぞ」

「おお、そうか。おめでとう。さっそく金は手配する。明日にも口座を確認してくれ」

こうして、彼らの黒い取り引きは終了した。

しかし、関本は入金を確認することができなかった。

関本が電話をしていたちょうどその時刻、数人の刑事が薬剤医務管理局に乗り込んだ。血液製剤のウイルス混入の事実を知りながら、販売を黙認した薬事法違反の容疑、および賄賂の授受、さらには患者が死亡したことによる傷害致死まで罪状が加わっていた。

満足そうに受話器を置いて、にやついた関本の顔がそのまま凍りついた。ドアをノックする音に反応する間もなく、大きな音をたててドアが開かれた。数人のいかつい顔をした男たちが、どやどやと足音も荒く入り込んできた。

「な、何だ。君たちは？」

不安で胸がきゅっと痛むのを感じながら、関本はかろうじて威厳を保つべく、体を起こして精一杯の声を絞り出した。

先頭に立った大柄の男が、一枚の紙を目の前にかざしながら、

「関本光一。逮捕状だ。容疑は……」

関本の頭の中で何かが弾けた。閃光が目の前で炸裂した。両側に刑事が立った。左手を取られて、冷たい金属の感触が手首を包んだ。

35 サラバストン

「ほーほっほ」

山辺は、口座のある香港の銀行から、日本円にして十億円の入金があった旨の通知を受けた。思わず甲高い笑い声が洩れた。いつまでも笑いが止まらなかった。教授室のゆったりとした椅子の中で、大きく伸びをした。

「いつもながら興奮するわい。この瞬間がたまらん。それにしても、関本にはついに司直の手がまわったか」

時代の端をしたたかに生きてきた、権力者の傲慢なつぶやきであった。

「ちょうど認可の日に逮捕されるとは、関本も運の悪いやつよ。あいつに振り込まれた十億はどうなるのかな。どうせ資産はことごとく調べられるだろう。こんなことなら、関本の分もこちらにいただいたほうがよかったかもしれんな」

山辺はますます際限のない欲望をあらわにした。

「金がないと何もできない。ほっほっほ。捕まってしまっちゃ、もっと何もできない。ほーほっほ」

皺に囲まれた細い目がずるがしこく光って、さらに細くなった。濡れた赤い唇が爬虫類のような不気味さで顔中にひろがった。

「何だって？　関本さんが捕まった？」

朝刊の一面トップにある〈薬剤医務管理局課長逮捕〉の大見出しが、有田の目に飛び込んだ。

「とうとう捕まったか。あいつはウイルス混入非加熱血液製剤で、相当やばいことをやってたからな。時間の問題とは思っていたが、こんなに早いとは。もう少し前なら、金は振り込まなくてもよかったものを。タイミングの悪いことだ」

有田はMP98認可の報を受け取ったあと、ただちに会社を早退し、有田だけが知る天下製薬の隠し口座から、それぞれ十億円ずつを三人の口座に振り込んだ。いずれも外国の銀行口座であり、よほど詳しく調べられない限り、ばれることのない資産であった。

この天下製薬の隠し口座には、有田をはじめこれまで天下り人事で天下製薬にやってきた人物が、手土産代わりに持ち運んだ特別予算、つまりは巨額の金が保管されていた。緑川社長も知るはずのない隠し口座であった。

国家予算案に上がり、国会での承認が必要な国の正式予算は、監査院の監査にもかかり、国民にも明らかにされる、表の金である。

国会審議にかからない各省庁の予算、つまりは特別予算と称される金がさらに数倍あることが報道された。初めてそのような金の存在を知った国民も多い。もっとも報道規制でもかかったのか、以後、特別予算という四文字は国民の前から消えてしまった。かくなる予算が何百兆とあっても円滑に動かないのが、人というものである。どこから出てどこへ消えていくのかも知れず、ごくわずかの当事者のみにしかわからない金が毎年、何兆いや何十兆となく、流れに浮かぶ泡沫のように消えては現れ、現れては消えていく。

天下製薬の天下り口座も闇に動く性質のものであった。有田は自分のあとに天下ってくる者がないので、退職時にはこの金をすべて自らの懐に入れるつもりであった。それは今回支払った金額の何十倍にも上るものであった。

「これだから、人生やめられない」

はっはっはっ。大きな笑い声が常務室に響いた。

「山崎さん。どうかなさったのですか?」

外来で診察を待つ山崎の姿を見つけて、祥子は声をかけた。最近はしだいに山崎の体が小さくなっていくような印象がある。気になるので、山崎が診察の日は予約時間を確かめて、外来に下りていくようにしている。

顔を上げた山崎の目を見て、祥子は驚いた。眼球が黄色い。

「食欲がないんですわ。この頃体がだるうてあきません」

「ちょっと目を見せてください」

待合室にいるほかの患者を気にもとめず、祥子は山崎の前にまわり、下眼瞼を引き下げた。

「上を見てください」

山崎の眼球が上転した。眼球結膜が黄色い。黄疸《おうだん》が出ている。

「山崎さん。いつから目が黄色いんですか？　わかりませんでしたけど……」

「えっ、目が黄色いのですか？」

「そうですか。赤井先生によく診ていただきましょう」

「先生、黄疸なんですか？」

「ええ。少し出ているようですね」

「肝臓が悪いんでしょうか？」

「薬の副作用かもしれません。とにかくよく調べてもらいましょう。私からも赤井先生に申し上げておきますから」

祥子は裏から赤井准教授の診察室に入った。一人いた患者はちょうど診察が終わったらしく、赤井に礼を言って出ていった。

「おう、何だ？」

「今そこで山崎さんを見ましたら、どうも黄疸が出ているようなんです」

「何だって？　二週間前は何ともなかったよ。たしか血液検査でも、そんなデータは出ていなかった」

赤井は目の前にあるコンピュータに、手早く山崎の検査データを表示した。

「ほら。肝機能も正常だし、ビリルビンだって、０・６だ」

「でもちょっと顔色が悪いので気になって目を見たら、黄疸があったんです」

「そうか。よく診てみよう」

やがて、山崎が不安な顔をして、診察室に入ってきた。

赤井はこの二週間の状態を訊ねたあと、「ちょっと診察を」と言って山崎をベッドに寝かせ、眼球を見、首のリンパ節を探り、胸部の音を聴き、腹部を触診した。

「はい、いいですよ」

不安げな山崎に、赤井は言った。

「倉石先生から聞かれたかと思いますが、黄疸が出ていますね。肝臓が少し傷《いた》んでいるのかもしれません。体のだるさや、食欲がないのは、そのせいでしょう」

「肝臓ですか？」

「ええ。前回はこのようなことがありませんでしたから」

前回の血液データを山崎に指し示した。

「この二週間のうちに、副作用が出たのかもしれません。今日は、抗癌剤の注射はやめておきましょう。代わりに肝臓を保護するお薬を注射しますが、その前に血液を緊急で検査しましょう。データを見てから、治療を考えますので」

緊急の血液データは、診察どおり中等度の肝機能の障害と黄疸を示していた。肝庇護《かんひご》剤《ざい》が山崎に注射された。

「飲み薬も出しておきます。また二週間後においでください。その間に、肝臓のCTも予約しておきますから、受けてください」

「先生。抗癌剤やめとったら、癌が再発しませんやろか？」

山崎は、黄疸よりも癌の再発のほうが気になるようだ。

赤井は、癌については直接触れずに答えた。

「黄疸が出ている時に抗癌剤を射つと、肝臓の障害がますますひどくなる危険性があります。肝臓を早く直してから、またすぐに再開しましょう」

「ほんまに二週間でようなりますか？」

「はっきりとは申し上げられませんが、薬の副作用で肝臓が傷ついた場合、その薬を止めると、比較的速《すみ》やかに回復するのが普通です。今日やった注射は毎日つづけましょう。近くの病院を紹介しますから、そちらで注射は受けてください。毎日ですよ」

「わかりました」

「先生！」

祥子がレントゲンフィルムを片手に、病棟で患者のカルテを整理していた赤井のところに走り寄ってきた。

「これ見てください」

いくつにも分割されて写っている肝臓のCTフィルムを、シャウカステンにかざした。

「誰のだ？」

「山崎さんです。放射線科からもらってきました。マルティプル（多発性）な肝転移です」

祥子の顔は悲愴だった。

「何だって!?」

慌てて赤井がフィルムを覗く。肝臓にいくつもの黒い影が映っていた。赤井の顔もたちまち強張った。

「このせいで肝機能の障害と黄疸が出たのでしょう。腹水《ふくすい》も少し溜まっています」

なるほど、肝臓と横隔膜の間に、腹水が貯留《ちょりゅう》している所見もあった。

「何ということだ。あれだけ抗癌剤を射ったのに」

「山崎さんも、がんばって注射を受けに来られていたのに。副作用も耐えたのに」

「困ったな。もう使う薬がないぞ」

祥子はため息をつきながら、山崎がいつも見せる不安に耐えられないような顔を思い浮かべていた。

「とりあえず、入院だな」

「でも、どう治療するのですか？」

「肝臓の庇護と腹水の管理しかないだろう？」

「あのぅ」

「ん？」

「レスクランをもう一度使えませんか？」

「うーん、レスクランか？」

赤井は考え込むような顔つきになった。

「一度、間質性肺炎が出たからなあ」

「でも、また出るとは限らないでしょう？　それに、レスクランは山崎さんにはよく効いていましたし」

「それはそうだが……」

「サラバストンは使えないでしょう。あんな副作用の危険性があるのに、認可されて」

祥子の顔に怒りの血が上った。ＭＰ98が認可されたというニュースを、教授から聞かされた時の怒りが、祥子の脳裏に蘇った。

サラバストン、すなわちＭＰ98の販売が許可されたという情報は、翌日には医療界にひろがった。

事情を知らない医師たちからは、「使いたい患者がたくさんいる、いつ発売されるのか」という問い合わせが、天下製薬に殺到し、天下製薬は嬉しい悲鳴をあげていた。有田をはじめ研究所員は、鼻を高くして世の中を闊歩《かっぽ》した。

佐治川は驚いた。投書によって当然見直しがあると思っていたのが、当初考えられた許認可予定を何カ月か遅れただけで承認され間もなく発売されるという。情報はただちに赤井や祥子をはじめ医局員全員に伝えられた。

「何ですって!?」

「そんな馬鹿な！」

「大丈夫なのか？」

「ちゃんと審議されたのか？」

医局員からさまざまな声があがった。祥子の衝撃は大きかった。

「症例の見直しもない、ということでしょうか？」

「天下製薬からそのような通達は来ていない。認可に際しても、特に注意はないようだ。我々の提言は無視されたということだな」

このことは、ＭＰ98がサラバストンという商品名で発売された時の添付文書の中に、血小板に対する作用について、まったく触れられていないことからも明らかだった。

「新薬は発売日から何年かは、副作用について逐一調査し、重症例については、即刻当局へ報告しなければならない決まりになっている」

「それは天下製薬の義務ということですね」

「そのとおりだ。もし我々が使うことがあったとして、死亡した症例は全例病理解剖を行うよう家族にお願いしてくれ。もちろん血小板の測定も、死亡と同時にやらなければならない。何しろ予測もつかないからな。その都度、血中濃度を測るわけにもいかないし、患者にも個人差があるだろうし」

「でも、極力使いたくありません」

「そうだな。特別なことがない限り、使わずにいこう」

赤井が口を挟んだ。

「しかし、我々のところであまり症例がないとすると、出血か肺癌による死なのか、よくわからないことにはなりませんか？」

「うーん。血小板はわかるとしても、できれば、剖検《ぼうけん》で出血の証明が欲しいな」

「関連大学に、先生が薬剤医務管理局に送られたという報告書を送ってはいかがでしょうか？　そうして注意を喚起しておけば、もし亡くなられたとしても、何例かは死亡時に解剖していただけるかもしれません。血小板のデータも増えますし」

「それがいい。そうしよう」

しかし、薬剤医務管理局はなぜ追加の調査をしなかったのか。大した労力でもないだろうに。いや、やはり効き目がいいということに引っぱられたのか。しかも、出血死は、ほとんど目立たなかったからな……。

医局員は口々にそれぞれの意見を述べたが、その日の医局会は、新たな症例と研究の検討に移った。


「山崎さん。肝臓が思った以上に傷ついていますので、入院して治療したほうがいいと思います」

「ええっ！」

山崎は、赤井と祥子の顔を代わるがわる見つめながら、二週間前より目立って黄色くなっている顔を歪ませた。

今日は心配して、山崎の妻もついて来ている。彼女も夫の顔が黄色くなってきたことに、最近気がついていた。

「CTです。ここが肝臓」

　赤井はCTフィルムに写っている肝臓を指差した。

「肝臓は普通均一な灰色に写ります。ところが、山崎さんの肝臓はあちこちが黒いでしょう。ここが」

　CTの前に身を乗り出していた山崎が、くうっと奇妙な声をあげた。妻が変な顔をして、山崎を覗き込んだ。

「どうしました？」

　祥子が山崎に話しかけた。山崎は口を閉じたまま大粒の涙を流しつづけた。顔はCTフィルムのほうを向いているが、目には涙が溢れていた。

「肝転移やな……」

　そう山崎がつぶやいたように、祥子には聞こえた。

「えっ？」

「肝臓に転移しているんですやろ？」

　今度ははっきりと聞こえた。

「もうだめや」

　思わず祥子は言った。

「そんなことありませんよ」

「気休めを言わんといてください。覚悟はできているんや。肝臓の薬を射っても、いっこうによくならん。黄疸はだんだんひどくなっとる。それに、肺癌のホームページでこんなCTを見たことがあるんや。肝臓に癌が転移したものだと書いてあったわ。もうあきませんね」

山崎の声は細く、それでもシーンとした診察室で誰の耳にもはっきりと聞こえた。

「先生。新薬を使ってもらえませんか？　知ってるんや。新しい薬が出たこと。サラバストン。この間先生たちが言っておられた薬でしょう？　あの時はまだ発売しとらんかったから使ってもらえませんでしたが、今度は使えるでしょう？　今まで点滴で抗癌剤を打ってきましたが、こんな肝臓の転移が出るくらいじゃ、ちっとも効いとらん。体がしんどいだけや……」

息切れをしたのか、山崎はいったん言葉を切って、赤井と祥子の顔を、じっと見つめた。

「でもあれは、実は……」

言いかけた祥子の声を赤井が遮った。

「そうですね。点滴の薬は、おっしゃるとおり肝臓への転移を抑えきれませんでした。幸い、ほかの臓器に再発はないようです。入院はしばらくしてもらいますが、よく検査をしながら、サラバストンを使いましょう」

祥子は驚いて赤井の顔を見つめた。

お願いします、と繰り返しながら山崎夫婦は入院予約をし、診察室を出ていった。

「先生。どうしてサラバストンを？」

祥子は信じられないという表情で、赤井を非難した。

「わかってる、君の言いたいことは。でもなあ、あそこで山崎さんと議論しても仕方がないだろう。今までの抗癌剤が効いていないのは、火を見るより明らかだ」

「でも」

「じゃ訊くが、君ならどう治療するね？」

「それは……。繰り返しになりますが、レスクランをもう一度試してみるとか」

「それは僕も考えた。だが、もしまた間質性肺炎を起こしたら、今度は前のように、うまく救命できるかどうかわからない。仮にうまくいったとしても、レスクランは三度とは使えないだろう。しかも、一度間質性肺炎が出た患者に、原因となった薬を使ったとなると、我々の判断が非難されかねない。いずれにせよ、患者は必ずサラバストンを使うよう要求してくる。その時は使わざるをえないだろう。どれが一番患者に楽で、しかも長く生きられるか？　君ならどう思う？」

祥子は答えられなかった。

「僕にもわからない。ならば、患者さんの要求を通してあげるのも、一つの選択かと思うんだ。何が起こるか、予想はつかない。いつ大出血で死ぬかわからない。でも、サラバストンを使わずに、このままどんどん悪くなっていくのは、山崎さんにとって耐えられないだろう。すでに、これ以上にない苦痛を味わっている。地獄を見つづけているんだ。考えれば気が狂いそうになるだろう。効かない抗癌剤で苦しい副作用ばかりでは、治療とは言えない。何もしないほうが、もしかしたら一番いい選択かもしれない。しかし、それじゃ山崎さんは受け入れないだろう。となると、サラバストンを使って、少しでも効果を期待したほうがいいんじゃないか、と僕は思うんだ」

赤井の説明に、祥子も徐々に山崎の希望どおりにしてあげるのが一番いいような気になってきた。

「わかりました」

「主治医は君にお願いすることになる。奥さんには、出血による突然死の危険性について、説明しておいたほうがいいと思う」

「はい。それは私がきちんとお話ししておきます」

「よろしく頼む。本人には、これ以上不安を与えてはいけないから、サラバストンの出血の危険性については言わなくてもいいだろう。とにかく山崎さんが、これからできるだけ長く、それも苦痛は最小限の状態で生きていけるよう、我々は最善を尽くすしかない」

祥子はともすれば暗くなりそうな気持ちを奮い立たせながら、うなずいた。

次の患者が、長く待たされたのを訝るような表情で入ってきた。

36　突然死

天下製薬の株価は、サラバストンの発売上市で急に値上がりした。

サラバストンの世界展開は全面的にカストラワールド社に任せ、同社の指導よろしく天下製薬は言われるがままに準備にまい進した。裏では、カストラワールド社の天下製薬獲得工作に拍車がかかっていたが、天下製薬の幹部は誰一人気づかなかった。緑川も有田ももちろん他の経営幹部も、いつも口元がほころんでいた。

その中で一人、カストラワールド社の最高経営責任者マックスだけが、天下製薬の経営に疑問を持った。

「この程度の薬しか持っていずに、これだけの研究費と従業員をまかなえるのか？」

マックスの疑問は単純だ。彼は何事も単純明快に考えることにしていた。

「それにしてもおかしい？　たしかに会計は収支つじつまが合っているようだが」

会社を動かすのは人間だ。

「よし。経営幹部について調べてみるか」

マックスはルーベックに宛て、天下製薬の歴史とそれまでの経営幹部の経歴についての調査を依頼した。

サラバストンの認可が下りたことに、日本藤武製薬の幹部は少なからず驚いていた。日本藤武製薬では、サラバストンの獲得を含めた天下製薬の買収工作を断念していただけに、竹下社長と橋岡専務の判断を非難する声が、社内から湧き上がった。

諦めが早すぎたのではないか、もう一度検討してみてはいかがか、などと肝心の意思決定が必要な時には知らぬ存ぜぬを決め込んでいた連中が、俄然元気になった。普段から、現体制を快く思っていなかった幹部の、ここが勝負どころと見た攻勢であった。

が、竹下社長の決断は揺るがなかった。将来の会社の姿が、判断が正しかったか間違っていたかを決めてくれるだろう。今ごちゃごちゃ言ってもはじまらない。批評家は自分で決断をせずに、あとから、たられば の話をする。進退決定には価値のないやつらだ。それが、竹下の信念であった。

O大学からは、まったく情報が集まらなかった。日本藤武製薬では、医師からの情報を集めるべく、各所で盛んに探りを入れた。特に佐治川教授の医局員には、露骨とも思える接待の誘いが日々試みられた。しかし、佐治川教授の指導が徹底していたのか、教室員は院外での製薬会社や医療機器会社との飲み食いにはいっさい断りを入れた。

そうこうするうち、MP98は認可され、サラバストンという商品名で医療現場に現れた。売り上げは順調に伸びていた。待ちに待った副作用がない新規肺癌治療薬の発売はマスコミでも大々的に取り上げられ、この時ばかりは〈夢の特効薬〉という触れ込みで大きく特集記事が組まれた。

医療現場では、サラバストンの供給が危ぶまれるほど処方された。在庫が乏しくなり、天下製薬は当初予測した数量より増産を余儀なくされたが、それは嬉しい誤算であった。


山崎はサラバストンの内服によって、見るみるうちに黄疸が引いた。食事が進み、元気を取り戻してきた。病室の窓から見える大阪の街を、嬉しそうな顔で何時間も眺めていた。生まれ育った街、喧騒渦巻く街、車の排気ガスで空気が臭う街。

それでもよかった。小さい頃から走りまわり、成人してからはサラリーマンとして、思いきりビジネスに打ち込んだ街、この街が山崎の原点であった。

「先生。おおきに。ほんまにおかげさまでずいぶんようなりましたわ。いつも不安ですが、それでも一時でもこうして薬が効いていると思うと、将来につながるような気がして、力が湧いてきますわ」

外来で諦めとも取れるような言葉を吐いた山崎が、今は元気に蘇っていた。

赤井先生の選択は間違っていなかった、と祥子は感じていた。押すばかりが医療ではない。患者さんが本当は何をしてほしいと思っているか、それにどう答えられるか、それが医療だろう。祥子はまた新しいことを学んだような気がしていた。しかし、そう感じる一方で、いつ出血を起こすかという不安が常に祥子に焦燥感を与えていた。

「先生、退院できますかね？」

腹部ＣＴで見る肝転移は大半が縮小し腹水も消え、サラバストンの有効性があらためて認識された。血液検査でも、血小板は元より、他のデータにも異常はなかった。肝機能を示すＧＯＴ、ＧＰＴもほぼ正常に復し、ビリルビンも正常値まで戻った。

「教授回診でも言われたでしょう、退院できると思いますよ。本当、この薬、よかったですね」

患者が元気を取り戻すことが、祥子にとっても一番嬉しかった。

「明後日でも、退院ということにしましょうか」

山崎にそう告げながら、なぜか祥子は岩谷のことを思い浮かべていた。

ＭＰ98の動きを注意深く見守っていた岩谷は、佐治川たちの認可阻止の動きが効を奏さなかったことを知った。このうえは、サラバストンを投与された患者に、不幸な出来事が起こらないことを祈るのみであった。

「おい、関本が逮捕されたぞ」

ＭＰ98の認可日と同じ日に関本が警察庁に逮捕されたことを、岩谷たちも知った。

「前から内偵をしていて、容疑が固まったそうだ。薬事法違反、収賄罪、それに過失致死までついてる」

「なかなか強烈ですね、収賄かー。服部さん、今回のMP98でも認可に際して多額の金が動いたのではないでしょうか。前から思っていたのですが、人殺しをしてまで隠さなければならない薬のデータですから。MP98が認可されるためには、よほど重要だったのでしょう。この薬が発売されて利益を得るのは、当然天下製薬。そこに有田、関本、山辺の関係。異例のスピードで臨床開発が進み、O大学から認可再検討の要請があったにもかかわらず、ほとんど遅滞なく認可された。山辺、関本の果たした役割は大きい。天下製薬から多額の謝礼が二人に送られていると推察します」

「だが、関本は逮捕されたぞ。あの様子じゃ、簡単には出てこれまい。山辺の身辺をもう少し洗うか?」

「それと有田もね」

岩谷がまた考える目つきになった。

「誰が二人を殺したか? 手口はプロです。有田のアリバイは確認ずみ。関本は柳川殺害の疑惑は残るものの、二つの殺人の手口が同じと見ると、容疑者となる可能性はきわめて低い。となると、山辺が怪しい。目撃証言がなくとも山辺の可能性は残ります。しかし、プロを雇ったと見るのが一番妥当でしょうか。誰かが依頼した。そんなやつを知っているのは誰だ？」

「手詰まりだな」

「誰かが何かをやってくれないと、これ以上は難しいですかね？」

「ともかく二人の行動を、しばらく追ってみようや」

「それしかないですね。三人の口座とか調べられませんかね？」

「それもまだ無理だ」

「じれったいなあ」

岩谷は目に見えないところで、犯罪とも言える行為が行われているのに、手も足も出せないことに苛立《いらだ》っていた。こんなことなら、あの時に無理にでも有出を襲撃して、レコーダーを奪い取るべきだった……と、犬の遠吠に出鼻をくじかれた自分の行為を何度も責めることになった。

「そうだ。O大学なら何かわかるかも。薬の欠点を見抜いた連中だ。いい知恵を貸してくれるかもしれない」

いてもいられなくなった。O大学に行ってみよう。

それが祥子に会う口実になっていることに岩谷は気づいていた。実は、どちらが優先かということにも気づいていた。

翌日、岩谷は休暇を取って、再び新幹線に乗っていた。快晴であった。右端のE席に座る。窓から見える富士の霊峰が抜けるような青空をくっきりと切り抜いて、陽光が頂《いただき》の真っ白い雪をさらに白く染め抜いている。岩谷はじっと秀麗な姿に心を休ませた。

岩谷は静かであった。今日は誰が通ろうと、どんな女性が現れようと、まったく興味を示さなかった。新横浜から隣のD席に乗り込んできた若い女性にも、ちらっと視線をやったきり、興味なく車窓の外に目をやっていた。むしろ女性のほうが、乱風の耳に揺れる大粒のダイヤモンドに気を取られていた。

通りすぎていく景色が、白衣を着た祥子の流れるような髪に重なった。新大阪に着くのが待ち遠しかった。

到着するなり、岩谷はタクシー乗り場に急いだ。タクシーは新御堂筋を北に走り、見覚えのあるモノレールの下を万博公園に向かって疾走した。白亜の大病院は、今日もまた大勢の患者を呑み込んでいた。

佐治川教授は診察室にいた。まだ診察は終わりそうにない。受付で面会の可否を訊ねたが、患者の数から見て、午後遅くになりそうであった。岩谷は教授には来訪の旨だけ伝えてもらうことにした。

「あの刑事さんが来てるのか」

佐治川は懐かしそうに、岩谷の風変わりな容貌を思い浮かべた。

「今どこにいる？」

岩谷が受付で待っていると聞いた佐治川は、患者を送り出したあと、自ら席を立って診察室を出た。

「やあ、岩谷さん」

教授が茶髪のピアスの胡散臭《うさんくさ》いノッポに親しげに声をかけるのを見て、待合室で診察の順番を待っている患者たちが、興味深そうに見ている。

「先生。ご無沙汰です。その節はいろいろとお世話になりました」

容貌に似合わず、岩谷はていねいに挨拶をした。

「いやー、お役に立てなくって」

佐治川は自分が書いたレポートがＭＰ98の認可を阻止できなかったことを詫びた。

「いらっしゃるのなら、前もって連絡いただければよかったのに。ごらんのとおり、患者さんがまだ一杯で」

「お忙しいところ、突然で申しわけありません。あとでまたお目にかかりますが、赤井先生か倉石先生にお会いできないでしょうか？　例の薬のその後の様子をうかがいたいと思いまして」

「赤井君は今日、東京出張だ。倉石君ならいるよ。いま時分は病棟だろう。彼女は例の薬を投与している患者を受け持っているよ」

「えっ、薬を使っていらっしゃる。お目にかかっても、お邪魔じゃないでしょうか？」

疑惑と期待に複雑な思いが絡んだが、もちろん祥子に会える期待のほうが大きかった。

「まあ、大丈夫だろう、忙しいだろうが。病棟に行ってみたまえ。私もあとで話を聞かせてくれないか？　そちらのその後の様子も知りたいし」

病棟に上がる岩谷の心臓は、口から飛び出すのではないかと思われるくらい、ばこばこと血液拍出力を最大のギアに入れていた。

ナースステーションに近づく。あたりを見たが、祥子はいない。いてほしい。岩谷はナースステーションの入り口に頭を突っ込んだ。

「すみません。倉石先生はいらっしゃいませんか？」

応対に出た看護師は、不審者を見る目つきになった。

「いらっしゃいますが、何か？」

「ちょっとお目にかかりたくて」

「あの、どのような用件で？」

あんたには関係ないだろう……。

一瞬、いつもの岩谷に戻りそうになったが、無理やり心を落ち着かせた。

「岩谷が来たと言っていただければ、おわかりになるかと」

「先生は患者さんのところだと思いますが」

それならそうと早く言え……と内心で毒づきながら岩谷は小さなため息をついた。

患者の回診を終えた祥子は、ナースステーションの入り口に頭を突っ込むようにして話している男の姿を認めた。どこかで見たような気がする。

次の瞬間、祥子の心臓は早鐘を打ったように心拍数を速めた。

「まさか……」

「せ、先生！」

ふとこちらを見た岩谷は慌てて頭を上げ、後頭部をしたたか入り口の角に打ちつけた。祥子と会う時には、岩谷は必ず頭をぶつけるらしい。これで二度目だ。

「どうされたんです!?　こんなところまで？」

頭の痛みなどそっちのけで、岩谷はまっすぐに祥子の顔を見つめた。

「い、いや。今日は先生に会いにきました」

「私に!?」

祥子は信じられなかった。心拍数がまた増加した。看護師はあきれたような顔をしたまま引っ込んだ。

まわりの風景が二人の視野から消えた。その後、岩谷は何も言わず、祥子もしばらくの間、岩谷の目を見つめたまま言葉が出なかった。

二人の横を、首を傾げた患者が興味津々《しんしん》の顔で通りすぎた。


「どうぞこちらへ」

岩谷は詰所の中に招き入れられた。何人もの看護師や居合わせた医師たちが、岩谷の長身を、何者といった目つきで追っている。

岩谷は祥子が勧めた椅子に腰をかけた。目は祥子に向けたままだ。

「あの、私に用って？」

岩谷は祥子に問いかけられて、ようやく仕事を思い出した。

「あ。いえ、先生、お元気でしたか？」

「ええ。私はとっても元気よ。岩谷さんは？」

「僕は相変わらずです。先生、実は今日、お願いがあってやってきました」

祥子先生に会いたくてやってきました……と伝えたいのをかろうじて我慢した。岩谷は祥子に、捜査が手詰まりの状態を説明した。その上で、サラバストンを使用している患者について、何か情報がないかを尋ねた。

「いま私の患者さんで一人、サラバストンを飲んでもらっている患者さんがいます。経過は順調ですが、いつ副作用が起こるか毎日ハラハラのし通しです。今日ひとまず退院にまでこぎつけました」

「これから、ということですか?」

「そうなんです」

「ほかには、サラバストンを使っている患者さんは?」

「今のところ、いません」

「ふーん」

岩谷は熟考に入った。一分ほどの沈黙のあと口を開いた。

「ということは、サラバストンの投与は、その患者さんお一人ということですね?」

「そうなんです。ご家族の方には副作用の説明を充分にしたつもりですが」

「今までの症例の見直しはされたのでしょうか?」

「前にお話した以上は進んでいません。関連病院の症例については照会中です。死亡時に出血がなかったかどうかを調べています。でも、思うほど症例数は集まらないと思います」

「もちろん天下製薬の協力は得られないわけですよね」

「だめでしょうね。でもご存じでしょうが、ポストマーケットリサーチといって、このお薬ですと、販売後三年間は副作用の発生を逐一国に報告する義務があります」

「たとえそうだとしても、今までと同じことになりませんかね?」

祥子は、その懸念は充分にある、肺癌で死んだとされ、出血が今までの臨床試験と同じように見えない状態になりかねない。対策として、関連病院に佐治川教授のレポートを送付し、死亡時に少なくとも血小板数は測定してもらうよう依頼した、と説明してくれた。

「なるほど。それは名案ですね。そのほうが客観的データで証拠にもなる」

「できる限りの解剖もお願いしてあります。でも、全例というわけにはいかないでしょう」

「すると、そのへんのところがわかるには、一年ぐらい必要でしょうか」

「そうですねえ。一年は長すぎますけどね」

その時、看護師が祥子を呼んだ。

「倉石先生。山崎さんが退院されますよ」

山崎が退院の挨拶に妻を伴ってナースステーションに現れた。入院した頃の黄疸で黄色くなった山崎の面影はまったくなかった。顔色がよく、つやつやとしている。

「先生、おおきに。おおきに」

山崎夫妻は深々と祥子に向かって頭を下げた。

「よかったですね。本当によかった」

山崎から目を移して、祥子は妻の顔を見た。山崎の妻の目には、感謝の色とともに一抹の不安が漂っていた。

「それでは、お気をつけて。今度は二週間後に外来でお会いしましょう」

山崎夫婦がもう一度、ありがとうございました、と深々と頭を下げて帰ろうとした時であった。

山崎が大きく咳き込んだ。背を曲げてごぼごぼと咳き込んでいる。

祥子が驚いて駆け寄ろうとした刹那《せつな》、苦悶の表情に満ちた山崎の顔がたちまち紫色に変わり、眼球が上転した。

ぐうっ！　ごぼっ！

何とも言いようのない奇妙な音が、山崎の体の中でくぐもった。次の瞬間、山崎の口と鼻から真っ赤な鮮血が噴出した。血が壁や床に飛び散った。

血飛沫で染まった壁に身を打ちつけたまま、山崎は昏倒《こんとう》した。

「あなた！」

「山崎さん！」

遠くから見ていた岩谷も駆け寄った。

血にまみれながら、祥子はしゃがみこんで込んで山崎の脈を取り、片手で聴診器を胸に当てていた。

祥子が涙の溢れる目で、岩谷を振り返った。

まわりには、居合わせた医師や看護師、患者の人だかりができた。その真ん中で、山崎は朱に染まって、ぴくりとも動かなかった。妻が夫の身に覆い被さって、号泣していた。

37 病理解剖

佐治川教授は、山崎俊一死亡の報告を診察室で受け取った。彼はまだ待っている患者に少し遅れる旨を告げた後、ただちに病棟へ急いだ。

山崎は顔についた血が拭き取られて、回復室の空いたベッドに横たわっていた。顔色が怖ろしいほどに白かった。

祥子は山崎の妻に断りを入れて、血小板とサラバストンの濃度測定をすべく採血をして、検体を検査室にまわすよう手配した。

「山崎さん。最初に申し上げたような薬の副作用が出たようです。本当に残念です」

泣きじゃくりながら、山崎が運ばれる傍《かたわ》らについていた妻が、それでもどこか覚悟を決めていたのか、祥子の言葉にいちいちうなずいていた。

「ご心痛のところを心苦しいのですが、ご遺体を解剖させていただきたいのですが」

「わかっています」

流れる涙を拭おうともせずに、山崎の妻は答えた。

「先生方には、本当によくしていただきました……」

涙が溢れる目には、祥子への感謝の色が読み取れた。

「いつかこんな日が来るのではないかと、覚悟はしていました。まさか今日とは思いませんでした。山崎も最後の少しの間だけは苦しかったかもしれませんが、それでもあの様子では、すぐに意識がなくなったと思います。苦しまずに往ったと思います」

そこへ、佐治川教授が飛び込んできた。

「残念なことになりました」

山崎の遺体に向かって深々と一礼したまま、佐治川はしばらく動かなかった。

「本当に残念です。力およびませんでした」

「いえ、佐治川先生にも赤井先生にも、倉石先生、皆さん、本当にありがとうございました。本人も満足でしょう。山崎はいつも申しておりました。皆さん、忙しいのに、自分のことを一生懸命考えてくださる、ありがたいことだと。こんな病気になって、自分の不幸を呪った。健康な人たちが羨《うらや》ましくてならなかった、自分と同じ目に遭えばいいと思ったこともあった。でも、先生方に治療していただいて、結局は不幸が受け入れられるようになった。ほかにも苦しんでいる人たちが大勢いることも知った。みんながんばっていると、そう申しておりました。万が一のことがあったら、医療の発展に役立ててくれと。どうか山崎の遺志です。お役に立ててやってください」

祥子も涙を流していた。その後ろで岩谷も泣いた。柔和な教授の目からも涙がこぼれ落ちた。白衣の集団の中に一人、ピアスがきらめくノッポの顔がくしゃくしゃだった。

僕はこれがいやだから、医者になるのをやめたのに。この人たちは本当にいい人たちだ、凄い人たちだ……。

自分が断念した聖職がこの上もなく崇高なものであることに、岩谷は改めて気づいていた。


山崎の遺体は、ていねいに病理解剖にふされた。

解剖の前に、血液検査のデータが上がってきた。予想されたように、血小板を示す数値には非情な〈0〉という数字が記載されていた。サラバストンの濃度測定は後日のことであった。

祥子は午後の研究を中止して、病理解剖につき合った。解剖用の衣服を着た祥子のマスクの間からのぞく真っ赤になった目が、輝くルビーのようだ。岩谷はしばらく見惚れていた。岩谷も佐治川教授の特別な計らいで、解剖に参加していたのである。

病理解剖医は岩谷の姿を認めると、耳にきらめくピアスに顔をしかめたが、佐治川教授からの説明に納得して、普段どおりに解剖を進めていった。

腹腔を開けた時に、大量の血液が固まることもなく溢れ出てきたが、あらかじめ祥子から解剖担当医におおよその予想が告げられていたため、解剖医は驚くことなく処理していった。

肝臓の転移巣は、最初に診断された時の大きさから考えると、いずれも縮小しているようであったが、どの腫瘍も普通は白い塊に見えるものが、すべてどす黒く、出血があったことをうかがわせた。肝臓の下のほうにある一番大きい転移巣が、ざくろが弾けるように口を開け、そこから腹腔内に大量の出血が起こったことを示している。

肝転移の一部は、肝の左横に位置する胃に直接浸潤しており、胃内部にも大量の出血が認められた。山崎が吐出した血液は、この出血によるものであった。

肺や脳に再発はなく、直接の死因は、肝転移巣からの大量出血であった。

山崎の体をていねいに縫いながら、病理担当医が祥子に話した。

「おっしゃるとおりでしたね。肝転移からの大量出血による失血死で間違いないでしょう。ほかは何ともありませんよ。別なところは癌もよく治っているみたいだし」

「薬は効いているが、出血も起こったということですかね」

岩谷が口を挟んだ。何だ、こいつ、わかるのか?……というように病理医は答えた。

「そういうことですなあ」

きれいに縫い合わされ、純白の死装束を着せられた山崎に向かって、祥子と岩谷は深々と頭を下げた。

山崎の遺体は、二人の手で静かに霊安室に納められた。細くなびく線香の煙が山崎の霊魂を慰め、静かに天上へ運んでいくようであった。

「やはりそういうことだったか」

祥子と岩谷から病理解剖所見を聞いた佐治川は唸った。

「血小板もゼロ。これは間違いなくサラバストンの副作用だな」

佐治川は断言した。

「血中濃度は明日測ります。私、今夜は外で当直なので」

「サラバストンか。ふざけた名前をつけやがる！」

思いついたように、乱暴な言葉が岩谷の口をついて出た。

「なに？」

「ん？」

「サラバストン、ですよ。名前がふざけている」

「どうして？」

首を傾げながら、祥子が岩谷を見つめている。

「何がふざけてるの？」

「だって、気づきませんか？　祥子先生？」

「なによ？」

祥子の表情がちょっとムキになった。

「サラバストン。下から言ったら、ストンとサラバ。あっという間にさようなら」

「まあ」

祥子がぽかんとした顔で岩谷を眺めている。

「ははは。こりゃたまらんな」

佐治川がペタンと入道頭に手をやって、笑うとも怒るとも言えないような声で失笑した。

「もうちょっといい名前なかったのですかね?」

岩谷はまだサラバストンにこだわった。

「冗談は止めてください!」

祥子が怒っている。

一方で、岩谷は普段の余裕を取り戻していた。

こうなりゃ、山崎さんの弔《とむら》い合戦だ……。

祥子の顔を見つめながら、岩谷の脳細胞が激しくまわりだした。

病棟に戻る廊下を並んで歩きながら、岩谷は、どう祥子に話しかけようかと子供のようにどぎまぎしていた。先ほど佐治川教授室で弔い合戦と意気込んだ脳細胞が、今は完全に休止している。

廊下の窓の外は、わずかに夕陽の名残があったが、あたりには急速に闇が迫ってきていた。

「あの」

「はいっ！」

岩谷が祥子の声を待っていたように、間髪を入れずに返事をした。

「岩谷さん、まだ下の名前お聞きしていませんでしたね？」

拍子抜けしながら、岩谷は答えた。

「乱風です」

「えっ？　ランプ？」

「いえ、ランプではなくて、らんぷう。乱れる風と書きます」

「へー。岩谷乱風さん。変わった名前ですね？」

「じいさんがつけたらしいんですけど、何しろ岩と谷で、間を風が乱れて流れる。字のままの性格です」

「そんなことないわ。岩谷さん、頭が切れて、医者にならなかったのが、もったいないくらい」

「そんなに誉めていただくと、恥ずかしいです」

岩谷は自分でもわかるほど赤面していた。

「あのう。こんなことお聞きして失礼かもしれませんが、祥子先生は何年卒ですか？」

「平成十四年よ」

「とすると、僕が医者になっていたら、先生のほうが一年上か。お姉さんなんだ」

祥子はゆっくりと歩いていた。岩谷は感じた。急いでいるなら、もっと速く歩くだろう。これはいい兆候かもしれない。

「あの」「あの」

「あ、すみません。先生からどうぞ」

「いえ、岩谷さんから」

二人は顔を見合わせて、ぷっと吹き出した。

「面白い人」

「はあ。あのう、でも……」

「なに？」

祥子が立ち止まって、岩谷に向き直り目を覗き込んでくる。

「先生。結婚されておられるのですか？」

「……いいえ」

幸先がいいと安心したのも束の間、横を医師たちが「やあ倉石先生、今度つき合ってよ」などと声をかけて笑いながら通りすぎた。

「先生はもてるんでしょうねえ」

　ため息のような弱々しい声であった。

「さあ？　私は興味はないけど」

「えっ！　先生。じゃ、どなたかつき合っている方が？」

　岩谷は眩暈《めまい》で倒れそうになりながら、ようやく声を絞り出した。生まれてこのかた感じたことのないような緊張感であった。全身から汗が噴出したと思った。

「いないわよ、そんな人」

　岩谷の体から力がすーっと抜けていった。祥子の目を覗き込む。

「本当に？」

「本当よ」

　祥子は口をつぐんだ。

「あの……あの……」

「もう！　何を言ってるのよ。はっきり言って」

「あの……ええいっ！　岩谷乱風一生の告白！　祥子先生。好きです。つき合ってください！」

　しばらく返事をしない祥子を、岩谷は力なく見ていた。

祥子が、にこっと笑った。

「こちらこそ、よろしく」

汗だくの手で、差し出された祥子の手を握った。佐治川教授室で転倒した時の祥子の手であった。ひんやりと冷たく、しかし心地のよい温かさが心に沁みこんでくる、そんな手であった。

「乱風さん。私、今夜よその病院で当直なので、また今度連絡します」

手を名残惜しそうに離して、乱風は答えた。

「わかりました。あまりこちらに来る機会はないのですが、携帯の番号とメールアドレス教えておきます。祥子さんのも差し支えなかったら、教えてもらえませんか？」

「もちろんよ」

「休みの日には、どこか中間点でデートでもできますかね」

岩谷は落ち着きを取り戻していた。

「休みは取れないわ。患者さんがいるから」

「はあ、そうですか。大変ですね」

デートの誘いを断られて、岩谷はしぼんだ。心の中は大揺れである。

「メールします」

「そうですね。僕もメールします。でも時々は声聞きたいな」

「そうね、私も聞きたいわ。じゃ、時々電話」

「はいっ！」

　その夜、当直室で祥子は、岩谷の真っ赤になった顔を思い出していた。彼の風変わりだが子供っぽい純粋さが、祥子の心に深く深く入り込んでいた。

　机の上にある電話が鳴った。想いにふけっていた祥子ははっとして、我に返った。

「外来患者です」

　診察室に下りてみると、中年の女性だった。ごほごほと咳き込んでいる。

「いつから咳が」

　何カ月も前からだという。それならもっと早く本来の診察時間に来ればよいものを、と思いながら、「昼間は忙しくて」とくどくどと言いわけをする女性を、祥子はレントゲン室に入れた。最近の機械は優れていて、患者の性別、身長、体重を入力すると、自動的に条件が合うようになっている。

「少し待っていてくださいね。すぐにレントゲンができますから」

　患者は咳き込みながら、診察室で腰かけていた。

　レントゲンのカセットを自動現像機に嵌め込む。ボタンを操作すると、ディスプレイに画像が映りだした。それを見て祥子は息を呑んだ。これはいけない……。

よりはっきりと見るために、大写しのフィルムを現像した。それを持って、患者が待つ診察室に行く。

「松本《まつもと》さん」

祥子は患者の名前を呼んだ。

「肺がだいぶ傷んでいます。ほらここ」

祥子は、松本の左肺の半分が白くなっているところを指差した。診察時に聴診器を当てた患者の左肺上部でほとんど呼吸音が聴こえない所見に一致していた。

たぶん肺癌……と思いながらつづけた。

「左の肺の半分が何かが詰まって萎《しぼ》んでいます。無気肺《むきはい》と言うんです。空気が入っていない肺という意味です。今日は咳止めを処方しておきますが、明日精密検査を受けてくださ い。必ずですよ」

いま一つことの重大さを理解していない様子の患者に、祥子はもう一度、「肺が潰れている、このままでは咳が止まらないどころか、どんどん呼吸が苦しくなる」と説明して、明日の来院を約束させた。

「先生、あの人また来るでしょうか?」

当直の看護師が、来ないいんじゃないですかと言いたげに、話しかけてきた。

「あれはいけないわ。症状がひどくなるから、明日は来ないとしても、そのうち来るでしょう」

肺癌か……。最近多くなってきた。大気汚染と煙草。今の患者さんは、煙草は吸っていないと言ってた。匂いもしなかった。やっぱり大気汚染かな。自動車の排気ガスで大阪の空気は汚れているしね。奥多摩の空気はおいしかったな。人間って馬鹿ね。自分の健康をないがしろにしても、経済効率優先だもの。命削ってお金お金か。そうだ、今度また奥多摩に行ってみよう。玉堂《ぎょくどう》の美術館にも行きたいし……。

祥子はパッと自分の顔が熱くなるのを感じた。

一緒に行こう、乱風さんを誘って。

でも、彼は自然が好きかな？　絵には興味はないかもね。

いつの間にか、祥子の頭は岩谷乱風のことを考えていた。

肺癌らしい患者を診たせいかもしれない。夜中、ベッドで仮眠ができたわずかの間に、祥子は以前当直の夜にやってきた男の夢を見た。男はレントゲンフィルムを出して、「妻が肺癌だ、どうにかならないか、いい薬はないか」と質問してきた。

目が覚めた祥子は、一瞬、自分がどこにいるのかわからなかった。机の上にある蛍光灯がほのかに照らす天井を見て、「ああ、今日は当直だったんだ」と思いだした。白衣のままでベッドに寝転んでいて、いつの間にか眠ってしまった。

忙しい一日だった。何の夢見てたんだっけ。そうだ。当直の時にやってきた男のこと。奥さんが肺癌で、どうなっただろう。

レスクラン使ったんだろうか？　盛んにレスクランのことを訊いていたけど。出血がないかとか訊いてきたんだわ。

その時、祥子の脳裏で何かが閃いた。

出血。そう。何で出血のことなど訊くのかと、あの時、変に感じた。レスクランを飲んでいる私の患者さんが出血で亡くなったから、私も気にしていたんだ。

少しずつ祥子は、その時の自分を思い出していった。気になっていたから、学会でも質問した。レスクランの間質性肺炎に関する講演だった。学会では、MP98の話も聴いた。その時にも同じ質問をした。

おぼろげながら、何かが祥子の頭の中でつながりつつあった。

今、MP98の副作用としての突然の出血を知っているだけに、祥子の推理は瞬《またた》く間に、男の奇妙とも思える診察時間外の外来受診につながった。彼は天下製薬のことを知っていた。新しい薬のことも言っていた。産業スパイかと思ったんだ、あの時は。

出血についても訊いてきた。MP98の出血について、何か知っていたのかもしれない。彼は学会での私の質問を聞いていて、今から思えば、私のところに探りにきたとも考えられる。大学から私が当直に来ていると聞いた、と言っていた。

祥子はぶるっと身震いをした。まさか、あの男がMP98を守るために私に近づいてきた？　えっ！　もしかして、天下製薬の二人の研究員も彼が？

視線を会わさないようにして、下からちらちらと祥子を見ていた男の目つきが、いかにも凶暴な殺人者のような光を帯びてくるのを、祥子は唖然《あぜん》とした気持ちで思い出していた。

間違っているかもしれないけれど、このことは彼に知らせなくちゃ……。

祥子は昨日聞いた岩谷のメールアドレス宛てに、自分が思ったことをそのままに綴《つづ》って送信した。すでに夜明け近かった。

38 展開

嬉しさで有頂天になった岩谷は、夜遅く家に帰り着いた。長い長い一日であった。目の前での山崎の死、解剖、サラバストン、そして祥子先生。

帰り道で何度も携帯を見た。祥子からの連絡はないか、気になった。

期待は裏切られっぱなしだった。待ちつづけた。自分から電話をしたい気持ちを抑えるのに苦労した。彼女は当直だと言っていたから、きっと忙しいのだろうと、自分を納得させていた。

シャワーを浴びて疲れを癒すと、急に睡魔が襲ってきた。祥子から連絡がないかと、未練がましく携帯を手にしたまま、岩谷はぐっすりと枕に顔を埋めていた。

ふと目が覚めた。携帯が光っている。枕元に振動が伝わった。

岩谷はぼんやりとした目を開けたが、次の瞬間には飛び起き、慌てて耳に当てる。

「もしもし……何だ、メールか」

ディスプレイに〈SHOKO　祥子〉と出ている。時刻を見た。明け方に近い。時計が午前四時五十五分となっている。外はさすがにまだ薄暗い。こんな時間に何だろうかと、胸をときめかせながらメールの画面を開いた。

そこには、祥子が当直の病院で経験したことが、要領よく書き綴られていた。岩谷にとっても衝撃的な内容であった。しかし、現実性を帯びた推理であった。

こんな男の存在が……。

祥子の推理が正しいとすると、おそらくは第三相臨床試験に入る頃から、MP98を何が何でも認可させる擁護作戦が画策されていたことになる。細心の注意を払って、認可を妨げるすべてのことを隠蔽《いんぺい》する方向で動いていたのか？

もちろん人に使ってみて、明らかにMP98が原因と思われる死亡症例が発生すれば、どう理由をつけても、認可にこぎつけるのは難しい。

しかし、前の臨床試験で証明されているとおり、まったく副作用がないほどの完璧な薬剤であったから、人で大きな副作用が出る危険性は低いと予想されていたはずだ。もっとも、無血小板症は見逃されたわけであるが、これは柳川一夫だけが、ようやくのちの実験で気がついた。そして、そのことを知る小林研二とともに殺害された。

これまでに岩谷たちが想像していたことに、ほぼ矛盾しない祥子の推理であった。

そこに一人の男が関与している可能性が大きくなった。おそらくは、こいつかこいつの周辺の人物が、犯人に違いない。

関本か山辺ではないのか？　それに有田を加えた三人のうちのいずれかの差し金か？

子にメールを送り返した。

第四の人物か？
岩谷はどうしたらこの男を割り出せるか熟考したあと、質問事項を箇条書きにし、祥子にメールを送り返した。

当直室のベッドで浅い眠りに入っていた祥子の携帯が、さわやかなメロディを奏でた。ペールギュントの朝であった。小鳥のちちちという啼き声につづいて、朝を告げる音楽が何小節か流れた。

岩谷からのメールだった。目をこすりながら、画面に集中する。内容は、男の名前、生年月日、住所、保険証番号、祥子が会った時の男の印象、背格好、顔立ち、特徴的なことなどの情報がほしいという。

時計の針は、朝の六時をまわっている。起きなくっちゃ。

最後の一行に、祥子先生の頭は素晴らしい、とっても好きです、と書いてあるのを見て、思わず微笑《ほほえ》んだ。好きなのは私の頭だけ？

〈おはよう、乱風。情報の答えは今から調べます。待っててね〉

メールを返した祥子は、顔を洗うのもそこそこに、昨晩落とさずに眠ってしまった化粧を少し気にしながら、事務当直員に電話をし、以前のカルテを調べてもらうよう依頼した。

カルテが見つかった。一年半以上も前のことであった。本名かどうかはわからない。偽造の健康保険証かもしれない。

谷口典明《のりあき》　昭和二二年二月二二日生
兵庫県西・宮市苦楽園×番町×番×号　グリーンピア五〇八号室
TEL　〇七九八－七三－××××
保険者番号　八九二七××××
記号番号　兵庫・国
本人
有効期限……

偶然かどうか、生年月日がいかにも嘘くさい。
祥子は携帯のメールに、以上の情報を書き込んだ。うつむき加減に話していたせいか、ほとんど男の顔を思い出せない。やたら髪の毛が黒かったような覚えがある。
カルテを見ると、当時話をした内容が書き連ねてあった。間違いない。妻の肺癌のこと、レントゲンフィルムの所見、レスクラン、天下製薬……。

改めて思い返してみる。あの男の目的は、妻が肺癌ということにして、私の動向を探りに来たのであろうか？　それは、私が学会で出血について質問したから？　それならほかの質問者にも、私のように近づいたのだろうか？　出血について訊いたのは、私だけだった。少なくともあの会場では。

ぞっとするような寒気が祥子の背に走った。私は、殺人鬼と話したのかもしれない。もう一度会えばわかるだろうか、と祥子は谷口の顔を何とか思い出そうとした。だが、おぼろげな記憶しか戻ってこなかった。

向こうはこちらをずっと見ているかもしれない。注意しなければ……。

祥子からメールを受けた岩谷は、署に出るとさっそく伊丹署の亀山に連絡を取った。西宮在住という谷口某の確認のためである。

保険証についても調査を依頼した。結果は昼には岩谷の元に届いた。たしかに本人が存在する。

連絡を受け取った亀山は西宮署に赴《おもむ》き、同署の協力を得て、西宮市の六甲山麓《ろっこうさんろく》にある住宅街に足を運んだ。山肌を削って、巨大なマンションが建ち並んでいる。わずか数百メートルも下れば、昔からの芦屋《あしや》の大別荘地六麓荘《ろくろくそう》がひろがっていた。

谷口が住むというマンションは、新しく美しい姿を緑の中に沈めていた。

オートロックの扉が開いて、子供を連れた若い女性が出てきた。その隙を縫って、亀山は西宮署の刑事と中に入った。

郵便箱に五〇八号室、谷口の名前を探す。たしかに谷口典明と名前が書いてあった。

「本人か？」

それにしても、西宮の人間がなぜわざわざ大阪まで出て、しかも女医の当直病院まで行ったのか？　女医を狙ったという、明らかな意図が見受けられた。

エレベーターで五階まで上る。

五〇八号室は、エレベーターを降りたところの前の部屋であった。左右に何室も部屋が並んでいる。表札に、〈谷口典明〉と出ていた。

中の音をうかがってみても、人が動いている様子はない。亀山は左右を歩いてみた。同じようなつくりの玄関ドアが並んでいる。

五〇八号室の前に戻った時、エレベーターの扉が開いた。中年の婦人が、大きな買い袋を揺すりながら、よろよろと降りてきた。

「あのう、少々ものを尋ねますが」

声をかけた刑事に、女性はうっとうしそうな眼差《まなざ》しを向けた。この大きな荷物が見えないのか、という目であった。

「ここにお住まいの谷口さんとは、よく会われますか？」

「どなたなんです？　あなたがた」

こういう者ですと身分証を見せると、女性の態度が一変した。

「いいえ。あまり見かけません」

「どのような方ですかね？」

「さあ？」

「お若い方ですか？」

「中年の方ですよ。五十代後半でしょうか」

「休日なんかどうでしょうか？　見かけられたこと、ありませんか？」

「さあ？　そういえば、お会いしたことほとんどありませんね。谷口さん、どうかしたんですか？」

「いいえ、たいしたことじゃないんですが。ご家族の方は、いらっしゃらないのですか」

たいしたことがないのに、刑事が来るわけないじゃない……と、胡散臭そうな表情を浮かべながら、女性は答えた。

「ええ。たしかお一人だと思いますよ」

「何かご存じないですかね？」

主婦らしき女性はちょっと考えるような仕草をした。そこにまたエレベーターから人が出てきた。

「あら、大谷《おおたに》さん。こんにちは」

声をかけながら、二人の男をじろじろと見ている。

「あら、公文《くもん》さん、お買い物？」

「ええ」

興味津々の顔つきで、こちらの方は？　と二人の刑事をちらっと見やった。

「警察の方。谷口さんのこと、お聞きになりたいそうよ」

「谷口さん？　五〇八の？」

「何かご存じないですかね？」

亀山が促す。

「あの人、カメラマンじゃないかしら」

「カメラマン？」

「前に大きなカメラを抱えて、お部屋に入っていかれるところを見たものですから」

「なるほど」

「それにお一人のようで、あまりお見かけしませんから、私はどこか取材であちこち行っておられるのかと思っていましたけれど」

「なるほど、なるほど」

「こちらの管理人さんは？」

「管理人はいませんわ。すべて自動で管理されていて、異常が起これば、管理会社にすぐに連絡が入るシステムになっていますから」

高級マンションですわよ、そうざます、と二人の主婦は胸を張った。

「あのマンションは、見張る必要があるな。何しろ天下製薬研究所員二人の殺害に絡んでいる可能性がある、と埼玉署の岩谷刑事から言ってきている」

「谷口典明とは何者でしょう？」

「カメラマンということだが、あちこち自由に飛びまわるには、格好の仕事だな。とにかく本人をとっ捕まえなければはじまらない」

「ずーっと見張るのですか？」

「あそこはオートロックだし、見張りをつけるのは難しいだろう。それより、旅券発行センターに問い合わせて、谷口典明のパスポートが申請されていないか、こちらを当ってみよう。もしあれば、面《めん》が割れる」

39　爬虫類

　カストラワールド社最高経営責任者マックスは、取り寄せた天下製薬関連の資料を、彼流のやり方で時間軸に沿って並べ替え、天下製薬の歴史を見ることができるようにしていた。

　彼の思考の中、天下製薬について気になるところが何カ所かあった。初めは漠然としていたが、歴代の経営幹部の経歴を見ているうちに、ある共通点に気づいた。ほとんどの役員が、当時の薬剤医務管理局もしくは外郭団体に属していたのである。彼らは天下製薬に、いわゆる天下り人事でやってきた。

　もう一つ、これは前から気がついていたことであるが、販売している薬の種類が、会社の規模と比べて思いのほか少ない。売り上げが計上されて収支が合っている、一見して、問題がない経理と見受けられた。

　しかし、とマックスは疑問に思った。この種類の薬で、日本の市場でこれほどの売り上げがあるはずない。自社のレスクランであれだけの売り上げだ。天下製薬の薬一つひとつを計算しても、それぞれ計上された売り上げがあるとは思えなかった。

相当巧妙な手口で経理に不正がある、それがマックスの出した結論であった。したがって、マックスは天下製薬を吸収することを断念した。すでに手に入れている天下製薬の株については、サラバストンの順調な売れ行きに伴って、まだまだ株価が上がるだろう。頃合を見て売り払えばよいと考えていた。

一方で、サラバストンは手に入れるべきだとの判断もつけ加えた。レスクランと抱き合わせで、すべての市場を独占できる。サラバストンの世界展開に向けて、人と金の投入を大きく増やすよう、指令を送った。

きわめて順調なサラバストンの売り上げに、天下製薬は沸き立っていた。殺された柳川や小林のことを思い出す者はほとんどいなかった。会社の株価も鰻上《うなぎのぼ》りに高騰《こうとう》し、連日最高値を記録していた。六百五十円だった株価が、すでに二千円を超えていた。

緑川は経営幹部を集めて日頃の労苦を労《ねぎら》ったあと、カストラワールド社と組んだサラバストンの世界展開についての報告を聞いた。

有田研究開発担当常務は世界開発担当専務に昇格となり、カストラワールド社と進めている世界市場への進出について、細かく今後の対応を説明していた。

世界展開に関する作業は、天下製薬の何十倍も大きいカストラワールド社の打ち出した方針に乗っかる形でしかなかったが、天下製薬にとっては初めての経験であり、各国での申請について、連日連夜、横文字と格闘しながら、嬉しい作業に追われていた。

サラバストンが上市《じょうし》されて半年、売り上げは二百億円に達していた。大型の商品になることは、誰の目にも明らかだった。薬事業界からは、近年稀な成功例の一つに挙げられ、一方ではもてはやされ、一方では羨望の眼差しで見られた。

有効性と商売の成功に、もはや致命的な欠陥が潜んでいることに気づく者はなかった。O大学と、連絡を受けた一部の医療機関、および岩谷たちのみが、副作用の発生に神経を尖らせていた。


有田は山辺と、今度は誰に見られてもかまわないという態度で、高級ホテルの最上階にある薄暗いラウンジで食事を楽しんでいた。

「先生。おかげさまで、順調です」

「思いどおりですな。有田専務」

専務というところに、わざと力を込めて山辺は話した。

「いやー、ご昇進おめでとう」

有田はいやいやと頭を掻いている。

「何もかもうまく行きました。それもこれも、山辺先生、先生のおかげですよ」

山辺は運ばれてきた高級ブランディの芳香を、顔つきにはそぐわない仕草で、楽しんでいた。

爬虫類がアルコールを舐めている。ぺろぺろと赤い舌が赤い唇を割って赤い液体の中で蠢《うごめ》いている……。

窓の外には、大都会の夜景がひろがっていた。闇の底に、小さな灯りが蠢いている。どれもこれも欲望が光っている。有田は下界を眺めながら、そう思っていた。

「先生。今日はスイートをご予約してあります。このあとごゆっくり、おくつろぎください」

何もかも心得ておりますよ、と有田のずるがしこく光る目が語っていた。

「おほほほっ」

山辺は例の甲高い声を抑えながら、爬虫類のような顔をほころばせている。ブランデイを舐めた唇がぬめぬめと赤く光った。

この男、金も名誉も女も、どこまで欲深いんだ……。

そんな想いなど微塵《みじん》も見せず、有田は、「ふん、いざとなれば一蓮托生《いちれんたくしょう》」と山辺の機嫌を取っていた。こちらは、三人の会話を全部記録してあるんだ。あんたの尻尾はつかまえてあるよ。

「それにしても」

山辺は、一瞬真面目な顔に戻った。

「関本さんは、いかがなんでしょうな？」

「情報はまったく入ってきませんが、芳しくないようです。何しろ、例の薬では死者さえ出ておりますからねえ」

「その点、我々のサラバストンは副作用死がありませんから、何も問題ない」

「そうなんです。仮にあのデータやO大学からの報告のようなことが起こる懸念があるとしても、肺癌に包み隠されて、サラバストンの副作用とはわからない」

「ほっほっほ。本当にうまい薬を創ったもんですな」

こいつの笑い声は、いちいち勘に障る。こいつの女は、よくもまあ、我慢できるもんだ。どうせ金の力だろう……。

「我々は運がよかったのでしょうな」

「そうですな。我々二人はね」

「ほんに、関本さんは不運でしたなあ」

にやにやと爬虫類然とした山辺を見ながら、有田はなるべく早くこの男と手を切らなければと思った。

サラバストンの海外展開の話が、カストラワールド社との間で急速に進んでいる。うまく行けば、さらに上のポストに就けるかもしれない。

「時に、有田さん」

山辺が蛇のような目を有田の双眸に据えて、切り出した。

「小耳に挟んだのだが、お宅の会社では、何かサラバストンをアメリカやヨーロッパでもお売りになる計画があるとか？」

有田はギョッとした。何でこいつが社内極秘事項を知っている。

いつもは冷静な有田が思わず動揺した。

「ど、どうして、それを？　どこでお聞きになりましたか？」

自ら極秘事項を認める形になっているのにも気づかず、有田は問い返してしまった。

「やはりそうですか。いや、情報源はこれからのことも考えて、内緒ということにしておきましょう。ほほほほっ」

山辺は自分が優位に立っていると実感できるだけに、今まで築いてきた、サラバストンと天下製薬に対する立場をあくまで維持し、さらには将来もっとよい条件で関われないか、脳細胞を叱咤激励しながら、模索していたのである。

有田は有田で、自分の不利な状況を即座に理解した。どう返事をするか、有田はまじまじと山辺の顔を眺めた。異星人が目の前でぺろぺろとアルコールを舐めているような気がしている。

「いや、これはまだ極秘事項でして。何も申し上げられる段階ではありませんので」

先生には関係ない。そう言いたそうな有田を無視した山辺は、ぺろりと舐めたブランディグラスを光にかざすように見つめながら言った。

「世界で売れれば、大きいでしょうな。一千億いやいや何千億だ。レスクランの例を見ても、それぐらいはいくでしょうなあ」

「は、はあ。おかげさまで」

また自ら認める形になっている。

「当然お宅には莫大な利益が入る」

先生には関係ない、と何度も言おうとして、有田の口は動かない。

「まあ、私もこの薬の開発には、多大の貢献をした」

その報酬が、この間払った十億だろうが……。

「私の協力がなければ、今のサラバストンはない。今のサラバストンがなければ、これからの世界市場でのサラバストンもない」

おわかりですな……と、山辺の眼鏡の奥の小さな目が有田を見据えている。

「したがって、当然私には今後の利益に見合う報酬があってしかるべきでしょう、と申し上げている」

来た！　有田はこの場をどのように切り抜けようかと、少しアルコールでぼーっとなりかけている頭で考えていた。

「そうですなあ、率直に申し上げて、今までのものくらいはいただきたいですな」

「じゅ、十億ですか？」

「そう、そのくらい、売り上げから見たら、はした金でしょう？」

何というやつ……。有田はこの瞬間初めてこの男が今までなぜ医学会の中で力をふるいつづけることができたのか、ようやく理解できた。おそらくこの金は、別の実力者、各界の大物、あるいは政治家などに、外には見えないさまざまな形で流れているに違いない。

「しかし、これからは先生のお手を煩わすこともないかと存じますが」

有田はようやく反論を切り出した。瞬間、山辺の顔貌《がんぼう》が一変した。

「有田さん、そんなことを言ってもらっちゃ困る。今までのつき合いだ。これで終わりというわけにはいかん」

「そうは言われましても。今回の金だって」

どこから出たとは言えなかった。

「今回の金がどうかしましたかな。そんなことはもうすんだことだ。私はこれからのことを言っている。有田さんなら、何とでもできるでしょう？　ね」

「そんなことおっしゃられても、簡単には……」

爬虫類の目が光った。

「何とかなるでしょう？　えっ。何とかしてくださいよ。期待しておりますからねえ」

言葉遣いが妙にていねいになって、有田は背筋がまた寒くなった。山辺がごそごそと、上着のポケットを探っている。

目の前に何かが置かれ、有田の心臓は一瞬停まりそうになった。

「いえね、今回のお話があった時に、私も多少は自分の身を守らないといけないと思いましてね」

山辺は手のひらに入りそうなボイスレコーダーの小さなスイッチを入れた。イヤフォンを耳につけろと、山辺が差し出している。

有田の耳に音が流れ出した。

ドアの閉まる音が、遠くで聞こえた。つづいてせわしない自分の声がした。

「急に何だ？　認可まで会うこともないと思っていたが、緊急とは何だ？」

関本の声がつづく。

「認可が遅れそうだ」

「何だって！」

山辺と有田が同時に叫んだ。

「O大学から、MP98の欠点を実験的に証明した、という手紙が審議官のところに来たんだ」

「どういうことですかな？」

山辺の甲高い声が耳につく。

「以前、お宅の研究者が指摘したのと同じことを言ってきた。おまけに、死亡症例の再検討を提案する、それまでは認可するなと主張してきたんだ」

「そんな馬鹿な！　何で今頃？」

「おい、有田。あの実験記録は、俺が言ったとおり、焼却したんだろうな？」

「当たり前だ。全部焼いた。何一つ残っていない」

「じゃ、どうして、何て言ったかな、おう、その無血小板症なんて言葉が出るんだ？このままじゃ、我々の十億がだめになってしまうぞ」

「どうするんだ？」

「これはまた、有田さんに一肌脱いでもらわにゃあならんな」

「…………」

「審議委員会の人間の名前を教える。あとは有田さんのところでうまくやってくれ」

「わかった。とにかくO大学からの手紙を見せてもらえないか？」

「何とかする。コピーを届けるよ。実際問題、今頃こんなことを言ってきたって、認可へ向けての作業が振り出しに戻って喜ぶやつはまずいない。審議官は多くはこちらの要望どおりに動くはずだ。うまく接待して、それなりのものをつかませれば、何も言わずに言うとおりにしてくれるよ」

「わかった。明日にでも名簿を届けてくれ。ついでと言っちゃあなんだが、中には正義漢ぶって、こちらが接近しないほうがいいやつもいるだろう。そいつらの見分けがつくようにしておいてくれ」

「承知した」

「それにしても、何で今頃」


音が切れた。山辺がスイッチを切ったのである。山辺の手が伸びて、有田からイヤフォンを抜いて、ボイスレコーダーを大事そうにしまい込んだ。

有田は驚きを隠せなかった。

こいつ、俺と同じことを……。

「有田さん、どうせあんただって、これくらいのことはしてるんだろ。お互い自分はかわいいですからなあ。ほっほっほほっ」

「先生も……。ははは、参りましたなあ。おっしゃるとおりですわ。やれやれ、わかりましたよ。何とかしましょう。しなければいけませんな」

「有田さん、十億ですよ。一年にね」

「えっ！　一年!?」

「そう、毎年ですよ」

山辺は両手を開いて、薄明かりに照らした。有田には、目の前の爬虫類の影が急に大きくなって、自分を呑み込んでしまうような気がしていた。

40 照合

「近畿地方では谷口典明という名前で、この五年の間に九名がパスポート申請を行っています。住所もわかっていますが、引っ越している者もいるかもしれません」

「まずは、一人ひとり当たってみてくれ。例の住所はあるか？」

「ないですねえ。住民票にも届け出がありません」

「ふん。これは厄介だな。場合によっては、全国を当たらなければならないぞ」

「それより、九名の顔写真を関係者に見せてみてはどうでしょう？」

「誰が谷口を知っているというんだ。近所のあのおばちゃんたちか？」

「そうですね。それがいいのではないでしょうか？」

　谷口典明を名乗る九名のパスポートの顔写真が、谷口が住むマンションの住民たちに照会された。

「さあ、よくわからないわ？　どう、大谷さん？」

「私も。そういえば、はっきりとお顔を見たことがないような気がするわ。話したこともないし」

結局、彼女たちからは情報が得られなかった。

さらに周辺の住民にも当たってみたが、誰一人、谷口と名乗る男の容貌を覚えている者はいなかった。手がかりなしとの連絡を受けた亀山は、しかし、と思った。

こいつは本ボシかもしれない。うまく住民に顔を見られないように行動している。そんな気がしてならなかった。

「はい、岩谷です」

「ああ、亀山さん。お疲れさまです。何かわかりましたか？」

亀山からは、谷口の顔写真を照会すると一昨日連絡があったばかりだ。

「それが空振りなんですわ。あのへんの住民、誰も谷口の顔を知らないようなんです」

「それは怪しいですね。わざと顔を見せないようにしていたのかもしれない」

「岩谷さんもそう思いますか？」

息子のような年齢の岩谷に対して、亀山の言葉遣いはていねいである。

「そうだ！　その写真、祥子先生に見せてもらえませんかね？」

「は？　しょうこせんせい？　それはどなたですか？」

「O大学のお医者さんです。唯一、彼女が谷口に会っている可能性があるんです」

祥子が当直していた時のことを、岩谷は手短に説明した。

「わかりました。さっそく出かけましょう」

「ちょっと待ってください。九名の顔写真、そうですね、スキャナーかなんかでコンピュータに取り込めませんか？　それを僕のほうに送ってもらえれば、こちらでも何かの時に照会できますし、データを丸ごと祥子先生に送ることができます」

「コンピュータですか？　そりゃ、苦手だなあ」

「どなたかできる方を探して、やってもらってください。祥子先生が見たという男がいれば、そいつが谷口と名乗った男になります。いなければ、わざわざ大阪まで出て行く手間も省けますし」

足で稼いだ昔ながらの捜査方法が、電子機器の導入で急速に様変わりしようとしている。

「僕のメールのアドレスは」

「待ってください。私が聞いてもわからない。誰か若い者で、わかる者をつかまえますから。折り返し電話します」

亀山からの電話は、十分後にかかってきた。

岩谷の話を電話の向こうで、若い刑事が聴いている。

「わかりました。すぐに手配します」

三十分後には、九名の谷口典明の住所とともに顔写真が、岩谷のコンピュータのモニター画面に並んだ。かすかな期待のあった山辺や関本の顔はなかった。髪の色や眼鏡、髭など、少し変えれば、何となく似ているような顔もある。変装を考えれば、まだ可能性は捨てきれなかった。それに、ここまでは祥子の推理だけで、谷口なる人物が殺人に関与している確率は五分五分だ。

「さて、祥子先生に電話、電話」

メールを送ってもよかったが、岩谷は祥子の声が聞きたかった。

あれから何度もメールのやり取りはしているものの、お互い忙しく、なかなか生の声を聞くことができなかった。メールも着信してすぐに見ることができるわけではなく、読む時間ができたら返事を書くというのが常であった。

仕事中の祥子は携帯に出ることができないから、今日は大学に電話をしてみよう。

医局では、事務の女の子が出た。

「祥子先生、あ、いや、倉石先生をお願いします」

「岩谷さんという方から、お電話ですが」

事務の女性が、受話器を祥子のほうに差し出しているようだ。

「まあ。乱風」

祥子の声が、耳に押しつけている受話器から聞こえてくる。誰なんですか？　と訝しげな顔をする事務員から、受話器を受け取った祥子のドキドキしている様子が目に見えるようだ。

「祥子先生」

「乱風。どうしたの？」

「声が聞きたくって」

「何言ってるのよ。いつもメールしているじゃない」

「いや、本当に生《なま》の祥子先生の声が聞きたくて」

「それは私も同じ」

「うれしいなあ」

岩谷はしばし感激に浸っている。

「ちょっと。それで電話してきたの？」

「おっとっと。肝心の用事を忘れるところだった。いかん、いかん」

おどけながら、岩谷は祥子のコンピュータのメールアドレスを尋ねた。

「これから、谷口典明の顔写真を送ります。あれから近畿一円のパスポート申請者を調べたのです。その中に、祥子先生が例の病院で会った男がいるかどうかを見てください。

ついでに、以前にお話しした関係者三人の顔写真も一緒に送ります。こちらも見てください。じゃ、これから送ります。よろしくお願いします」

急に乱風の声が小さくなり、囁き声になった。「祥子先生、大好き……」という余韻を残して、電話は切れた。

「どなたなんです？」

嬉しそうにしている祥子に、事務員が興味津々の顔で尋ねた。

「私の彼氏」

あっけにとられている女の子にウインクをすると、祥子は自分の席に急いだ。

祥子に彼氏がいる！……という情報はすぐにひろまった。病院中が大騒ぎになった。

それは佐治川教授の耳にも届いた。佐治川は入道頭を撫でながら、よしよしと笑顔を浮かべた。

「この男だ！」

祥子は思わず声をあげた。

もう一度記憶を呼び戻して、確認する。おぼろげだった男の記憶が徐々に形を結びはじめていた。

うつむき加減に、ぼそぼそとしゃべっていたあの男の顔であった。わざと下を向いていたのかもしれない。奥さんの肺癌も嘘だろうし……。

〈谷口典明　奈良県奈良市法蓮西町二－×××〉

奈良の人？　あのカルテには、たしか西宮市と書いてあったわ。嘘をついていたのね。

それだけでも怪しいわ、この人……。

祥子は岩谷の携帯に電話をした。ベルが、ぷ、と鳴るか鳴らないうちに岩谷が出た。

「もしもし、乱風」

「また声が聞けた、うれしいな」

小さな声がそれでもはっきりと祥子の耳に届く。

「いたわよ。この人に間違いない」


「いたあ！」

岩谷の声が爆発した。捜査員たちが一斉に振り返った。

「やったね。祥子先生！　すごい、すごいよ」

「すぐに送るわね。住所が違っているから、ますます怪しいわよ」

「よろしく。ありがとう、祥子先生」

祥子先生、祥子先生と繰り返す岩谷を、捜査員たちは呆れ顔で見ている。

「忙しいでしょうから、これで切るわね。もっと話していたいけど」

「僕も。でも仕方ないな。祥子先生も忙しいでしょう？　じゃまた、メールでね」

「ええ。あ、それと、今度横浜で内科学会があるの。その時会えない？」

「うわっ、それはうれしいなあ。いつですか？　休み取るから」

乱風は祥子から内科学会の日付を聞いて、しっかりとメモに残した。

休みを取ると大声で叫んだ岩谷を、何人かの刑事がにやにやしながら眺めていた。

祥子が選んだ男の顔をじっと見つめていた岩谷は、コンピュータ画面の中でさまざまに操作していた。祥子が選んだ人物は、山辺でも関本でも有田でもなかった。

少し手を加えると、山辺教授やすでに逮捕されている関本の顔に何となく似てきた。

岩谷は元の写真を前科者の中にないか検索依頼を出すと、つぶやいていた。

「完全に山辺がシロというわけにはいかないな……」

41　失墜

サラバストンの売れ行きは順調であった。同薬の有効性を知った医師たちは、新たに治療が必要となった肺癌患者には、レスクランよりもサラバストンを選んだ。

一日一回、朝服用するだけでよい。副作用も出ない。昨日まで悩まされていた激しい咳が、日増しによくなっていく。検査でも、肺癌の原発巣やあちこらに転移した腫瘍が、信じられないくらいの速さで縮小していった。中には効きかたが不充分な患者や、なかなか縮まない腫瘍もあったが、総合的に見れば、はるかに優る有効性が人々を喜ばせた。

レスクランを使っている患者の中にも、サラバストンに切り替えてくれと言ってくる者まで出てきた。レスクランの売り上げは急速に落ちつつあった。マックスは自ら日本に乗り込み、日本支社長のルーベックとともに天下製薬を訪れている。

「素晴らしい薬ですな」

「いやいや、おかげさまで」

緑川はのんびりと社長席についている。高級な葉巻の香ばしい匂いが、煙草嫌いのマックスの鼻にも届いた。

マックスが少し顔をしかめたのを見た有田は、「煙草はお吸いにはならないのですか?」と話しかけた。ルーベックがマックスに通訳する。

「ええ、吸いません。でもかまいませんよ。なかなかいい香《かおり》だ」

マックスは我慢して、お世辞の一つも言わねばと思っている。

「今日は、国際開発担当の有田専務にも同席してもらっています。彼は研究開発担当常務の頃からサラバストン一筋にやって来ました。この薬が世に出たのは、彼の寄与するところ甚大です」

有田は小さく頭を下げた。

「いささか御社のレスクランの市場を食っているかもしれませんが、どうかご容赦を」

心にもないことを有田は口にした。

「いや、いい薬がよく売れるのは当たり前です」

「そう言っていただけると……」

マックスは意味のない、何も産むことのないお世辞は嫌いであった。

「さっそくですが」

マックスは世界展開を加速することを提案してきた。これまでに計画されている各国での治験を、前倒しで進めるという計画であった。

申し出の内容を見た有田は息を呑んだ。さすがはカストラワールド社。人と金がふんだんに要所要所に注ぎ込まれている。一片の隙もない計画であった。

これほどまでに世界の大手製薬会社は力があるのか……。

当然のことながら、次々と新薬を上市《じょうし》してくる世界の大手メーカーの力は、市場を着実に占めてくることで充分わかっているつもりであったが、いざ一緒に仕事をし、強化策をこのような形で示されると、有田でさえも唖然とせざるをえなかった。

我々は呑気すぎる……。

有田は、天下製薬が近い将来カストラワールド社に呑み込まれる危険性を感じて、ぞっとした。

緑川は他人事のように、葉巻を燻《くゆ》らしつづけていた。


「今朝、家族から連絡があったのだけれど、Sさん昨日寝ているうちに亡くなったんだって。せっかくサラバストン効いていたのに」

「Mさん、転移したところがよくなっていたんだけれど、昨日、脳内出血で亡くなったわ」

「患者のAさんが死んだんだ。もうちょっともっと思っていたんだがな」

「肺癌の患者Kさん。経過がいいのに、急に亡くなったんだ」

「肺癌術後のQさん、サラバストン飲んでいて、術後の経過はよかったんだけれど、急な喀血で助けられなかった。血管を結紮《けっさく》しているところでもはずれたのかなあ。いや、手術に問題はない。術後一カ月も経っているんだ。癌の再発浸潤じゃないのか?」

日本中のあちこちの病院で、サラバストンを服用している患者が、次々と出血と思われる突然死で死亡していった。最初は、それぞれの病院で一例か二例であった。あちこちでばらばらに起こっていたので、誰もことの重大性に気がつかなかった。

O大学のみが、関連病院から集まる死亡症例の情報を集積しつつあった。肺癌患者での突然死は、ほとんどがサラバストンによる出血であることが、確実な情報として固まりつつあった。もちろん情報の中には、無血小板症という現象がはっきり現れていた。

「先生。恐れていたことが、どんどん起こっています」

佐治川教授も真剣な表情であった。いつもの柔和さがまったく見られなかった。医局員からさまざまな意見が飛び出した。

「いかんな。早く止めないと、ますます犠牲者が出るぞ」

「何とかなりませんか?」

「もう一度これまでのデータをまとめて、今度は薬剤医務管理局の市販後副作用調査委員会のほうに送ってみよう」

「今度の内科学会で特別に演題出せませんか? 締め切りがすんでますけれど」

「問い合わせてみよう。すでに演題集も配られているから、難しいかもしれんが」

「マスコミはどうですかね？」

「我々が言ったくらいで、取り上げてはくれんだろう」

「我々だけでも、サラバストンの使用は中止にしないといけませんね」

「もちろんだ。事情を病院長、医学部長それに薬剤部長に話して、サラバストンの入荷を止めてもらうよう頼もう」

「今日もまたどこかで誰かが亡くなっているかもしれません。少しでも早く止めないと」

「とにかく今日明日中には、薬剤医務管理局に報告しよう」

医局会での検討事項は、祥子から岩谷に逐一知らされた。岩谷は「自分の出身大学関係者にも知らせる」と言って、佐治川教授のレポートを送ってはしいと要請してきた。

O大学病院に出入りしている天下製薬の営業担当は、薬剤部長から直接「しばらくの間サラバストンの入荷を止める」と聞かされて愕然とした。理由を訊ねても、薬剤部長は言を左右にするだけで明瞭な答えを返さなかった。

医局に出入りする天下製薬のMRも、突然サラバストンがまったく処方されなくなったことに当惑の色を隠せなかった。医局出入り禁止とまでは言われなかったが、いつ行っても、医師たちの態度がよそよそしかった。MRは泣きそうになりながら、会社に帰って、上司に状況を伝える毎日であった。天下製薬も、O大学とその関連病院が、サラバストンをまったく処方しなくなっていることに衝撃を受けた。理由はわからない。大学に出入りしているMRや営業担当者がわけのわからないまま、上司からこっぴどく叱られた。

「何か先生方の気に障るようなことでもしたんだろう。先生方を怒らせたんじゃないのか？」

「売り上げを伸ばそうと、法律に触れるようなことでもやったんじゃないだろうな？」

「医者は臍を曲げると、始末に負えないからな。だからいつも言っているんだ。後ろを向いて舌を出していてもいいから、先生と向き合っている時は、何が何でもご機嫌を取るんだ!!」

いくら考えても身に覚えのない担当者たちは、面食らうばかりであった。毎日泣きたい気持ちでO大学を訪れたが、事態は変わらなかった。本当に泣き出す者まで出はじめた。別のいくつかの大学病院と関連病院でも、サラバストンの入荷がなくなった。サラバストンの処方もまったく消えた。

天下製薬は再び愕然とした。病院に出入りしている天下製薬の関係者も、一部の病院から締め出された。地方の営業所で、O大学の時と同じような風景が繰り返された。

サラバストンの副作用に関する情報は、口コミで伝わっていった。多くの医師が、自分たちの身のまわりで起こっている肺癌患者の突然死の意味を理解しはじめていた。気がついた医師たちは、ただちにサラバストンを中止し、レスクランに切り替えた。

　佐治川教授や岩谷が関連病院に送った情報はコピーされて、医師の間でひろがっていった。こうなると、天下製薬でも事態の重大性に気づきはじめた。なぜ突然サラバストンが使われなくなったのか、何とか情報を入れようとした。

　その月の売り上げが、前月の八十パーセントまで減った。次の月には半分に減った。あちこちのＭＲがコピーを手に入れてきた。どれも同じ物であった。無血小板症と出血により死亡した患者の統計的な情報が記されていた。

　天下製薬では、緊急会議が何回となく開かれた。売り上げ回復への叱咤激励、なぜ売れなくなったのかの調査命令、今回は、サラバストンの致命的ともいえる副作用情報についての対策であった。

「このぶんでは、来月の売り上げはもっと落ち込むぞ。いったいこの副作用のコピーはどこから出たんだ！」

　有田が頭から湯気を上げんばかりに顔を真っ赤にして怒鳴っている。

　どこでばれたんだ？　やはり小林たちが言っていた実験情報は正しかったのか？

「本当にこの情報は正しいのか？」

有田は会議に出席している役員たちの顔を一人ずつ眺めていった。

「誰かわからんのか?」

同じ年頃か先輩たちが居並ぶ役員会で、有田はすこぶる乱暴な口ぶりになっている。社長の緑川は頭が痛いと言って、昨日から会社を休んでいた。会議は有田が任された形になっている。

「こんな情報いくらでもつくれるじゃないか? サラバストンの好調を妬《ねた》んだ者の仕業《しわざ》ではないのか?」

後ろのほうから間の抜けたような声が聞こえた。

「ですが、お医者さんたちが危ないと思ったから、使うのを止めたんでしょう?」

有田は声のほうを睨んだ。怒鳴る声が震えた。

「誰だ、そんなことを言うやつは。それでも天下製薬の役員か!」

怒鳴られた役員はふらっと立ち上がった。あと何カ月かで定年退職する男であった。

「聞くところによると、どこの病院でもサラバストンを飲んだ患者さんが、コピーにあるように同じ死に方をしているようです。血小板ですか、これだって、すぐに測れるんでしょう? お医者さんたち、確かめているに違いないですよ。で、本当だから使わなくなったということですかね」

他人ごとのように、役員は静かに話した。

「あんたのように、気力も何もない人間に聞いてもはじまらん」

有田の頭の中も混乱していた。

「当局からは何も言ってきていないではないか」

「そりゃそうでしょう。副作用としては、我が社からは当局に上げていないですから」

別の役員が話し出した。

「このコピーと同じ物が、薬剤医務管理局に行っているのではないですか？」

「とすると、O大学か、情報の発信源は？」

「今はそんなことはどうでもいいでしょう。当局が発表したら終わりですよ。何とかしないと」

何とかしても、だめだろう、と役員たちはため息をついた。だいたい、あまりにも早くことが進みすぎた。バブル期に皆が有頂天になっていたのと同じだ。慎重さを欠いたため、こんな重大なことを見逃す羽目になったんだ……。

「薬剤医務管理局か……」

こんな時、関本がいてくれたら……と、有田は勝手なことを考えていた。

カストラワールド社のMRもサラバストン情報を入手してきた。

「こいつは大変だ」

理由はわからなかったが、天下製薬のサラバストンが使われなくなっている、という噂は耳にしていた。反動で、レスクランにまた需要が増えたことも事実であった。

ルーベックはすぐさま、簡単に事情説明を添付して、サラバストンの副作用に関するコピーの英語訳を、マックス宛て緊急メールで飛ばした。間髪を入れず、マックスから返事が返ってきた。あちらはまだ夜中のはずであった。

「サラバストン海外治験は取りやめる。取得している株はただちに売却せよ」

株価に関しては、上昇はないもののまだ最高値あたりをうろうろしていた。ルーベックは、すでに自己判断で関連部署に連絡を入れ、今日中にすべての天下製薬株を売却するよう命令を出した。さまざまな名義で購入してあった天下製薬の株は、カストラワールド社が売ったとはわからない形で、その日のうちにすべて売り払われた。売却益は数百億円に達した。

日本藤武製薬でもサラバストンの副作用情報を非公式な形で入手していた。

無血小板症の実験は、すぐさま橋岡専務から迫水研究所長に指示された。結果が出るまでに半日と必要なかった。驚くべき結果がその日のうちに橋岡専務から竹下社長に伝えられた。

「お見事な采配でしたな」

「うむ。ここまで予測したわけではないが、結果的には天下製薬から手を引いたのが正解だったな」

「天下製薬は、これで」

橋岡が首の前で、手のひらを横に動かした。

天下製薬買収のために取得していた株式は、すでに株価上昇を見ながら、少しずつ売却されていた。カストラワールド社ほどではないにしろ、日本藤武製薬も多額の売却益を得た。

42 殺人鬼

横浜で開かれた内科学会で、祥子は特別口演の壇上に立っていた。佐治川からの依頼を受けた学会長のはからいであった。サラバストンの副作用に気づいた経緯から、その証明、薬剤医務管理局への働きかけと失敗、医療現場での細心の注意、それでも犠牲者を出してしまったことへの無力さ、無念さ。

一時間にも及んだ祥子の誠実な語りは、会場に詰めかけた学会員の感動を誘った。一人山辺教授だけが、動揺を押し隠すように、ひきつりそうになる顔の筋肉に力を入れていた。

口演の中で、祥子はすでにある人物が、実験結果から副作用を見破っていたこともつけ加えた。祥子は岩谷乱風の顔を思い浮かべていた。

「最後に、副作用に気づきながら、サラバストンの使用を阻止しえなかった我々の反省と、犠牲になられた方への哀悼《あいとう》の意を込めて、私は黙祷を捧げたいと思います」

と締めくくり、祥子は一度天井を見上げ、深く頭を垂れた。目に涙が一粒光って落ちた。会場でも、自ら頭を垂れる者がつづいた。

乱風は祥子の講演を聴きたいと言っていたが、結局、事件の処理で休みが取れなかった。

佐治川教授から一日の骨休み休暇をもらっていた祥子は、明日が待ち遠しくてならなかった。明日になれば会える。せっかくの機会だから、以前見逃した玉堂の美術館に行ってみよう。初夏の奥多摩もきれいだろう……。遠足を前日に控えた子供のように、楽しい想像を巡らしながら、祥子はいつの間にか深い眠りに落ちた。

早朝に乱風からメールが入っていた。すっきりとした気分で目を覚ました祥子は、携帯の画面が点滅していることに気づいた。

〈殺人事件発生のため、朝は会えない。緊急につき、ごめん。また連絡する〉

メールを見たとたん、祥子はしょげてしまった。

今日のデートを心待ちにしていたのに……。お仕事か、お休みを取っていても駆り出されるのね、かわいそう。私と一緒だわ……。

とりあえず起きて身支度をと、祥子はバスルームに入った。

すらりとした白い裸体に、ほどいた髪が長くかかる。うーんと力いっぱい伸びをした祥子は、少し熱めの湯の流れに身を委ねた。

乱風からのメールはなかった。忙しいのだろう。

見てくれるかどうかわからないが、と思いながら祥子は、

〈奥多摩に行きます。帰りに御嶽《みたけ》にある川合《かわい》玉堂の美術館に寄る予定です〉

とメールを送信し、簡単な朝食のあと、再び中央線の乗客となるべく東京へ向かった。

祥子の気持ちを象徴するかのように、外は雨だった。

すれ違う男たちが、傘を上げて祥子を見つめ、祥子のほうを振り返った。

午前中には雨が上がると言っていたのに……。

つぶやきながら、祥子は次から次へと窓についていては流れていく雨粒を、恨めしそうに眺めていた。

肺癌学会のあと、時間を見つけて奥多摩の秋を楽しみに出かけたのが、つい先日のように感じられた。そのあと肺癌の薬の開発を巡る騒動に巻き込まれるとは、想像すらしていなかった。でも、そのおかげで乱風に巡り会えた。

雨に煙る窓外の景色が、何かとても懐かしかった。

青梅線に入り、小作《おざく》をすぎると雨も小止みとなり、雲の切れ間から陽が射しはじめた。新緑を包むように、柔らかな光が満ちてきた。

ようやく事件処理から解放された乱風は、とるものもとりあえず東京にやってきた。初夏の強い陽射しが、午後の都会を焼いていた。

新宿から、祥子のあとを追って奥多摩に向かう。

昨夜半からの雨はすっかり上がって、青空がひろがっていた。路傍の草木に光る雨の名残が、あちこちできらきらと太陽の光を反射して目を楽しませてくれる。すでに三時をまわっていた。

先ほどからメールを入れたり、電話をしたりしているのだが、祥子からの返事はない。連絡がつかない苛立《いらだ》ちと不安が、乱風の胸を締めつけた。圏外ではないようだ。呼び出し音はつづいている。列車が駅で停止するたびに、ますます乱風は苛立っていた。

何度も携帯を見る。祥子からの返事はなかった。返事があれば着信音がするはずなのに、それがないにもかかわらず何度も画面を開けていた。

木立の中を、木洩れ日を楽しみながら歩いていた祥子は、突然近づいてきた足音に振り返った。シルクハットの男が立ち止まり、下から覗き込むように顔を上げた。サングラスをつけた顔が帽子の影で、さらに表情を隠している。丸めた背がゆっくりと伸び上がっていった。

「こんにちは」

祥子の挨拶に返事はなかった。

男は両手を上着のポケットに突っ込んで、のそりと近づいた。

「あなたは？」

祥子は思わず一歩下がった。言いようのない恐怖が走った。体形に何となく見覚えがあった。

あの当直の時の男……。谷口典明？　この男、二人を殺した殺人犯……？

祥子の視線が、男が手を入れているポケットに移った。

「ああ、これですか？　あとでお見せしますよ」

わざと声を落としているのか、くぐもった音が、ほとんど開かない唇の間から洩れてくる。

「困りますな。せっかくうまく行っていたのに。あなたが、ごちゃごちゃとよけいなことをするから、すべてパアになったじゃないですか」

「何のことです？」

祥子は声を絞り出した。

「何のことって、わからないんですか？　例の肺癌の薬ですよ。サラバストン。あれのおかげで、私はこのあと、悠々自適の生活を楽しむ予定だったんですよ。それが、あんたたちががたがた騒ぐもんだから。何もかもなくなっちゃったじゃないですか」

　低い声でぼそぼそと男は話した。時おりポケットの中で手が動く。

「あ、あれは……、あの薬が致命的な欠点を持っていたからじゃないですか。それを隠蔽して、患者さんたちにひどい苦痛を与えて、よく平気な顔をしてられますね」

　必死で絞り出した祥子の震える声は、厳しく響いた。

「少しお静かに願えませんかねえ。ここは静かな奥多摩の山中。大きな声を出しちゃ、山の静寂に悪いってもんですよ」

　ねちねちと男は絡んできた。しだいに祥子は腹が立ってきた。恐怖を持ち前の気丈さと腹立たしさが包み隠した。時間を稼ごうと思った。誰か通るかもしれない。

「あなた、いったい誰なんですか。谷口典明という名前ではないのですか？　顔を見せてください」

「おっと、その名前をどこで？　ああ、そうか。なかなかあなたも切れますねえ。私があなたの当直の夜に診てもらった人間とわかったのですね」

　男は言いながら祥子に近づいた。サングラスの奥にある目が、祥子の動きを封じている。

　足元からは、流れる川の水音が上がってきていた。先ほどから歩いた距離では、それほど民家からも遠くない。

「顔など少しぐらいなら、どうにでも変えることもできますし、それにね、名前だって、本名かどうかね……」

「天下製薬の研究所のお二人を殺したのはあなたですか？」

「おや、これは驚いた。そんなことまでご存じなんですか？　これはこれは。頭がいい女医さんとばかり思っていたら、優秀な探偵さんでもいらっしゃる。これには、驚きましたなあ」

しまった、と祥子は唇を噛んだ。これでは男が殺人者であることを知っていることになる。当然、男はこのまま祥子を解放するとは考えられない。それどころか、祥子を生かしておくこともありえないだろう。

「美しい女医さんだ。殺してしまうのはもったいない」

男の目がギラリと光ったが、サングラスに遮られて、祥子には見えない。男のポケットの中にある手が動いた。

「いったいどうして？」

「わけがお知りになりたい？　よろしいでしょう」

小さくつぶやくと、男は語りだした。

「人が来るといけませんから、手短にお話しましょう」

携帯が何度も着信を告げている。乱風に違いない。心配して何度もかけてきている。携帯のメロディが流れるたびに男の体が動いた。出るわけにはいかない。出れば、男はたちまち襲いかかってくるだろう。とにかく何とか時間を稼がなくては……。

陽がゆっくりと西に傾きはじめた。まわりが、先ほどよりも薄暗くなってきた。どれほどの時間が経っているのか、祥子には長い長い時間に感じられた。

「私はね、前の肺癌学会にも出席していたのですよ。あなたは熱心に質問した。私はあなたをマークする必要があると、ピンと来たのです。まさかあなたが質問したレスクランの出血のことが、サラバストンにまで及んでこようとは、その時は思いもしなかったのですがね。私の勘は間違っていなかった。それが証拠に、あなたに今度のサラバストンの件では、完全にしてやられてしまったのですからね。こんなことなら、あの時、この山の中にあなたを埋めてしまえばよかった」

「あの時……？」

秋の奥多摩の風景が、祥子の脳裏に蘇った。

「あの時、私はあなたをつけてここまで来た。覚えていませんかね？　カメラであなたの写真を撮っていたのを」

「あの時の……」

山の景色を撮っていたのではなかったのか？

記憶は定かではなかったが、カメラを持った男と目の前にいる男の体型は似ていた。祥子の体にまた震えが走った。

「あのカメラは九十度側面の景色を撮ることができるのです。話を戻しましょう。ある日、ＭＰ98に致命的な欠陥になるかもしれない実験情報が入った。公表されると困る。それで、そのことを知る二人の研究者を葬《ほうむ》ることにしたのですよ」

「何ということを！」

人知れずとんでもない陰謀が渦巻いている。祥子は目の前に差し迫った自らの危険を一瞬忘れていた。

それにしても、誰も来ない……。

「さて、ではどうやって殺したか、お話ししましょうかね」

男の手がポケットから出てきた。薄暗がりの中で光る物を持っている。男はその光る物の端を持って、ブランとぶら下げた。形はナイフのようであった。金属ではなく透明なものであった。

「これはね、アクリル樹脂でつくったナイフです。これなら金属探知機にかからない」

電気泳動《えいどう》のことも知っている祥子には、すぐさま凶器の材料が思い浮かんだ。

「普通では人の体を刺せば折れちゃうかもしれません。しかし、薬液を混合する割合を変えると、ほれ、このように硬くなる」

男は傍らの木に光る物を突き立てた。透明なナイフが木立に突き刺さって震えた。

祥子の目が大きく見開かれた。恐怖が体を突き抜けた。

山の影で薄暗い。空の明るさだけを残して、あたりに夕闇が立ち込めはじめている。

「おや、もうこんな時間だ」

まわりを見まわした男のサングラスの奥で、視線が祥子に戻ってきた。

男は一歩祥子に近づいた。

「残念ですが、お別れの時間です。私は今夜あなたを始末したら、静かに元の生活に戻ります。ほら、この間も見たでしょう。古いトロッコのトンネル。あそこの中に埋めてしまえば、永久に見つかりません。もしかしたら先客がいるかもしれませんね。今日あなたをつけてきたのは、サラバストンの裏側について、どれほどあなたがご存じかお聞きしたくてね。薬どころか、私が殺人犯人であることまでご存じだ。それにしても美しい方ですなあ。殺すのは大変気がひける」

しゃべりながら男は前進してきた。いつの間にか、男の手に別のナイフが握られている。

男は急ぐことなく、じりじりと祥子に迫ってきた。どのような表情をしているのか、影に隠れて何もわからない。一層の恐怖が祥子の体を貫いた。

後退りする祥子は、遊歩道の端まで追い詰められた。はるか下から聞こえてくる渓流のせせらぎが、耳に届いた。

「乱風！　助けて！」

叫んだ祥子の声に、男の表情は変わらなかった。凍りついた顔がさらに近づいてきた。遊歩道には落下防止用の柵はあるが、低い。このまま下がれば間違いなく転落する。

男がふっと息を吸い込んで、躍りかかってきた。

男の手がかかるかと見えた瞬間、祥子の体が横に跳んだ。攻撃をかわされた男のサングラスで見えない表情に、驚きが溢れている。

「これは驚いた。私が素人相手にかわされたのは初めてだ」

手を下ろし、ぶるっとひと振り肩を揺すると、男は大きく両手をひろげた。右手にはアクリルナイフが強く握りしめられている。祥子を捕らえて、廃坑となったトンネルの中で殺害する最初の目論見をかわされ、男は攻撃方法を変えたようだ。

この場で抱きすくめて背後にまわり、喉を斬り裂く攻撃の構えのように見えた。

そのままの姿勢でじりじりと迫る男との距離が、わずかずつ縮まってくる。

祥子は叫び声をあげられなかった。悲鳴をあげるわずかな時間に、無防備の体勢をさらすことになる。男はその瞬間を見逃さないだろう。そうなれば、突き出されるナイフを避けることができるか、自信がなかった。

たとえかろうじて逃れても、次の一撃は確実に祥子の体を貫く。

あたりが急速に暗くなっていく中、祥子は自然に男の息遣いと間合いを測っていた。身についた習性かもしれなかった。深く考えるでもなく、祥子の体が反撃のチャンスを狙っていた。

勝負は間違いなく祥子に不利であった。少しずつ祥子は柵のほうに追いやられていく。背後はどのようになっているのか。男のサングラスに視点を固定させている。目をそらすわけにはいかない。祥子は、下から這い上がってくる渓流の音が背を舐めるのを感じた。もうあとがなかった。

じゃりっ！

踏み出した男の靴が小石を踏む音がした。

早鐘のように打つ心臓の音を聞きながら、祥子はわずかに足を踏み出し、間合いを詰めた。瞬間、祥子の右足が跳ね上がった。男の急所と思しき場所を狙ったのだ。

狙いははずれた。男は祥子からの攻撃があることを予想していたようだ。

男が祥子の蹴りを防御する間に、祥子の体が沈んで横に跳んだ。

跳んだ足が棒のようなものに乗って滑った。バランスを崩し、その場に転がった祥子を見て、男がにやっと笑ったようだ。

倒れた体の脇に、いま滑った太い木の枝が触れた。

男は祥子目がけて、上体ごと右腕を振り下ろしてきた。唸りをあげて円軌道に乗ったナイフの切っ先は、間違いなく祥子の体を刺し貫いた——ように見えた。

だがナイフは宙で止まって、男の手から落ちた。

祥子の手で突き上げられた木の枝の先で、男は首が半分に歪むほどに打ち抜かれていたのである。出会い頭ともいえた。祥子の力が倍加して男の喉を潰した。

げうっ!

奇妙な音を発して、男は両手で喉を押さえた。衝撃で息が止まり、顔面が一気に充血した。踏鞴《たたら》を踏んだ男の足が雨で滑りやすくなっていた岩に乗った。もんどり打って転がった男の大きな体が祥子に覆い被さってきた。サングラスが飛んだが、祥子には男の顔を見る余裕はなかった。

二人は絡み合ったまま、遊歩道の柵を乗り越え、木立の生える急斜面をずるずると滑り落ちた。男の頭から脱げたシルクハットが祥子の顔を撫でて、どこかに飛んでいった。

男は息ができなかった。吸おうにも、喉頭が腫れ上がって気道を塞ぎ、空気が肺の中で停滞している。

しだいに加速される落下速度に、男は必死に祥子の腰にしがみついてきた。

急斜面に生えた樹木の間を抜けるように滑る速さが増していく。気を失いそうになり、体中に痛みを感じながら、祥子は「もうだめだ……」と思った。

突然、祥子は腹部に強い衝撃を感じた。大きな幹が腹に食い込んだ。それが幸いした。急に落下にブレーキのかかった祥子を残して、男の体が離れた。直後、コートを強く引っ張る力が、まったく感じられなくなった。男の手が土をつかみながら落ちていく。空しく見上げた目が、暗がりに残された祥子を一瞬捉えた。

男の体が視界からすっと消えたような気がした。ばきばきと枝の折れる音が、下から流れの音に混じって這い上がってきた。闇を引きずるような男の悲鳴が、突然途絶えた。瞬間、ズンと大気が揺れたようだった。

祥子は、気が遠くなりそうになるのを必死でこらえていた。不安定な体を動かして、バランスを取ろうとした努力が、むしろ仇《あだ》となった。体が幹のまわりを半周して、するりと抜けた。祥子の絶望的な目に、たしかに切り抜かれた星空が捉えられた。

乱風、助けて……。

祥子の体が静かに斜面を滑り落ちた。

43 着信音

岩谷の心は嵐であった。不安が暴風雨となって、岩谷の体を中から揺さぶった。

「祥子先生、祥子先生……」

愛する人の名を叫びながら、岩谷は奥多摩の山中を探しまわった。着いた時に残っていた太陽の光は、祥子を探しているうちに、いつの間にか消えていた。陽は落ちて、あたりは真っ暗であった。星空の明かりだけが、わずかに行く先を教えた。

せせらぎの音が下のほうから風に乗り、静けさの中を運ばれてくる。

岩谷の目は涙で溢れ、すぐに見えなくなる。ただでさえ暗い中、声を限りに祥子の名を呼びながら、手でごしごしと目をこする。返事はなかった。

どこに行ったんだ?

足元がおぼつかないまま、走る。叫ぶ。涙が飛び散る。どうすればよいか、わからなくなっていた。

「祥子先生!」

うわっ!

岩谷の体が、地面に叩きつけられた。とっさに手をつき、かろうじて顔面の直撃だけは免れたが、右手に激痛が走った。座り込んで手を薄明かりにかざす。ずきずきと痛む手のひらから腕に、生暖かいものが流れた。かすかに血の匂いがした。

ほかに傷《いた》めたところがないことを確かめると、ペロリと手のひらをひと舐めして、立ち上がった。血とともに口の中に土が入った。

「祥子先生！」

今もこうしている間に、祥子がどうなっているか、不安が体中に渦巻いていた。

「祥子先生……」

傷んだのは、祥子に初めて会った時、祥子が差し出した手を握った右手であった。宝物より大事な右手であった。その手が傷つき、血が流れている。

不吉な予感はふくれるばかりだ。

涙でくしゃくしゃになった目に、白いものがわずかに飛び込んだ。目を凝らして闇の中を見ると、下のほうの河原らしい。何かある。

「あっ！」

慌てて歩を進める。目をそらすと見失いそうになる地上の白い影が、近づくにつれて大きくなった。岩谷は闇に足を取られて転びそうになりながら、夢中で遊歩道から河原に降りた。

「うわっ！」

影は人の形のように思えた。

「しょ、祥子先生！」

白い影は動く様子がない。岩谷は駆け寄った。

河原の石につまずいた。血の匂いがぷんとした。白い影は静止していた。腕が奇妙な方向によじれていた。脚も折れ曲がって、体の下に入っているようであった。頭から顔にかけて血がこびりついていた。脳漿が時々きらりと小さな光を放った。

はたして、横たわる影は祥子ではなかった。男の体型であった。

顔を確かめようにも、暗がりの中、石榴《ざくろ》が弾けたような血みどろの顔は原型を止めず、まったく誰なのかわからなかった。

岩谷はあたりを見渡した。暗くてよく見えない。河原に沿って走っても、すぐに岸は途絶えた。

水の流れに、祥子は流されていってしまったのだろうか？

それほどの水量ではなさそうだ。河原を往ったり来たりしても、人影らしいものはなかった。上を見上げた。うっそうと茂る木立が、星空を遮っていた。

「上かもしれない」

灯りを持ってこなかったことを悔やんだ。

「ともかく探してみよう。もしかしたら、祥子先生はこの男に襲われたのかもしれない。この男がここで死んでいるということは、祥子先生は近くにいる」

手を差し出した祥子のにこやかな顔がまた、岩谷の目に大量の涙を溢れさせた。痛む右手を気にする暇はなかった。元の遊歩道まで、何度もつまずきながら斜面を駆け上がった。まわりに注意しながら、少しずつ前に進む。遊歩道は登りに差しかかった。

木立の中を透かすように見ながら進む。民家があるのだろうか、車の音が遠くに聞こえる。長い脚が遊歩道を踏みしめる。視線は暗がりの中、痛くなるはどに柵のあたりに注がれている。

何も見つからないまま、遊歩道は急な登りから、自動車道に出てしまった。男がそこから落ちたとは思えなかった。

絶望的な視線を自動車道に投げかけた。そしてまた、遊歩道を戻りはじめた。今度は右手に川の音が聞こえてきた。先ほどよりゆっくりと慎重に斜面の木立の中を見ながら進む。木に手をかけ、下を覗き込む。そろそろと進む。もはや涙は乾きかけていた。必死だった。

足が何かを蹴った。棒切れだった。往きには跨いで通ったらしい。木の棒がころころと転がって、柵の下を通って滑り落ちていく気配がした。目を凝らして見ると、そこだけ木の枝が折れているようだった。

「あっ!」

顔を近づけた。たしかに枝が折れた近くで土が擦れた跡があった。

「ここだ!」

ここから落ちたに違いない。男が死んでいた河原は、たしかにこの下のあたりに思えた。暗くてよく見えない。岩谷は苛立った。折れた木や土に顔を近づけて、痛くなるほどに目を見開く。瞳孔が最大に散瞳《さんどう》しているに違いない。間違いなくここから滑り落ちたようであった。

何らかの幸運が働いて、落ちたのは男だけだと信じたかった。それなら、祥子は助かって、どこかに逃れただろう。しかし、甘い考えはすぐに吹っ飛んだ。その場合は必ず報せてくるはずであった。携帯に何の応答もなかった。

「そうだ、携帯だ」

何度かけたかしれない祥子の番号をまた押した。呼び出し音が耳元に聞こえた。それを耳から遠ざけ、乱風は耳を澄ました。

何か音が聞こえるか……。

祥子が携帯の設定をサイレントモードにしていないことを祈った。

静かだった。静けさを破るように、上から車の通過する音が聞こえた。ヘッドライトの光の数分の一かがわずかに闇を明るくした。

すぐにまた闇と静寂に覆われた。渓流の音が忍び込んできた。

絶望が心を乱し、気が狂いそうだった。岩谷の全身から力が抜けた。体が崩れ落ちた。遊歩道についた膝は、打ちつけた痛みすら感じなかった。うなだれた頭が地に落ちた。

「だめか……」

すべてが終わった。岩谷の体のあらゆる神経細胞が機能を停止しているかのようであった。これまで、いついかなる時にでも自由に回転しつづけていた脳細胞が、もはや活動を拒否しているようであった。

長い時間だったのか、それともわずかな時間だったのか。

違和感があった。静寂の闇にそぐわない何かを、岩谷のかろうじて機能していた聴覚神経が感じていた。たしかに奥多摩の闇に調和しない物が混じっていた。かすかに妙な音がする。何だろう？

朝を告げる鳥のさえずりが聞こえた。岩谷は閉じていた目を開いた。

朝じゃない。目の前は先ほどと変わらぬ闇であった。鳥のさえずりは消えていた。かすかに音楽が聞こえた。脳細胞にギアが入って、神経回路が走った。聴覚神経だけに特別なエネルギーが注入された。

ソミレドレミソミレドレミレミ……音はつづいた。

「あっ」

音はしだいに大きくなる。たしかにペールギュントの朝だった。闇の静寂に朝が満ちた。

「携帯だ!」

岩谷は祥子が持つ携帯の着信音がペールギュントの朝であることは知らない。だが、朝の光は祥子の姿に相応《ふさわ》しかった。

「祥子先生!」

音はたしかに目の前にある木立の中から這い上がってきた。はるか下には、男の潰れた死体が転がっている。下から見上げても闇に吸い込まれていくような山肌は、急な傾斜に違いなかった。

岩谷に躊躇いはなかった。

木立の幹に手をかけ、慎重に足を滑らせていく。体が重力で斜め下に引かれていくのがわかる。右手にずきんと痛みが走った。足元はほとんど見えなかった。そろそろと少しずつ、岩谷の体が斜面を下っていった。

鳴りつづける携帯の音が、大きくなってきていた。

腕を代わるがわる木に巻きつけながら、体を支える岩谷の全身が汗だくであった。腕と足先にすべての神経が集中した。

音がすぐ近くになった。また、ちちち、と鳥のさえずりが繰り返された。凝らした目に、うっすらと白い影が見えた。

「うわっ！」

足が滑り、影に当たった。影はわずかに動いた。木や土ではなく、それが人であることを認識するのに、時間はいらなかった。

「しょうこせんせい！」

叫んだ岩谷に、白い影は答えなかった。

「祥子先生！」

岩谷の体が白い影のすぐ横まで近づいた。左の腕は木にかけたまま、右手で影に触れる。どこに触れたのか、手をそろそろと動かしてみると、髪が絡んだ。いつの間にかペールギュントはやんでいる。

ほとんど見えなかった。だが岩谷には、その髪が、目に焼きついている祥子の髪に間違いないと思った。体は不安定だ。

木立から手を離せば、間違いなく岩谷は滑り落ちる。祥子はどこかにかろうじて引っかかっているのかもしれなかった。見えない状況では、迂闊《うかつ》に動かせなかった。岩谷は手探りに右手を祥子の脇にまわして引き上げようとした。重かった。

普段軽やかに病院を飛びまわっている祥子でも、自らの意思で動かないとなると、いま下ってきた斜面を一人で引き上げるのは不可能だった。

「祥子先生!」

力の限り叫んだ。万が一に備えて脇に差し込んだ腕が痺れた。

「祥子先生!」

祥子の体がどのような状況であるのか、闇の中ではまったくわからない。携帯電話の光で見ようにも、塞がれた両手では、携帯を取り出すことすら無理であった。

血の匂いはしなかった。差し込んだ脇の下を流れる腋窩《えきか》動脈から、間違いなく祥子の拍動《はくどう》が伝わってくる。胸も呼吸に合わせて動いている。

生きている……。

だが、この状態では危ない。どうしよう……。

岩谷は絶望的な目を闇の中に泳がせた。


遠くで呼ばれたような気がした。体が何だか不安定だ。静かに祥子の意識が戻ってきていた。真っ暗だった。右の脇が木にひっかかっているようだった。

そうだ、私は滑り落ちたんだ。生きているのかしら……。

脚が何本かの木の間に挟まって、どうやらそこで体が支えられているようだった。曲げた膝の内側に硬い木の幹のような感触があった。動かすと痛みが走った。

生きている……。

ほとんどの体重が挟まれた二本の脚にかかり、いくぶんかは脇の木が支えてくれていた。左の手は自由だった。祥子は慎重にポケットを探った。指に携帯電話が触れた。取り出して、顔に近づけた。

「らんぷう……」

ここはどこ？　乱風に連絡しなければ……。

祥子はぼんやりとした意識のまま携帯電話を開き、岩谷の番号を探した。

「しょ、祥子先生！」

携帯を耳に当てた祥子の横顔が明るくなった。

「祥子先生！」

耳もとで、電話ではない岩谷の声が聞こえた。

「え？」

「祥子先生っ。生きていた。よかった！」

「らんぷう？　乱風なの？」

「祥子先生」

祥子が右腕に力を入れた。答えるように、乱風の右腕の筋肉が盛り上がった。

携帯の光が、近づいた二人の顔に等分に届いた。

「助かったの、私?」

「もちろんです」

祥子から恐怖が消え笑顔がこぼれた。

「……遅いわよ。遅刻よ、乱風」


それから一時間ほどして、遊歩道から河原は大騒ぎとなった。眩《まばゆ》いばかりのライトで、奥多摩の山中は昼のような明るさとなった。

祥子と乱風は、あと二メートルも下がれば、落下した男と同じ運命を辿ったであろう斜面に引っかかるような格好で発見された。レスキュー隊に救助された二人は、最寄りの病院に運ばれたが、大きな怪我もなく、乱風の右手と祥子の両脚に巻かれた白い包帯が鮮やかであった。

44　逮捕

天下製薬の株が大暴落した。売り手はいても、買い手がつかなかった。

天下製薬経営幹部の顔は青ざめた。従業員にも自社株大暴落の情報が伝わってきた。サラバストンの売れ行きが思わしくなく、それどころかどんどん在庫が増えていくのを、不安な面持ちで毎日見つめているだけであった。研究所員も仕事が手につかなかった。何が起こっているのかもよくわからないまま右往左往していた。

橋本るみ子は岩谷に情報を提供して以来、ＭＰ98の動向に人一倍注意を払っていた。岩谷が話した実験のことが、頭から離れなかった。

血小板がゼロ――。

ＭＰ98は何の滞《とどこお》りもなく認可され、短期間とはいえ天下製薬に莫大《ばくだい》な利益をもたらした。その結果がこれであった。重大なことが起こったに違いなかった。あの副作用が現実のものになったことを想像するのに、さして時間は要らなかった。

ここに来てようやく、薬剤医務管理局は、サラバストンの副作用について、大量の出血の恐れがあるという発表をした。すでに世の中はサラバストンの使用を中止していた。

ウイルス混入製剤販売に関する取り調べから、関本が振り込み人不明の十億円もの多額の金を受け取っていることが判明した。送検され、一年近い取り調べを受けてきた関本は、逃亡の恐れありという理由で、保釈も認められなかった。

財産がことごとく調べられた。多額の金が隠されていた外国の銀行預金が見つかった。検察庁は厳しく関本を問い詰めた。初めのうちは、何としても口を割らなかったが、サラバストンが副作用から製造中止になったことをどこからか知るにおよび、ついに語りだした。

検察は色めきたった。一つならず、二つまでも、とんでもない薬を世に送り出し、報酬として考えられないほどの金を受け取っていた関本に、情状酌量の余地はなかった。あわせて天下製薬専務有田幹郎と、K医科大学教授山辺年男に対する厳しい追及がはじまった。容疑は、関本の自白による贈収賄であった。傷害致死罪まで加わっていた。

有田幹郎は、普段自分が腰かけているゆったりとした椅子とはまったくかけ離れた、テレビドラマでよく見る粗末な椅子に座らされていた。腰が痛い。

すでに観念していたのか、有田はすらすらとサラバストンの開発に伴う三人の取り引きについて供述しはじめた。天下製薬が、株の大暴落と社運を賭けたサラバストンの失敗で、あとがないところまで追い込まれたのを知り、すべてを諦めたようであった。

十億の金は、関本、有田、山辺の三名に会社の経理をごまかして振り込んだことも話した。しかし、天下り資産のことは、一言も発しなかった。最後には一人で持ち逃げするつもりであった。それに、話すべき性質のものではなかった。


収監されている関本の体が、それとは気づかないまま病魔に蝕《むしば》まれていった。

関本の肺の一細胞の中の遺伝子が、ちょっとした反乱を起こした。反乱分子は、しばらくはまわりの様子をそっと窺っていたが、頃合よしとみると、あたりに遠慮することなく、傍若無人にはびこりはじめた。肺癌細胞が、関本の肺の中で少しずつ増殖していった。


一部の癌細胞は生まれ故郷をあとにして、長《なが》の旅に出た。巡り巡ったあと、安住の地を見つけて、そこを終《つい》の住み家と定めて、子孫を増やした。

あちらこちらに親戚が増えた。そこから新たな旅に出た孫細胞たちは、どこかで血の、いや遺伝子のつながった親戚と巡り合った。その頃には、親戚とは認識しえないほどに、子孫は増えていた。

三カ月後、肺癌の全身転移のため、関本は独房の中で人知れず冷たくなっていた。

山辺は頑として、収賄を認めなかった。「そんな金は知らん」とまで言いきった。香港の口座に十億円が振り込まれたという記録を見せられても、まったく動じなかった。十億円は、何回かに分割されて、すでに引き下ろされていた。行く先は、山辺のみが知っていることであった。

爬虫類のような顔が、終始にやついていた。時おりぺろぺろと赤い舌が、ぬめぬめとした紅い唇を舐めた。捜査官は、得体の知れない異星人を相手にしているような気になった。

「ほほほほっ。私は何も知りませんよ。ほほほ。何かの間違いでしょう。私はこう見えても、医科大学の教授ですよ。医者ですよ。いい加減に帰してくれませんかなあ。このところちょっと体調が悪いんですわ。ほっほっほ」

甲高い声が、捜査員を馬鹿にしたように狭い部屋に響いた。しかし、やはり具合が悪いのか、時々体をよじった。顔色も悪いようであった。

捜査員は、要領を得ない山辺に、切り札を出した。有田幹郎の家宅捜索を行った際に見つけたボイスレコーダーであった。三人の会話が、すべて収められていた。

山辺は、目の前に差し出されたレコーダーを見て、ギョッとしたようだった。小さな目が一瞬大きく見開かれた。

「これが何だかわかりますか？　山辺教授」

「さあてね？」

自分が記録したレコーダーはもっと小さい物だ。隠し場所は絶対に見つからない自信があった。だが、不安は止めようもなくひろがった。

「これは、有田幹郎の家から押収したものです」

再び山辺の目が大きく見開かれた。

「聴いてみましょうか？」

聞き覚えのある三人の声が流れ出した。山辺の額に汗が浮かび上がり、大粒の玉となって、頬を伝って流れ落ちた。


その夜、山辺は拘置所のトイレで大量の下血を見た。便意をもよおしてトイレに入ったとたん、痛んでいた肛門から真っ赤な血が便器に飛び散った。

赤い血を見て山辺は強い眩暈を感じ、倒れ込んだ。血を見たショックだったわけではない。肛門からの大量出血で、急性の貧血を起こしていた。山辺は、拘置所から警察病院に救急搬送された。

山辺の診断が下った。

進行した直腸癌であった。肝臓に多数の転移病巣が見られた。肺にもいくつかの白く丸い影が写っていた。

担当医は首を振りながら、なぜここまで放っておいたのか、怪訝な表情を隠さなかった。

医師ならこのくらいのこと、早く気づいてもいいだろうに……。

医師を治療するのは、存外に難しい。癌であることを隠しても、すぐにばれてしまう。山辺にも告知するかどうかずいぶん迷った挙げ句、やはりよく理解して治療も受けてもらわねばならない、という考えから、医師団はありのままを告げた。

自分の病状を聞いた山辺の小さな目は、これ以上にないほど大きく見開かれたままであった。焦点はただ目の前にある空間にあった。山辺の視神経は、何の画像も後頭部の視細胞に伝えていなかった。

山辺の脳神経回路はあちこちで断線し、火花が飛び散り、急激に衰退していった。告知された日から、山辺の様子が変わった。何を話しても「ほっほっほ……」と悲しげな声で笑うのみであった。最初は、まだ何か言葉を発していた。それが徐々に声がなくなり、しばらくして、山辺は外界のことにまったく反応しなくなった。

癌は急速に進行していった。直腸の原発巣は出血があまりにも激しいので、手術が施行された。術後、創部《そうぶ》が化膿した。毎日の消毒の際、痛みで山辺は「あうう、あうう」と、動物のような声をあげて身をよじらせた。何が自分の体に起こっているのか、理解できないようであった。

二カ月後、山辺は一人ベッドを抜け出して、病院の中をさ迷い歩いていた。薄暗い病院の廊下、病衣を引きずり、ぼさぼさの髪を振り乱して歩くさまは、さながら幽鬼のようであった。

階段に差しかかった時、病衣の裾を裸足の足が踏んだ。山辺はつんのめるようにして前に倒れ、ゴロゴロと階段を転がり落ちた。頸椎が奇妙によじれ、中を通る脊髄神経が、第四頸椎の高さで一瞬にして断ち切られた。瞬間、山辺は強烈な痺れを手脚に感じた。

呼吸を司る肋間筋と横隔膜の筋肉が麻痺し、一気に息苦しくなった。動物的本能で息を吸おうとしたが、首から下はすでに動かなくなっていた。息苦しさが増し、感覚が鈍くなっていた山辺の脳に、死の恐怖が溢れた。細く小さな目から充血した眼球が飛び出し、酸素を求めて喉がひくひくと痙攣した。

呼吸ができない苦しみと死の恐怖を味わいながら、やがて山辺のすべてが停止した。奇妙に歪んだ山辺の遺体は、階段の下で、この世に未練を残しながら、少しずつ体温を失って冷えていった。

奥多摩山中で祥子を襲った男の正体は、皆目わからなかった。

死体が調べられた。男は、祥子の証言からも、おそらくは谷口典明という人物と考えられた。頭部は完全に潰れ、復元するのが困難なほどであった。奈良や西宮の居所が調べられたが、結局のところ、いったい何者だったのか、答えは霧の中であった。調べれば調べるほど、霧が濃くなっていくようであった。捜査陣はついに男の追及を諦めた。

45　笑う者

刑期を終えた有田は、五年ぶりに自宅に戻った。

しばらくは、懐かしい家の中で、これまでの時間を取り戻すように、近所の目を避けながらすごしていたが、ある日、人目をはばかるように外出した。行き先は天下製薬であった。すでに天下製薬はなく、新しい製薬会社が建物を買い取って、事業を営んでいた。かつて辣腕《らつわん》をふるった仕事場の前で、有田は感慨深げに立っていたが、ゆっくりと歩きだした。

次に向かった先は、ある大手の銀行であった。有田のみが知る口座から金を引き出す予定であった。額を書き込み、通帳印鑑とともに窓口に出す。機械では取り扱えない金額であった。銀行員が金額を見て目を見張った。「少々お待ちください」と奥にいる上司らしい者に話している。上司がやって来て、有田に声をかけた。

「元村成康《もとむらなるやす》さまですね。確認いたしますので、少々お時間をいただきます」

有田はなかなか戻ってこない銀行員に、苛立ちを募らせた。

ようやく出てきた銀行員が、怪訝そうな顔つきで有田に話しかけた。

「元村さま。お名前では、当行にはお届けはございませんが」

「は?」

「いえ、元村さまのお名前では口座はございませんと申し上げております」

「そ、そんな馬鹿な!」

有田の声が銀行中に響いた。客も従業員も、有田のほうを一斉に振り向いた。

「ちゃんと通帳があるじゃないか!」

「お調べいたしましたところ、三年ほど前にご解約になっておられますが」

何かが有田の中で弾けた。いく度確認しても、結果は同じであった。

茫然とした有田は、怒りとも絶望ともつかない想いのまま、ふらりと銀行を出た。体が無意識に前に進んだ。誰かの「危ない!」と叫ぶ声が交通騒音を引き裂いた。鋭いブレーキ音が、耳をつんざいて響いた。

有田は、走ってきた乗用車のボンネットにすくい上げられ、アスファルトに叩きつけられた。全身に強烈な痛みが襲った。気が遠くなりかけたところへ、後続のダンプが乗り上げた。有田の体は原型をとどめない状態で、路上に散らばった。

ハワイの高級別荘街の一角に、男は妻と二人でのんびりと暮らしている。

長年勤めた天下製薬が、サラバストンの失敗から倒産する直前に責任を取る形で会社を辞めた。会社再生にと多額の退職金を断った、潔い退陣であった。

辞めてから、彼はある銀行口座を解約し、海外の銀行にすべてを移した。

「知らないとでも思っていたのか。それにしても想像していたよりも残っていたな」

ほくそ笑みながら、緑川康晴は光に満ちた広い庭の一隅にある、真っ青な水を湛《たた》えたプールに身を躍らせた。

あとがき

——よく小説を書く時間がありますね、と聞かれることがある。

本業である医師としての使命を疎《おろそ》かにしているわけではない。今では自ら手を動かすことがなくなった研究でも、脳細胞だけは新たな発見を求めて機能しつづけている。医学小説『摘出　つくられた癌』(新風舎)を刊行して以来、私の中にある医療への思いもまた同じである。というより、生命に対する本来あるべき人間の行動を追究するべく、指が途絶えることなくパソコンのキーボード上で動いている。

どうやら私は、欲張りな性格のようだ。

昨日も、この小説の校正と同時に新しい小説を書き進めるべき状況にありながら、夏に予定している絵画新作展のための切り絵を一日中やっていた。外科のメスをナイフに持ちかえて、下絵に沿って紙を切り、色を入れている。出版社の方にはお叱りを受けそうだが、絵に集中しながら、私の脳細胞の小説用に組まれた回路は緩やかなりとも別に回りつづけている。どうかおかまいなく。大学病院在勤時代は研究に没頭していたが、その時と同様、他のことをやっている時のほうが、面白いアイディアが閃《ひらめ》く。絵を描きながら、思いもしなかった小説の場面が浮かんでくる。

とはいっても、最近はなるべくメスは持たないようにしている。近視と乱視に加えて老眼が入ってきた。このような外科医に体を切られる患者が大層な迷惑をこうむる危険性があるからだ。紙は切りそこなっても、人は決して切り間違ってはいけない。

——では、間違った時には、どうしたらいいのだろうか。

当然、過《あやま》ちを真摯《しんし》に認めて謝罪することだ。それが人として生きる道である。が、世の中、そうは簡単にいかない。わからなければいい、見つからなければそれでよい、という風潮が医学界にも少なからずある。大きな間違いが発生していて、大変な事態を引き起こしていても、相変わらず知らぬ存ぜぬの無責任体質がまかり通っている。

これでいいのだろうか。迷惑をこうむっていることすら感じることなく、何か変だとわかっていても、それがどうして起こっているのかも判然としないまま、いつの間にか時だけが流れていく。どいつもこいつも、と腹立たしくなるような事象が毎日のようにメディアを賑わしているが、報道の内容については、各人でよく考えてみてほしい。すべての情報が公開されるわけではない。こうむった損害だけが、真実である。

光がなければ、そして人類の知能がなければ、この宇宙の存在すら認識されなかった。人類の知能があったから、この世の存在がわかる。人類の知能があるから、とんでもない医療ミスがあることも、判明する。

本書では、抗癌剤の開発に絡む大きな利権の動き、見逃される薬剤副作用、それに気づいて葛藤奔走《かっとうほんそう》する人物群像を描いた。発想の原点は、ウイルス感染がはっきりとしていたにもかかわらず、販売されつづけた非加熱血液製剤の大薬禍事件である。

スーパーマンは出てこないが、知恵知能を駆使しての悪との戦いを楽しんでほしい。本来は、国立大医学部出身の刑事なんているわけもないのだろうが、岩谷は私自身の願望かもしれない。小説の中で、私も犯人を追いかけて、追いつめていくのだが……。

——小説を書く時には、全体の構成をまとめてから書くのか、という質問もいただく。きっかけは、事件とか過去の記憶などが多い。私の場合、書きながら考え、思いつきをまた文字にして書き進める。歩きながら、次の一章の場面を思い浮かべる。その夜は、そのシーンが文章になる。こんなふうだから、場面が時空間を無視してひろがり、しだいに交錯しはじめる。最後に大団円となるのを目指して書きつづけるのだ。

処女作『摘出』につづく『昏睡』（新風舎）では、左右の乳房切り違えに端を発した国立O大学第三外科内部の知的犯罪と抗争を描いた。が、まさに人は善人にも悪魔にもなれるという思いが最後に残った。完全無欠を目指す若き医師本木にしても、すでにミスを隠蔽《いんぺい》するという悪魔的性格が認められるし、今後、医師として成長していく間に、どのような外的内的要因が彼を変化させていくかはわからない。

医学部教授のセクハラ事件を扱った『細菌感染　つくられたカルテ』（新風舎文庫）で

展開される愛憎劇もまた、結果的には人間の二面性を描くことになってしまった。単純なミステリ小説の構成にして、犯人探しを楽しむという内容にしたほうが、読むほうとしては肩が凝らず、楽しめるのかもしれない。ところが、私の作品には、三十年来医療界に身を置いてきた経験から来る重たい違和感がどうしても入り込んでしまう。過去の医療事件を暴く女医の活躍を描いた『瘢痕』（文芸社）にしても、ミステリとも言えるが、やはり女医は荷物を背負いながらの活躍をしいられる。さまざまな場面が交錯し、作者の思惑がさらに小説を複雑にしていく。これは今後も変わらないのだろう。

今回、新たな決意でしたためた本作『特効薬』を二見書房から刊行することができたのは、作者としてはまことに嬉しい限りである。しかも、カバーイラストを西口司郎氏に描いていただけた。氏の素晴らしいイラストによって、本作をこれ以上にないイメージで飾っていただけたことは、言い尽くせぬほどの喜びである。西口氏には超ご多忙の中、私の無理やりのお願いを聞き届けていただいた。改めて御礼申し上げたい。

読者の方には、本書のすべてをお楽しみいただければ幸いである。それが私の執筆におけるる大いなるエネルギーとなる。脳細胞はすでに次の小説に向かっている。

二〇〇八年初夏

霧村悠康《きりむらゆうこう》

◉医学用語解説

【間質性肺炎（かんしつせいはいえん）】 肺で空気が入る部分（家でたとえれば、廊下や部屋）で生じる肺炎に対して、壁の部分で発生する肺炎。前者が細菌やウイルスなどの病原体で起こるのに対して、間質性肺炎は原因不明の場合が多い。一気に肺全体にひろがることが特徴的で、早期の治療が重要となる。

【変形性脊椎症（へんけいせいせきついしょう）】 変形性関節症の一つ。脊柱で発生したもので、椎体に骨棘が出たり変形したりする。神経を圧迫すると痛みが生ずる。

【肺胞（はいほう）】 肺を構成する基本単位。字のごとく泡のような形態で、酸素と二酸化炭素の交換を行う部分。

【マルティプルメタ】 多発転移。メタとはメタスタシス、転移の意味。

【縦隔（じゅうかく）】 胸郭内で、両肺に挟まれた部分。食道、気管、心臓ならびに大血管系が収まっている部分。

【治験（ちけん）】 新薬候補品の安全性、有効性を人間で確認する臨床的、薬理学的試験のこと。第一相から第四相まである。第一相では健常人を対象に、投与する薬剤を段階的に増量し、薬物動態（吸収・体内分布・代謝・排泄）および有害な副作用の出る上限の薬剤量を確認する。第二相では第一相で決定した安全量を用いて、副作用の再確認および有効性を証明する。第三相では、患者を対象に、純粋な有効性と安全性を確認する。対象患者数が大人数となり、大規模な試験になる。この結果で、薬剤の使用承認が検討される。第四相は上市された後の、有効性と副作用について、特にこれまでの治験で予期できなかったものも含めて調査する。

【上市（じょうし）】 新薬を医療現場に販売すること。

【ステロイドパルス療法】 間質性肺炎あるいは自己免疫疾患などの治療法。グラム単位の大量の強力なステロイドを短期間（三日程度）投与する。

【MR（メディカル・レプリゼンタティヴ）】 医療情報担当者。以前はプロパーと呼ばれた。

【細胞診（さいぼうしん）】 組織から細胞を採取し、良性か悪性かを顕微鏡的に決定する診断法。

【針生検（はりせいけん）】生検とは、病巣から細胞あるいは組織片を採取し、病名を決定すること。採取方法に注射器を用いる方法を針生検という。

【PET】ポジトロン（陽電子）断層法。一般にペットと呼ばれる検査方法。悪性腫瘍や強い炎症の存在を、非侵襲的に画像化する検査方法。これに形態診断に優れたCTを組み合わせることで、より確実な病巣の存在を描出診断できる。

【MRI】核磁気共鳴画像法。磁場を用いて、非侵襲的に体内を調べ、画像化する検査法。

【肺上葉（はいじょうよう）】右肺は大きく三つ（上葉、中葉、下葉）に分けられ、左肺は二つ（上葉、下葉）に分けられる。

【肺区域（はいくいき）】さらに細かく肺を分けた区分。肺は大木の幹と枝、葉にたとえるとわかりやすい。幹が気管、枝が気管支、細気管支、葉が肺胞。

【胸膜（きょうまく）】昔は肋膜と呼ばれた。肺を包み込む臓側胸膜と、胸郭内面を包む壁側胸膜に分けられるが、これらは連続しており、閉鎖空間（胸膜腔）をつくっている。胸水はこの胸膜腔に溜まる。

【血小板（けっしょうばん）】血液内に含まれる成分。血液凝固に重要な役割を果たす。

【導出（どうしゅつ）】　製薬会社が手持ちの医薬品あるいは候補化合物を、他社に権利委譲し、その後の販売あるいは開発を任せること。

【腫瘍マーカー】　腫瘍細胞は正常細胞に比べて、蛋白や糖の産生が亢進していることが多い。それらを測定することで、癌などの悪性腫瘍の発生増殖を知ることができる。代表的な腫瘍マーカーとしてCEA（癌胎児性抗原）やAFP（アルファフェトプロテイン）などがある。

【脳ヘルニア】　脳が正常の位置からずれた状態。脳幹部の圧迫が生じ、即死となる危険性が高い。

【クロマト（クロマトグラフィー）】　物質を分離精製する方法。複数の物質が混じっている場合、それぞれの物質の持つ種々の性質、大きさ、質量、電荷、吸着力、疎水性などの違いを利用して、分離する。

【無気肺（むきはい）】　肺の中に空気が入っていないこと。気管支などが種々の原因で詰まると、空気が通らなくなり、肺胞に空気が充満しなくなる。酸素二酸化炭素の交換ができない。

◎本作品はフィクションであり、文中に登場する個人名や団体名は実在のものとは一切関係ありません。

ザ・ミステリ・コレクション

特効薬《とっこうやく》　疑惑《ぎわく》の抗癌剤《こうがんざい》

著者　霧村悠康《きりむらゆうこう》

発行所　株式会社 二見書房
東京都千代田区神田神保町1-5-10
電話 03(3219)2311 [営業]
03(3219)2315 [編集]
振替 00170-4-2639

印刷　株式会社 堀内印刷所
製本　村上製本

落丁・乱丁本はお取り替えいたします。
定価は、カバーに表示してあります。

ISBN978-4-576-08076-5
http://www.futami.co.jp/

新版 スワンの怒り

アイリス・ジョハンセン
池田真紀子［訳］

銀行家の妻ネルの人生は、愛娘と夫の殺害により一変する整形手術で白鳥のごとき美女に生まれ変わったネルは、復讐を誓う。全米を魅了したロマンティック・サスペンス新装版

旅路

キャサリン・コールター
林 啓恵［訳］

老人ばかりの町にやってきたサリーとクインラン。町に隠された秘密とはなんなのか…スリリングなラブ・ロマンス！クインランの同僚サビッチも登場するシリーズ第一弾

迷路

キャサリン・コールター
林 啓恵［訳］

未解決の猟奇連続殺人を追う女性FBI捜査官。畳みかける謎、背筋つたう戦慄——最後に明かされる衝撃の事実とは!? 全米ベストセラーの傑作ラブサスペンス

袋小路

キャサリン・コールター
林 啓恵［訳］

全米震撼の連続誘拐殺人を解決した直後、サビッチのもとに妹の自殺未遂の報せが…『迷路』の名コンビが夫婦となって活躍——絶賛FBIシリーズ第三弾！

土壇場

キャサリン・コールター
林 啓恵［訳］

深夜の教会で司祭が殺された。被害者は新任捜査官デーンの双子の兄。やがて事件があるTVドラマを模した連続殺人と判明し…SSコンビ待望の第四弾

死角

キャサリン・コールター
林 啓恵［訳］

あどけない少年に執拗に忍び寄る魔手——事件の裏に隠された驚くべき真相とは？ 謎めく誘拐事件にSSコンビも真相究明に乗り出すが……シリーズ第五弾！

二見文庫 ザ・ミステリ・コレクション